栖见

著

Romanc in Roses

玫瑰挞

四川文艺出版社

玫瑰挞

——栖——见——作——品——

目 录　Contents

——

她太亮了
是他这么多年来在心底安静燃烧的一簇火
散发着温暖的光
让人不断地想要近一点儿
汲取她的温度

——

一

比克大魔王

[01]

午夜十二点半。

繁华的市中心街灯如昼，灯红酒绿破开茫茫夜雾，光影闪烁。

孟婴宁侧身站在酒吧门口，歪着头瞥了一眼不远处一群游街的"魑魅魍魉"。

B市最出名的一条酒吧街、年轻男女们尽情狂欢的天堂，一到晚上就什么妖魔鬼怪都有，是整座城市"419"以及搭讪文化最发达集中的区域，没有之一。

比如在孟婴宁斜前方站着的这一对，男的染了一头红毛，好在颜值颇高驾驭得住，看着挺有几分走在潮流前线的时髦；女的长腿、水蛇腰，笑起来娇媚动人。

两人三分钟前刚搭上话，这会儿，"潮流前线"的手已经搭上了"小娇娇"的细腰。

孟婴宁移开视线，又抬手揉了下眼，打了个哈欠，困得快睁不开眼睛了。

她有点不明白自己为什么在这个美好的周五、在杂志社加班到十一点的周五不选择回家泡个澡，然后舒舒服服地早早睡觉，非要脑子一抽大半夜地拖着这副"残破"之躯跑到这儿来跟陆之桓参加这个劳什子电音派对。但没办法，她得为杂志下一期的主题拍照取材。

SINGO创刊六年，每两年更换一次主编，在一周前换了第四任，比美国总统换得都勤。

三任主编无一例外，都是头发丝儿乱一点儿都不行的"龟毛"，据说一个比一个"龟毛"得厉害。孟婴宁进公司三个月，刚来得及适应并感受了前一任主编强迫症一般的"龟毛"以及一系列怪癖，主编又换人了。

并且这个比前一个的病情更严重，上任第一周，整个编辑部大刀阔斧地整改，他们这个部门原本排好期的后三个月的主题换了个干净。资料、图片、预约访谈全部作废，主编大手一挥，定下了下一期抽象又炫酷的新主题——"触电"。

还触电！下个月月刊屁都整不出来一个，不得给你烤焦。

孟婴宁真是有一肚子怨气。

身后有人推门从酒吧里出来，轰隆隆的音乐携着一阵阵的尖叫和鬼哭狼嚎传出来，冷气扑面的一瞬，又被隔绝在门后。

孟婴宁垂头，翻看了一遍单反相机里刚刚拍到的照片和视频，耳边只剩下陆之桓聒噪的、持续不断的、已经长达十分钟的啰唆——

"真的，不是我吹，四提溜大绿棒子，一箱56度的红星二锅头，"陆之桓比画了五根手指，在她眼前晃了晃，"眼没眨一下，仰头就给闷了，兵哥哥是真的猛。

"两个小时，白的、黄的、红的瞎掺，一瓶瓶地吹，跟喝雪碧、芬达、可口可乐似的，哪儿能这么玩啊？

"我再也不跟那帮人出去喝酒了，第二天人都是蒙的，我妈以为我出去嗑药了，真他妈遭不住。

"我跟你说话呢，你看什么呢？"

孟婴宁转过头来，茫然地看着他："嗯？"

陆之桓："……"

孟婴宁整个人没骨头似的软趴趴地靠着玻璃站着，好半天，反应迟钝地"啊"了一声："陆之州回来了啊。"

陆之桓："……有点礼貌，我哥的大名是你随便叫的？叫陆长官。"

"……"

孟婴宁偷偷地翻了个白眼。

陆之桓和他这个堂哥打小关系就好，他们陆家讲究，到了这一辈排"之"字，名字都是族谱上的，一个"桓"、一个"州"。

陆之州九岁搬到大院里来，那年孟婴宁还不怎么记事，趴在窗台上看着邻居陆叔叔提着两个大行李箱进院，身后跟着个没见过的小哥哥。

隔天，陆之桓就拉着这个小哥哥过来，一脸骄傲、得意扬扬地给他们介绍，这是他哥哥，学习可好了。

从此，陆之桓就变成了小朋友里的扛把子，因为别人都没有哥哥，就他有。

直到后来，大院里又来了个比克大魔王，直接用他残暴的做派终结了陆之桓小朋友长达两年的"统治"。

不过这是后话了。

当时的陆之桓小朋友还是很有牌面的，每天领着还在上幼儿园小班的孟婴宁跟在陆之州的屁股后面。那会儿孟婴宁话都还说不利索，两个人像两条小尾巴似的，一放学就跟在少年后头雄赳赳、气昂昂地往家走，边走边放彩虹屁："州哥最棒！"

孟婴宁口齿不清："啾啾棒！"

陆之桓："州哥最强！"

孟婴宁奶声奶气："啾啾强！"

陆之桓："之州哥哥太帅了！"

孟婴宁那会儿小，被这么拽着走了一路，太累了，也不配合他继续放彩虹屁了，捯着两条小短腿快跑了两步，胖成一段一段的小胳膊抱住少年的腿，皱巴着一张脸撒娇："啾啾抱。"

少年回过头来，认真地纠正她：“州。”

孟婴宁歪着脑袋，大眼睛眨巴眨巴，小嘴一噘，脸蛋肉乎乎地鼓起来：“啾。”

少年陆之州：“……”

于是，每次都是陆之州把她抱回去、送回家，再被孟母热情地拉进家门吃个冰激凌，夸个十分钟别人家的小孩顺便再留下来吃个晚饭才走。

再后来，陆之州去念了军校，又入伍，和大院里的孩子都断了联系。

一别近十年。

孟婴宁回过神来，陆之桓这个大喇叭嘴巴竟然还没停下来：“上个礼拜回来的，我刚刚不是跟你说了吗？他和陈妄哥，还有那帮哥们儿，”陆姓复读机似的再次举起五根手指头，“四提溜大绿棒子，陈妄哥一个人干了仨——”

孟婴宁本来就困到思维凝固、累到手脚发软，发呆回忆了过去的工夫整个人都快趴地上了，根本没听他在说什么，只捕捉到了两个字。

孟婴宁一顿，视线从单反相机显示屏上移开，抬起头来：“谁？”

陆之桓：“啊？”

孟婴宁眨巴了一下眼，换了个说法：“你刚说了什么来着？”

“……”陆之桓，“合着我刚刚在这儿跟你说了这么长时间你都当我放屁了？”

孟婴宁杏仁眼弯起，眼角微翘，笑得很甜：“那哪儿能啊？我当你放屁被风吹散了的。”

陆之桓瞪着她：“孟婴宁，绝交，听见了吗？以后你在微博上再被‘黑’我绝对不帮你‘撕’。”

孟婴宁：“你看我在乎过？不被黑的‘网红’那能叫‘网红’吗？”

陆之桓："……"他无话可说，朝她抱了抱拳。

被他这么一打岔，孟婴宁也没继续问刚才的问题。活儿干得差不多了，她收好单反打了个哈欠，抬手蹭了下酸胀的眼角，然后慢吞吞地站直了身子转头，背着身朝他摆了摆手，拉开酒吧门走进去。

这儿离她家不算近，打车回去也要半个多小时，孟婴宁准备上个厕所再回去。

一进门音浪扑面而来，耳朵里充斥着各种"动次打次"的轰隆音效以及男高中低音混杂的"Put your hands up"。孟婴宁垂着眼，慢吞吞地穿过五光十色的光柱和人群，绕过舞池最拥挤的地方贴着墙边走到洗手间门口。

里面的人很满，好几个姑娘还在门口排队等，孟婴宁转身上了二楼。

这家酒吧的二楼是会员制包厢，环境、隔音都挺好，老板很年轻，跟陆之桓的关系搞得不错，孟婴宁跟着也见过几次，直接无证通行。

一上来果然安静了不少，孟婴宁被音乐声震得直咣当的脑浆缓慢归位，头重脚轻地往公共洗手间的方向走去。

椭圆形的开放式洗手台，右手边是女厕，孟婴宁出来以后走到洗手台边，把包放在旁边的矮桌上，刚打开水龙头，手机贴着口袋开始嗡嗡地振动。

这厕所就她一个人，她抽出手机来看了一眼来电显示，干脆接通开了免提，放在洗手台上。

免提一开，对方瞬间出声，一段话说得半点停顿都没有："狐狸你看到陆之桓朋友圈了没有你怎么平时咋咋呼呼的结果到了该咋呼的时候反而没声音了？"

孟婴宁关了水，平静地挤了点儿泡沫在手心搓开，清爽的柠檬味道，驱淡了空气中缭绕的烟草味儿。

她声音天生柔软，又轻又甜，棉花似的软绵绵地勾着人，正常说句话都像是在撒娇："你能不能断个句呢？"

电话那头，林静年吸了口气："你知不知道陆之州回来了？"

孟婴宁打开水龙头冲掉手上的泡沫，才不紧不慢地应了一声："知道。"

林静年问："你是什么时候知道的？你竟然已经知道了？陆之桓跟你说了？"

孟婴宁刚要说话，眼皮一抬，余光瞥见镜子里映出角落阴影处有一道人影。

她先是吓了一跳，抿着唇往后蹭了半步，而后视线定住，人一顿。

那人不知道是什么时候出现的，黑衣黑裤匿在阴影里，面朝着她背倚墙站在垃圾桶旁边，夹着根烟，烟雾缭绕之中，猩红的一点火光在他指间明明灭灭，身形挺拔，短发利落，眉眼处的轮廓深邃，刀刀凌厉，侧脸到下颌的线条冷硬，在昏暗的灯光下隐约看得见脖颈处脉络起伏。

近十年没见，男人早已退去了少年时期的稚嫩不羁。每一处细节都陌生到让人恍惚，充满了"A爆"的纯雄性荷尔蒙。经过了岁月的洗礼，比克大魔王变得更酷了。

比克大魔王成功进化成了比酷大魔王。

哗啦啦的水流声中，孟婴宁正脑内自嗨到兴头上，林静年打断她继续问："那你知不知道陈妄跟他一起回来了？"

孟婴宁又是一顿，下意识地抬眼看过去。

陈妄将手里的烟掐灭，把烟蒂扔进垃圾桶里。

他把脑袋顶住墙面，下颌微抬，脖颈线条拉长，耷拉着眼皮子淡淡地睨着她，没动。

四目相对，寂静五秒，孟婴宁眨了眨眼，慢吞吞地说："知道吧。"

"什么叫知道……吧？"林静年一顿，安静了几秒，不知脑子转了几个弯又想到了些什么，忽然出声问道，"他是不是去找你了？"

陈妄眉梢稍扬。

一个礼拜连轴转加班，严重缺乏睡眠，再加上又蹦跶了这一整晚，导致孟婴宁此时大脑信息传递延迟，反应能力严重退化，她有一瞬间的茫然，没明白对方这句话的主语是谁："谁？"

"陈妄是不是去找你了？"

孟婴宁还没想好怎么说。

"我！就知道！一定是这样！"林静年那边没听到回应，瞬间暴跳如雷，吓得孟婴宁一哆嗦，回过神来。

她忽然有种很不好的预感，水龙头都没关，也顾不得手上全是水了，回过头去手忙脚乱地把放在台面上的手机拿起来，想把免提按了，一边连忙开口，准备打断她的话："年年……"

然而已经来不及了，她刚开口转身抓起手机，电话那边，女人愤怒的声音响起，在空旷的空间里显得清晰又振聋发聩——"狐狸！你离他远点儿！陈妄那个狗东西不是从小就对你抱有肮脏龌龊的非分之想还图谋不轨吗？滚了快十年，一回来就来找你，他现在是想干什么？！"林静年大声喝道，"他是不是又勾引你了？！他就是个渣男！！！"

孟婴宁手一抖，手机"吧嗒"一声掉进了水池子里。

[02]

林静年这义薄云天的一番话吼出来之后，场面一度十分尴尬。这感觉有点像在公司里，你趴在小格子间上跟你同事说："你知道吧，咱们主管是个傻 ×。"一回头，主管正站在你身后面无表情地看着你。

真是"修罗场"到让人呼吸困难。

早知道林静年要说什么，孟婴宁一定在林静年一开口提起这人的时候就直接转移话题。

她跟陈妄的那点儿青梅竹马情谊在"渣男"两个字响彻天际的那一

瞬间大概戛然而止、灰飞烟灭了。

虽然本来也没啥情谊。

孟婴宁觉得陈妄其实还挺惨的，惨到她不知道为什么莫名有点儿想笑。从她认识他起，这人就始终扮演着反派角色，十几年过去了，至今林静年提起他来依然是"陈妄那个狗东西"。

但林静年刚刚在电话里说的那些，所谓的肮脏龌龊、非分之想、图谋不轨应该还是没有的，他走那年，孟婴宁才 14 岁，正准备着中考呢。

对着一小屁孩能有什么弯弯绕绕不应该的想法？陈妄又不是畜生。

水池子下面的塞子没塞，里面倒是没存着水，但水龙头刚才没来得及关，这会儿哗啦啦的水流噼里啪啦地一股脑儿全砸在了手机上，浇花似的给浇了个劈头盖脸、明明白白。

孟婴宁也没那个闲工夫尴尬了，用细小的声音哀号了一声，手忙脚乱地把手机捞上来，跑到旁边抽了几张纸巾，吸掉附着在手机表面的水分。

那边林静年的声音已经没了，她掀开纸巾再一看，屏幕漆黑一片。

孟婴宁不敢开机，将手里湿透的纸巾丢掉换了几张干燥的重新包起来，皱巴着脸扭过头，将视线投过去。

男人已经没影儿了，不知道什么时候走的，半点儿声息都没有。

空气中还存留着未散尽的烟草味道，应该是劲儿挺大的烟，有点呛。孟婴宁抬手捏了一下鼻子，看着孤零零立在那儿的银白色垃圾桶，轻轻地眨巴了下眼。

确实是没什么非分之想的，话都懒得跟她说一句。

她手里捏着手机，充电口朝下，边甩边往外走，下楼，丝毫没觉得自己忘了点儿什么。

出了酒吧门的时候，陆之桓已经不在门口，早不知道跑到哪里浪去了。好在这片儿车不难打，孟婴宁上了出租车报了地名，司机也是个性格挺活泼的大叔，把出租车开出了赛车的朋克感，边哼着歌，脑袋还边打着点儿，伴随着车载音乐踩了一脚油门冲了出去。

孟婴宁瘫在后车座，手里还捏着被纸巾包裹得严严实实的手机，思考了一下这会儿可不可能还有什么能修手机的地方开着门。

她身子往前倾了倾，手扶着副驾驶座椅背问："师傅，请问一下现在几点了？"

"一点了，"司机师傅一边快乐地哼着歌一边抬手看了眼手表，从后视镜里看她，"小姑娘以后早点儿回家，这么晚了，一个人不安全。"

孟婴宁杏眼笑弯，应了，又说了声："谢谢您。"

小姑娘有礼貌又讨喜，司机师傅顿时更快乐了："没事儿，你们家那小区让进车不？我直接给你送到楼下。"

又聊了几句，车内安静下来，孟婴宁重新靠回后座椅背。

这会儿还营业的修手机的地方是不可能有了，就是不知道里面进没进水，回家可以先拿吹风机吹吹再开个机试试。

她侧头看着车窗外从眼前极速掠过的一盏盏夜灯，脑子有些放空，明明半个小时前还累得上眼皮和下眼皮打架，这会儿不知道为什么没了多少困意。

夜色深浓，让人沉醉其中很容易就开始回忆过去。

孟婴宁第一次见到陈妄那年七岁，她小的时候长得慢，跟同龄小朋友站一块儿矮人家大半个头，小小矮矮的一个，看着像四五岁的小孩儿。

那会儿学校放暑假，院里的小孩都去了后山玩，孟婴宁不想去，一个人在院子里铺着小凉席的石床上睡觉，睡得迷迷糊糊的时候隐约听见汽车发动机混着说话声，紧接着又是重物拖地的声音，叮叮当当了好一阵。

小姑娘被吵醒，慢吞吞地坐起来，噘着嘴揉眼睛，伸着脖子往后瞅，也没见着小伙伴儿们回来，又揉着眼回过头来，过了好几秒，才看见石床旁边站着个人。

孟婴宁抬起头来，看见穿着黑色T恤的陌生少年，眉眼都隐在细碎的额发阴影后看不真切，唇瓣抿着，冷冷的，居高临下地看着她。

他整个人戾气很重，在小孟婴宁看来就是超级凶。

看起来非常吓人。

孟婴宁想起妈妈天天跟她说的话："上学和玩的时候一定要跟大家一起，不可以自己单独待着，知道了吗？比克大魔王最喜欢抓一个人走的小朋友。"

那会儿电视在热播动画片《七龙珠》，小孩儿都害怕比克大魔王。

孟婴宁胆子特别小，不喜欢这个角色，每次比克大魔王一出场，她都捂着眼睛从指缝里头往外看。

小姑娘仰着个脑袋，这么愣愣地看了他一会儿，嘴巴一点一点地扁起来，小身子缩成一团，害怕得眼里瞬间就含了一泡泪。

她睡得脸蛋红扑扑的，柔软的头发蹭得有些乱，不知是因为静电还是睡觉被压的，有一小缕很短的刘海在脑瓜顶弯弯地翘起来，像立着根呆毛，随着她的动作颤动，在人眼前一晃一晃的，怒刷存在感。

少年盯着她那撮毛看了几秒，忽然往前走了两步。

孟婴宁瑟缩着想往后躲。

少年抬起手来，捏住她的呆毛，往上揪了揪。

孟婴宁吓呆了，然后扁着嘴，呜呜地哭了。

于是林静年他们一回来就看见这么一幕：高瘦的少年手里揪着根呆毛，满脸冷漠地拽着晃来晃去，小姑娘在他手底下，一只手捂着自己的头发一只手死死地抠住身下的石板床，幅度十分微小地挣扎，哭得特别凄惨，抽抽噎噎，气儿都喘不匀了。

她声音细细的，含糊地小声求饶："别抓我……你别抓我，我乖的，宁宁听话的……呜呜呜呜妈妈救救我……"像只被豹爪子死死摁住的奶猫。

从此陈妄成为孟婴宁童年以及少女时代最讨厌的人，没有之一，也导致了林静年对陈妄的第一印象直接就跌到了谷底，再加上后来又被她误会了几次，这个印象分再也没能升起来过。

陈妄站在酒吧门口等了40分钟，其间接了陆之州一个电话。

"找到阿桓了？"

"没。"陈妄咬着烟，声音有点含混。

"婴宁呢？"

陈妄顿了顿，瞥了下手里的女包，面不改色："没。"

"那他跟我说他带着婴宁在那儿啊，行吧，我再给他打个电话问问，"陆之州说，"你要是看见人了直接帮我逮回来，别让他酒驾啊。"

陈妄挂了电话，把拎着的包往上提了提，借着LED灯光看了一眼。

屁大点儿的一个小包，拉链开着，里面就只放了一个单反，半个镜头还露在外面。

陈妄觉得小姑娘真是神奇的物种，破包啥东西都装不了还非得背，你背就背吧，还走哪儿忘哪儿。

又过了十来分钟，一辆出租车从街头蹿过来，停在门口，等了几秒，车门被打开，小姑娘急慌慌地从上面下来。

陈妄掐了烟，抬起头来。

酒吧街暧昧的光线给她染了一层浅色，位于长筒袜向上几寸的裙摆随着小跑的动作翻飞。孟婴宁慌慌张张地跑近，看见他站在门口的时候愣了愣，然后看见了他手里拎着的包，刚刚熄灭的尴尬重出江湖，势不可当地席卷而来。

孟婴宁抬手捂住脸，她活了二十几年，没有哪一个瞬间能比此时此刻更丢人了。

车都到家门口了，准备付钱的时候发现包没在手上，她才想起来之前放在了洗手台旁边的矮桌上，结果走的时候光顾着手机，把它忘了。

好在司机师傅人好，笑呵呵地又给她拉回来了。

孟婴宁再次抬起头来，看向陈妄的方向，男人懒散地靠站在之前她站过的位置，周身肃冷的侵略感把他和周围柔软糜烂的氛围泾渭分明地分割开，巨大的反差惹眼又勾人，旁边时不时有女人投来绵长的视线，却始终没人敢上来搭讪。

出租车来回车程也用了一个小时，他就这么一直等着吗？

不仅帮她把包找回来了，还等着她回来拿。

孟婴宁又感激，又尴尬，又歉疚，像是犯了错的小朋友似的，小步挪了过去，站到他面前。

小姑娘今天扎了个丸子头，长发束上去，头一低，一截白嫩细腻的后颈暴露在空气中。

陈妄的目光停了两秒，把包递给她。

孟婴宁接过来，小声说了句"谢谢"。

多年不见，比克大魔王像是转了性子，搞得她现在愧疚之中竟然还有些许的恐慌，强忍着撒腿后撤拉开距离的冲动，站着没动。

"给钱了吗？"陈妄问。

孟婴宁茫然地抬起头："什么钱？"

陈妄把下巴往她身后不远处的出租车方向扬了扬，声音低缓寒冷："车费。"

孟婴宁这才想起来，身后可怜的司机师傅还等着她呢。

她赶紧小跑过去，连道歉带感谢，同时拉开包找现金："师傅，一共多少钱？"

司机师傅笑眯眯地说："一百二。"

孟婴宁从包里翻出钱包来，打开，抽出了里面所有的钱，开始数——一张50块、一张20块、两张1块。

孟婴宁："……"她的大脑有些凝固。

她现在花钱的时候基本上都是线上支付，导致她其实已经很长时间没有用过现金了，原本以为皮夹子里还有几张一百块的，结果没想到高估了自己，竟然一张也没有。

孟婴宁顶着来自司机师傅和身后男人双重的死亡目光拉开包包，不死心地把各个角落都仔仔细细地摸了一遍。

摸了五分钟，她最后终于在夹层里摸出来了一个五毛钱的钢镚儿，加起来一共七十二块五。

孟婴宁回过头去，隔着满街灯火绝望地看了陈妄一眼。

不知怎的，陈妄觉得自己从她这一眼里看出了对命运的挣扎。

是真的很挣扎。

[03]

当你觉得和相隔近十年没联系过的人重逢，一见面就把人劈头盖脸地一顿鞭挞，结果人家非但懒得计较还帮你捡到了包等着你回来——已经是你人生中最尴尬的高光时刻，生活往往会带领你走向更尴尬的辉煌——你好像得跟人家借四十七块五的车费。

关键是，你俩少年时代的关系还不是那么和谐。

孟婴宁不知道自己混得到底有多惨，浑身上下就只能摸出七十二块五毛钱。

司机师傅混迹江湖这么多年，什么大风大浪没见过，从孟婴宁的表情里也看出了端倪，立马从车里拉出来一个印着付款码的小卡片，正面微信，反面支付宝。

司机师傅笑眯眯地、善意地提醒道："小姑娘，支持微信和支付宝。"

孟婴宁举起自己被卫生纸包着的手机，艰难道："师傅，我的手机进水坏了。"

司机师傅："……"

孟婴宁欲哭无泪："……要么您再把我送回去，我上楼拿了钱付给您？我打表付，一分钱都不少的，再给您加 50 块，成吗？"

司机觉得这小姑娘挺奇怪的，她的朋友明明在后面站着呢，两人刚才又对话又拿包的，互动起来自然又默契，关系看着挺好。

但她宁愿多花 50 块钱，都没叫她那朋友先帮忙垫垫。

司机师傅也是个脑洞挺大的大叔，开始怀疑自己陷入了什么诡异又新鲜的骗局，而套路的尽头是不为人知的黑暗。

他狐疑地看了一眼眼前的小姑娘，看着又乖又讨喜，漂亮得跟明星似的，觉得不能够。

怎么看都是个好孩子，可能是有什么别的原因。

他点点头，正想答应"行"，视线一滑，看见她身后她那朋友过来了。

陈妄走过来，垂眸看了一眼快哭出来的小姑娘，又扫见她手里紧紧捏着的那皱皱巴巴的几张零钱，明白过来。

陈妄单手撑着车窗框，俯身垂头往车窗里看进去，薄的黑色 T 恤随着动作勾勒出他背肌到肩线的线条，拉伸出来的弧度流畅，充满野性的力量感。

"师傅，一共多少钱？"他直接开口问，嗓音带着沙质冷感。

"一百二。"司机说。

陈妄从裤袋里抽出皮夹子，抽了两张一百的出来，递过去。

司机师傅笑呵呵地找钱递给他，伸头出来，语气莫名有点八卦的味道："那还用我再给她拉回去不？"

陈妄笑笑，直起身："不用，今儿晚上麻烦您了。"

"为人民服务。"司机师傅很酷地摆了摆手，又踩一脚油门冲出去了，来去匆匆。

整个过程里，孟婴宁连半个屁都没来得及放，这会儿才找到空隙说话："你手机号码多少？我手机修好就把钱转给你。"

陈妄转身要走："不用。"

"……多少号？你直接说就行了，我能记住。"孟婴宁屁颠屁颠地跟在他后面，坚持道。

陈妄步子停住，转身垂头扫了她一眼。她抿着嘴唇，仰头看着他。

在不断变换的此时呈现出一种蓝色的调光线下，小姑娘的皮肤被衬得冷白，那蜿蜒着一直浸透到耳根的大片绯红就非常明显。

这就不好意思了？这脸皮儿也太薄了。

陈妄扬眉，缓声报了个号码，转身继续往前走。

孟婴宁垂着头，一边小声嘟哝着重复了几遍，一边无意识地跟着他往前走，记住号码以后，余光瞥见前面的人停下脚步，抬起头来。

两人停在一辆黑色的 SUV 前，孟婴宁不会开车，对车牌子也都没什么研究，陈妄掏出车钥匙，拉开驾驶座车门："上车。"

孟婴宁也没矫情，麻利地打开车门爬上了车后座，报地址。

这一通折腾下来已经凌晨两点了，车子在夜道飞驰驶上高架。

车内一片安静，气氛沉默到令人窒息。

时间切割出十年空白，按照人体每七年完成一次完整的新陈代谢的说法，他俩现在已经完完全全是两个陌生人。

话题匮乏，彼此完全不了解，一句话都说不来。

更何况孟婴宁刚刚渡完人生一劫，恨不得现在能凭空出现一扇空间门让她马上到家，立刻结束跟陈妄的独处。

孟婴宁家在一片新建的高档住宅小区，因为地理位置略偏，离市中心有些远，在同档次小区里房价相对偏低。

但小区附近有生活超市、有菜市场，出门步行十分钟就是地铁站，生活和交通都很方便。

车子缓缓驶进小区，车上的两人全程没说任何多余的话，孟婴宁昏昏欲睡，到了小区楼下强打起精神，开门下车，道谢加道别。

陈妄还没来得及说话，小姑娘转身就走，纤细的背影融进夜色中，怎么看都有种落荒而逃的味道。

啧。

陈妄透过挡风玻璃看着她几乎一路小跑进去，没急着走，懒懒地靠回驾驶座椅背拿出烟盒来抽了一根，摸出火机点了。

手机在口袋里嗡嗡地振动，陈妄咬着烟腾出手，接电话："喂。"

"我弟他们找着了吗？"

陈妄不耐烦："你他妈下半辈子跟你弟过得了，一大老爷们儿都25岁了，去个酒吧有个屁好找的，用不用老子帮你把人拴裤腰带上？"

陆之州："他自己出去野谁管他，不是带着狐狸去的嘛，这小子不靠谱，疯起来心里没个数，别把人丢下了。"

陈妄一哂，低道："你以为这丫头是什么省油的灯？"

陆之州没听清："什么？"

眼角瞥见前面光线一闪，陈妄抬起头来，看见三楼某户灯光亮起。

先是落地窗前挂着的窗帘晃了晃，而后从窗帘后面慢吞吞地探出来一颗小脑袋，看着似乎是偷偷摸摸地往外瞧了一眼，然后拽着窗帘唰地拉上了。

于是人在浅色的窗帘布料后面模糊成一道影，然后一点一点地淡出视线消失。

"没，"他掐了烟，"孟婴宁回家了。"

"你看见她了？"

"嗯。"

陆之州放下心来："那行。"

"操哪门子的心，"陈妄垂眸，轻声嘲道，"人家没你这么多年也好好的。"

陆之州从小就是不紧不慢的，两个人从小一起长大，早就习惯了陈妄这下水道里滚过一圈的破烂脾气，也不在意，转头说起别的事儿："你这报告批得倒是快，老李还真舍得你走啊。"

陆之州没等他回答，又道："昨天于凯还跟我说，就之前一直跟在你屁股后面那小孩儿，叫什么虎来着？听说你走了喊着也要走，要回老家种地去，你说这不是犯浑吗？被老林骂了一顿又罚了 40 圈儿，跑完躺在地上哭。"

陈妄没说话。

陆之州叹了一声，继续道："大家都觉得可惜，但其实你能想明白就行，兄弟，有些事儿你扛着的时候觉得放不下，其实放下了就发现也就那样了。人活几十年，哪儿有什么真的忘不了、放不下的，再说这本来也不是你的错。"

陈妄垂着眼，没动静，不知道在没在听。

凌晨寂静，雾也喧嚣，电话那头传过来的声音渐远，像风在叹息。

一连几日，孟婴宁都没抽出时间联系陈妄。

本来是打算周末去把手机修了就联系，结果这边刚修好，开机插卡读取完，瞬间就涌进来几十条短信、微信、QQ，以及一通电话。

手机修好，孟婴宁心情挺好，接起来欢快道："李姐，中午好啊！"

那头瞬间咆哮："好你个头！孟婴宁这一上午你干什么去了？我给你打了 18 个电话！18 个！你是把我拉黑了吧！马上！给我！滚回公司来！"

孟婴宁："……"

她屁滚尿流地赶回杂志社，连午饭都没来得及吃，进办公室门时又被堵在门口一顿唠叨。

李欢今年31岁，SINGO编辑部部长，原本精致到每天口红色号都必须不能一样的一个职场精英女强人，此时素颜穿着件大妈领紫茄子色薄开衫，站在兵荒马乱的编辑部中心指挥，顽强奋斗在周末加班的最前线。

唠叨完了，她开始说正事儿："这期封面陆语嫣，是你找的？"

孟婴宁不明所以："是，之前朱姐让我联系的。"

"推了。"

"啊？"

"推了，主编看不上，说她长得像个羊驼，那鼻梁还没羊驼高，嘴却比大青鲨都大，不够高级。"李欢觉得自己脑壳疼，"条件你去谈，随便找个什么理由吧，反正合同还没签，也不是什么惹不起的一线，本来能上咱们杂志都得烧香拜佛了。"

孟婴宁觉得这样不太地道："可是之前主编……"

李欢把手里捏着的文件夹啪地拍在她脑袋上，压着嗓子："之前的主编和现在的是一个人吗？还敢提之前？不知道办公室人多嘴杂多少双眼睛？还是你想跟着之前的主编一起麻溜滚蛋？"

孟婴宁捂着脑袋，可怜巴巴地看着她，闭嘴了："我知道了李姐，陆语嫣我去找。"

"还有新主题的照片，拍出来的全修了，下周五开会的时候挑，和剪好的视频一起给我，"被人叫走前，李欢快速嘱咐，"向开元老师的采访稿下周之前整理完放我桌子上——别卖呆了，小姑娘，回神！干活！"

孟婴宁忙不迭地去了。

整个周末两天就像是不存在一样连着周一过去了，一直到周四晚上，她敲完专题采访稿最后一行字，虚脱了似的整个人瘫在椅子上。

事情基本上都做完，担子一脱，疲惫感顿时袭来。

孟婴宁的位置靠着窗，写字楼巨大的落地窗外，天空是深浓的黑，月色清冷地笼着世界，地上高楼鳞次栉比，高架上飞驰而过的车流拉出绚丽的光带，明黄和红交织，构成流丽璀璨的夜。

办公室里只剩下零零散散的几个人，孟婴宁看着窗外发了一会儿呆，准备收拾东西回家，突然想起还欠了比克大魔王二百块钱的事儿。

她从桌角捞过手机，滚轮的椅子往后一滑，整个人趴在桌上，回忆了一下陈妄的手机号码。

他应该也挺忙的，不知道部队里能不能用手机。

孟婴宁想了想，先在支付宝输了他的手机号，结果显示账号不存在。

她又关了支付宝，搜了一下微信——查无此人。

孟婴宁没办法，只得发了条短信过去。

果然还是得先确认一下是不是他。虽然她对自己的记忆力挺自信的，但这都过去这么多天了。

她垂头打字："是陈妄吗？晚上好？"

等了一会儿，对方竟然回了："嗯。"

孟婴宁很飘，放下手机为自己的记忆力鼓了鼓掌。

她又拿起来，手速很快，噼里啪啦地打字："哇，你能用手机啊，是我是我！之前你不是帮我垫了二百块钱车费嘛，你给我个支付宝账号，我转给你呀。"

陈妄："没支付宝账号。"

孟婴宁愣了愣，这年头还有人没支付宝账号？

孟婴宁再次垂头，飞速道："微信也行。"

一分钟后，陈妄："没有。"

孟婴宁："……"啥叫没有？也没微信？连她姥姥都有微信了。

孟婴宁茫然了。

就是说，只能当面给现金了吗？

陈妄收到短信的时候刚拿回手机，仰面躺在操场上听一帮小孩儿聊天儿。

刚入伍的小孩儿性子还跳脱，什么都聊，这会儿的话题是以前谈的那些女朋友。

正听着其中一个吹着牛 × "我的前女友腿又长又细，能跟台北 101 比"的时候，手机在口袋里振了振。

陈妄抽出来看了一眼，一个陌生号码——+86 139 × × × × × × ×。

"是陈妄吗？晚上好？"

小心翼翼的语气。

陈妄都能脑补出她打出这句话时的表情，慢悠悠地回了一个"嗯"。

那边回复得很快，小姑娘当面见着他的时候浑身上下都写满了"不熟""我想走""我怎么这么倒霉""什么时候完事儿"的不自在，发信息语气倒是跳脱得很，跟他要支付宝账号和微信账号。

支付宝账号陈妄是真没有，微信账号倒是有，但太久不上，他自己都不记得密码，也懒得找回。

他正想着要不找回微信账号密码，界面刚退出去，手机一振，又一条短信弹出来。

+86 139 × × × × × × ×："那能献精吧？"

陈妄："……"

[04]

不远处一群小孩儿还在如火如荼地争论着谁的前女友好看。

有说自己前女友长得像张曼玉的，还有的说像莫文蔚的，到最后，竟然还有说像年轻时候的贾玲、蔡明的。

其中一个没谈过恋爱的觉得他们这话题让人挺不明白的，他一脸纳闷儿地抬手打断了几方争执，虚心求教道："不是，这有什么好比的？再好看还不是前女友吗？人以后还能是你们的咋的？"

"……"

小伙子们满脸漠然地扭过头来，齐刷刷地看着他，然后扑上去把人按着揍了一顿。

欢声笑语是别人的快乐，另一边儿"沉默是今晚的康桥"。

陈妄躺在地上从远方的张曼玉沉默到了蔡明。

半晌，陈妄坐起身来，单手撑着操场地面，视线聚焦在手机屏幕上，没动。

他滑着屏幕往上拉，看了眼之前的对话内容，又结合语境，得了个结论：打错字了。

所以她想说的是"现金"吧。

陈妄笑了一声，垂眸，懒洋洋地点开对话框，挑着眉，慢悠悠地打字。

孟婴宁此时此刻十分绝望。

她二十几年顺风顺水，没遇到过什么大的坎坷，原本以为此生唯一的劫是七岁那年遇到陈妄，当时万万没想到还有一劫在十年后等着她。

真的是自从上周末碰见他，她从头到脚每一根头发丝儿都写满了尴尬和倒霉。

在空荡荡的编辑部办公室里，孟婴宁看着自己打出去的那一行字，陷入了深深的恐慌。

"那能献精吧？"

能吗？

最恐怖的是短信还没法撤回。

这玩意儿就即将被永远地留下来，万古不朽，百年流芳。

孟婴宁像是被烫到了一样飞速地把手机丢到一边，整个人扑在桌子上，随手拽了个文件夹往脑袋上一盖，头一低，发出了一声长长的、低低的呜咽，被文件夹挡住的整张脸，从脖子到脑门儿红了个彻彻底底。

羞耻归羞耻，短信也不能就这么晾着，她抬手抓掉文件夹，慢吞吞地重新拿起手机，绞尽脑汁地思考这一绝望现状要怎么才能圆回来。

怎么想都觉得好像只能老老实实地说自己打错字了。

孟婴宁咬着嘴唇，这次学乖了，也不打拼音简写了，小心翼翼地一个字母一个字母地敲：我刚刚打错——

正打到一半，手机突然又是"嗡嗡"的两声，孟婴宁一哆嗦，差点又发送了。

她赶紧停下动作，目光上移，陈妄回了四个字："那得加钱。"

"……"

什么人啊。

隔着屏幕，孟婴宁都能感受到陈妄打出这句话时的不正经。

这个人果然是狗改不了吃屎，无论多少年过去了也还是那个德行。

孟婴宁不想回复他了。

快乐星期五的早上，编辑部依然一片鸡飞狗跳、鸡犬不宁，丝毫没有工作日最后一天的平静祥和。

孟婴宁一大早就到了，一脸萎靡地去茶水间冲了杯黑咖啡，又从小冰箱里拽了包零食，回到座位上翻出早上在地铁站旁边"711"买的三明治，哗啦啦地撕开包装袋开始啃，啃到一半想起来什么，又放下早餐起身，梦游似的把昨天晚上弄好的照片和资料专访稿放到了会议室桌上，又梦游似的飘荡回来。

坐在她旁边的白简看了她一眼，端着咖啡杯滑过来，仔细端详着她的黑眼圈："你昨天晚上'歌舞升平'去了？"

孟婴宁咬了口三明治，声音含糊道："没睡好。"

"累了吧？你来的时间短，习惯就好了，"白简很懂，拍了拍她的肩膀，"每个月总要有两个礼拜是这样的，等发售日过了就能过上几天混吃等死的清闲日子。"

孟婴宁吃着三明治，没好意思说自己没睡好是因为做了一晚上噩梦，梦见的全是些乱七八糟的事情。

小姑娘双手捧着早餐默默地啃的样子看起来像只小仓鼠，又安静又乖。

白简忍不住摸了下她的脑袋："咱们公司算是好的了，现在纸媒这么萧条，就咱们这行——对家 VECO 裁员都快裁空半层楼了，两个子刊直接'咔嚓'就给砍了，相比之下，我们！"白简感动道，"我们是多么地幸福，没想到有一天我竟然会觉得有个奋斗的目标——加班，是这么踏实的事儿，我真爱工作，工作真好。你说是不是，小孟？"

孟婴宁顿了顿，放下三明治，非常上道地配合她放彩虹屁："我也是第一次发现，能加班到头秃是如此幸福的一件事，我现在能理解姜部长了，为 SINGO 秃顶是值得的。"

市场部姜部长，今年三十有四，发际线已经快到脑瓜顶了，并且看起来还有向后脑勺逼近的趋势。

白简转过头来，眼里饱满的情绪戛然而止，犹豫了："那还是不行吧，找对象的时候男方一般会在意发际线吧？"

孟婴宁眼睛一弯，声音又甜又欢快："您找个程序员，他们不敢在意发际线的。"

白简觉得是这么回事儿，点点头，又问："陆语嫣那事儿你推了没？"

"还没。"

"到时候该道歉道歉，该装孙子装孙子，嘴甜点儿。"白简四下看了一圈儿，压低了声道，"知道前主编为什么好几个大一线没要，而是选她吗？人家是有背景的，母家经商，大伯是个部队里的什么长，挺大一官儿。"

孟婴宁眨眨眼，"哦"了一声。

两人结束了繁忙一天的晨间唠嗑，转椅一滑，各干各的去了。

孟婴宁手头上的工作只剩下陆语嫣的那个封面，主要是谈好了的封面又给人推了，孟婴宁觉得这事儿办得不地道。

纠结了一周，她最后觉得最好还是走一趟。

约的时间在下午，陆语嫣这会儿在市郊一个影视城拍戏，坐车过去要两个小时，上午一开完会，正好是午休，孟婴宁连饭都来不及吃就往那边赶。

在车上脑子里完整地过了一遍等一下话要怎么说。

拒绝别人，孟婴宁向来不太擅长，初中那会儿，春心萌动、懵懵懂懂的岁数，小姑娘皮肤白嫩剔透、五官漂亮，看着人的时候杏子眼一弯，梨涡深深，又甜又乖，把同龄的小男孩儿都瞅得一愣一愣的。

男孩儿们第二天就偷偷摸摸地往她书桌肚里塞巧克力。

那会儿喜欢她的人很多，真正敢告白的其实没几个，大家都觉得早恋是特别羞耻的事情，被同学知道了是要被嘲笑的。

可能还会被找家长，到时候要面对的可能就是一顿胖揍。

但——真正的勇士敢于面对同学的嘲笑，爱美人不惜命。

某天放学，孟婴宁被初中部高年级的一个小男生在学校门口的小树林的过道里堵了。男生看起来大概也是他们年级里有头有脸的人物，校服外套扎在裤腰上，牛 × 哄哄地仰着脑袋看着她，脸上写满了"我是扛把子我最厉害"："孟婴宁，你喜不喜欢我？"

孟婴宁在陈妄的统治阴影下苟活了这么多年，胆子比几年前可大太多了，这会儿看着他就像看着只三花猫崽子孨毛。

装 × 水平是真的次，跟陈妄比起来凶残程度根本不是一个档次。

小姑娘脆生生道："不喜欢。"

扛把子像没听见似的，语气很霸道："我喜欢你，你跟我处个对象！"

人家一表明心意，孟婴宁就愣住了，张了张嘴，想拒绝，又不知道怎么开口，有点难为情。

她垂着脑袋苦恼地想了几秒，下定决心以后再一抬头，扛把子在她面前腾空而起。

穿着高中部校服的少年揪着他的衣领子把人拎起来，往后两步，跟孟婴宁拉开距离。

扛把子嗷嗷叫唤着蹬腿："谁啊？别拽我！撒手！给我撒手！你他妈谁啊！"

陈妄拎着他转身，边走边笑出了声，眼神冷戾，毫无情绪道："我他妈是你老子，还处个对象？你想跟谁处？来，我跟你处个对象。"

孟婴宁就看着他满脸冷酷地拎着扛把子越走越远，最终消失在了小树林的尽头。

陆之州走过来，拍了下她的脑袋："吓着了？"

孟婴宁扭过头来，欢快地跟他告状："陈妄骂人！

"他还早恋！他要跟人家处对象！

"他跟男生处对象！他这样回去陈叔叔会骂他吗？"小姑娘仰着脑袋，欣喜又期待地问，"会不会揍他一顿？"

陆之州："……"

那时候孟婴宁跟陈妄的关系特别差，现在想想，幼稚得没眼看。

到影视城的时候已经是下午，没工作牌不让进，孟婴宁在门口站着等了一会儿，走到旁边的树荫下，抬手抹了一把鼻尖上的汗珠，翻出手机来给陆语嫣的经纪人打电话。

六月盛夏，下午两点的阳光烤得柏油路面热得几近融化，油亮亮的一片，一脚踩上去触感黏稠，再一抬脚，鞋底和路面分离，发出轻轻的一声响。

孟婴宁把手机举到耳边，垂着头，在树荫下来来回回地踩着掉下来的树叶玩。

那头半天没人接，她垂首看了眼手机屏幕，想着再打一通。

一抬头，她看见影视城门口另一边停着一辆车。

黑色SUV，车牌号很眼熟，并且数字非常好记——陈妄的车。

孟婴宁记性好，那天晚上在酒吧门口临上车时扫过一眼车牌号，脑子里还有印象，没想到会在这里看到。

孟婴宁有些犹豫要不要过去，顺便直接把钱还了。

她刚走出两步，影视城门口出来个人。

陆语嫣穿了条白裙子，大波浪长发披散着，热风滚过，长发和裙摆都跟着扬起浅浅的弧度，看起来很像仙女。

她站在门口看了一圈，然后眼睛亮了亮，展颜一笑，朝着黑色SUV跑过去。

跑到主驾驶位车窗前，她笑得跟朵娇花儿似的凑过去说了几句话，又小步绕过车头跑到副驾驶座前，拉开车门坐了进去。

等她上去关好车门，黑色SUV熟练地掉了个头，缓缓靠过来，然后在孟婴宁面前飞驰而过。

顺便还嚣张地喷了孟婴宁一脸的尾气。

[05]

阳光见缝插针地从繁茂的树叶缝隙间细细缕缕地漏下来，孟婴宁咳了一声，抬手在鼻尖扇了两下，稍退几步。

汽油味散尽，新鲜空气重新蹿进鼻腔。

关于陈妄为什么会出现在这里，他跟陆语嫣为什么会认识这件事，孟婴宁其实没考虑过。

陈妄和陆之州刚回来那会儿，陆之桓就找她说过，两个老光棍，还谁都没有谈恋爱的打算，他这个做弟弟的愁得不行。

但他没说过陈妄没有女性朋友。

接个朋友、搭个车也没什么，算算看陈妄今年都28岁了，就算真有什么，好像也是再正常不过的事情。

有什么好在意的？而且跟她又有什么关系？

她比较在意的是，本来就已经约好了下午见面的时间，陆语嫣人却走了，甚至都没提前打个招呼说一声，这算什么？

鸽子是这么放的吗？

看着黑色 SUV 车屁股在视野里渐渐消失，孟婴宁抓了一把被汗水洇湿的额发。

她垂头，点开陆语嫣经纪人的对话框发了条消息过去："您好，我现在到影视城门口了。"

对方没回复。

等了五分钟，一个陌生号码打进来，孟婴宁接起。

"您好，是孟小姐吗？"女孩子的声音小心翼翼的，让人有点意外，"我是语嫣姐的生活助理。"

生活助理？孟婴宁有点儿没反应过来，"啊"了一声。

那边，陆语嫣的助理声音里充满歉意："不好意思啊，孟小姐，语嫣姐那边临时有点事情要办，今天下午没什么时间，所以您看咱们这边能不能改天？"

孟婴宁："……"

孟婴宁抬手，看了一眼时间，两点四十五："我已经在影视城门口了。"

小助理语气为难："让您白跑一趟了，实在不好意思，咱们另约一下吧，我们这边是下周四晚上有几个小时的空当，您看看这个时间方不方便？"

这小助理人挺好的，说话既委婉又客气，但翻译一下还是那个意思——我们大明星忙得很，就下周四晚上有时间，允许你前来参见，还不赶快领旨谢恩。

孟婴宁叹了口气，站得有点儿累，干脆坐在树下花坛的瓷砖上，盯着脚尖平静道："不用了，其实也不是什么大事儿，本来电话说也可以，我觉得不太好才想着当面说可能会方便一些。

"不过既然陆小姐没时间就算了，主要是之前谈的那个关于杂志封面拍摄的试镜结果出来了，我们这边觉得陆小姐的气质和这期的杂志主题不太相符，所以虽然很遗憾，但最终还是决定取消合作。"

这次轮到小生活助理没反应过来了："啊？"

"那就这样，就麻烦您转达一下，"顿了顿，孟婴宁真诚地补充，"祝您工作、生活愉快。"

挂了电话以后，她慢吞吞地站起来，看着树荫以外仿佛能烤化了人的大太阳，有点儿发愁。

肚子适时地咕噜一声，她之前跟陆语嫣约了两点半见面，杂志社到影视城车程又远，饭都没敢吃，生怕会迟到。

凭借着早上那杯咖啡和三明治扛到现在，她早已饿得前胸贴后背了。

结果她还被人放鸽子，在她面前喜笑颜开地跟别人走了，顺便喷了她一脸的汽车尾气。

而这个别人，还他妈是陈安。

孟婴宁眨巴了两下眼，撑着花坛滚烫的瓷砖站起来，鼓起勇气迈出舒适圈，坚定地走到大太阳下，往车站方向走去。

热烈的日光烤干了空气中最后一点水分，空气好像都扭曲了。空荡荡的胃咕噜地叫着，连续加班加点地工作到周五的疲惫、炎热，以及饥饿叠加，熏得人的大脑有点儿缺氧的感觉，迷迷糊糊的。路上没见着有辆出租车，而车站还在遥远的前方。

白跑一趟。

孟婴宁也是个娇气的人，从小被惯着长大，工作又没多久，社会阅历也浅，什么时候受过这样的苦。

她抬手揉了下眼睛，委屈巴巴地瘪瘪嘴，闷着头往前走。

没走一会儿，手机又响了。

孟婴宁无声地吸了吸鼻子，连来电显示都没看，直接接起来，声音蔫巴巴的："喂？"

"孟小姐吗？您好，我是陆语嫣，刚刚我的助理给我打电话说合作取消了？请问是有什么误会吗？"

陆语嫣的声音倒是中气十足，精神得很。

这肯定精神，人正坐在 SUV 里头吹着空调呢。

孟婴宁还没开口，她又赶紧道："今天我是临时有事，我这段时间工作排得确实挺紧的，真的特别忙，我听助理说您已经在影视城门口啦？要不我们现在过去接您吧？"

还"我们"？孟婴宁觉得这人挺有意思的，知道自己被踹前后态度差了简直不是一星半点儿。

合同还没签，陆语嫣就觉得封面稳了，约好了两点半见面结果两点四十分才来约改天。就这，还是在她这边主动联系了两次被无视以后才派了个小生活助理过来通知的，一上来就是"我们下礼拜四有时间，你能不能配合"。

是什么给了你自信的资本？是因为你有背景吗？

孟婴宁本来是怀着无限歉意的，甚至做好了点头哈腰地跟陆语嫣道歉的准备，这会儿理智被某种不知名的火气支配，把愧疚挤压到几乎没有。

她深吸了口气，强打起精神来，心平气和道："临时有事这个也都是能理解的，您不用来接我了，也不是什么重要的事情，在电话里说也可以。

"是这样的，陆小姐，我跟您的生活助理也说了，上次试镜以后我们本来是非常期待和您合作的，但是我们这边临时换了下期杂志主题，觉得您自身气质和新主题不太相符，所以这次很遗憾。"

陆语嫣忙道："可之前你们主编明明说我气质挺符合的，当时不也是他亲自来说定下了吗？"

孟婴宁用尽了最后一点儿教养才克制着自己没打断陆语嫣说话。

听完，她笑眯眯道："您是说任主编吗？他上个月已经被辞了，我们现在的主编姓郁。"

陆语嫣沉默了三秒，声音拔高："什么叫被辞了？主编被辞了，封面定下来的人选就可以说换就换吗？之前都说了我合适！怎么突然就不行了？我长得不好看吗？"

"合同没签的话，一切都是未知数呢，陆小姐，每一个主编选人的角度都不同，"孟婴宁耐心道，"不是说您不合适，您长得也挺美的。"

她是真挺不擅长干这事儿的，所以虽然不太喜欢这个陆语嫣，但也觉得确实对不起陆语嫣。

陆语嫣那边依然觉得不能接受，嗓门儿一声比一声高，孟婴宁一边绞尽脑汁放着彩虹屁夸她好看一边委婉拒绝，到最后这女的还在胡搅蛮缠。

孟婴宁也烦了，深吸口气强压着不耐烦："有缘的话，还是期待以后能有别的合作机会的，您不是挺忙的吗？我就不打扰了，再见。"

再也不见！

孟婴宁啪地把电话挂了，这种天气说这么多话，还要斟酌着字句客套，简直是种折磨，嗓子都要冒烟了。

这会儿工夫她已经快走到车站了，这一片在开发区，周围都是工地和正在拆迁的平房，没什么人，很荒凉。孟婴宁记着来的时候在车站前面左手边看见过一个疑似钉子户的小平房，好像是个小卖部。

她又往前走了一段，看见了那个立在路边破破烂烂的红色塑料牌子，上面有大大的黄色字——有缘千里来相会。

角落有很小的三个字——小卖部。

牌子后面停着一辆车，黑色的，SUV。

车主人此时正懒散地倚靠着车头站在那儿，嘴里咬着根烟，手里捏着火机，头略低，火苗凑上去，点着。

车主人一抬头，两人的视线正好撞在一起。

陈妄略一扬眉，小姑娘今天穿了件鹅黄色无袖连衣裙，扎着丸子头，身上露在外面的皮肤被阳光晒得发红，像一只被烤得蔫巴巴的小鸡崽子，翅膀都扑腾不起来了。

惨兮兮的。

孟婴宁现在看见他就来气。

这会儿又憋了一肚子委屈和火气，在影视城门口那会儿陈妄走得干脆，她也不会巴巴地凑上去主动跟他说话。

她目不斜视地走过去准备进去买水，顺便看看有什么吃的。走到一半顿了顿，她略一想，还是折回来了。

欠债还钱，天经地义，早还早解脱。

她走过去，垂着头打开包包，从里面掏出皮夹子，抽出二百块钱来，抿着唇递给他："还给你。"

小姑娘就站在他面前，陈妄垂眸，看见她细细软软的发丝濡湿着粘在额角，挺翘的鼻尖上挂着汗珠，白嫩的脸蛋儿一片绯色，声音蔫巴巴，唇色有些苍白。

陈妄把才点着的烟掐了，站直身子，略往太阳光照来的方向偏了偏，高大的身影将她笼进阴影里。

男人垂眸，瞥了眼她手里捏着的两张票子，没接："不是说了吗？得加钱。"

他微俯着身子打量她，眯了下眼，似笑非笑道："怎么着？想吃白食啊？"

孟婴宁："……"

她本来努力想忘了的事儿，他非要来提醒一声让她回忆起当时有多么羞耻。

初见面时，孟婴宁觉得男人变化太大，陌生到让她有点小心翼翼，不敢接近。

现在看来陈妄还是那个陈妄。他还是那个讨厌的臭流氓！！！

就你会要流氓吗！！！

孟婴宁被他撩拨得一张小脸红了个透，憋了一下午的火实在憋不住了，恼羞成怒，后退了一步，漂亮的杏仁眼毫无杀伤力地瞪着他。

陈妄好整以暇，像以前一样，准备好了看她刍毛。

结果小姑娘非但没刍毛，反而深吸了口气平静了，垂头打开包，翻出皮夹子。

陈妄垂眼，看着她动作慢吞吞地从皮夹子里抽出一沓一百，一张一张地数，数了六张。

然后连着刚刚那两百也放在一起，八张对折，人往前凑了两步，香香甜甜的味道跟着靠近。

陈妄今天穿了件黑衬衫，领口两颗扣子没系，脖颈的线条蜿蜒着隐进衣领，再往下结实的胸肌轮廓隐约可见。

孟婴宁眼观鼻、鼻观心，不往上看，细白的指头捏着他胸前的口袋，往前拉了拉，把八百块钱塞进去。

青春荒唐我不负你，坐地起价八百元起。

男人的体温仿佛比这盛夏的温度还要高，指尖能够隔着衬衫布料感受到包裹在下面的肌肉，灼热、滚烫。

孟婴宁耳根子一红，微垂了垂眼，佯装镇定，小小的手缓慢地贴合在他胸前的口袋上。

陈妄一顿，肩线连着背肌无意识绷了绷。

孟婴宁另一只手指尖虚虚地搭在他肩膀上，踮着脚凑近，柔软清甜的声音带着吐息蹭着他的耳膜，有些轻佻："全套八百够了吗？不够小姐姐再给你加钱。"

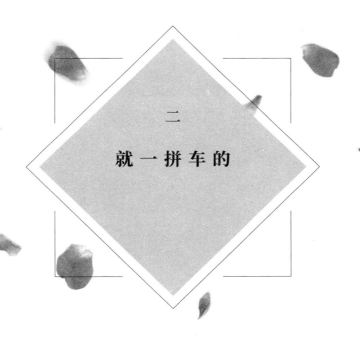

二

就一拼车的

[06]

孟嬰宁这小丫头从小就这样，性格看着软绵绵的，跟谁都好说话，其实又倔又轴，脾气大得很，一般都憋着，一个人委屈巴巴地在角落里缩一会儿。

有的时候憋不住真发起火来，那就是真天王老子来都管不了。

陆之州说她这是兔子急了还咬人。

而曾经被揪揪呆毛就吓得抱着石板床哭、说两句话就炸毛的小兔子，此时一只手掌心紧密地贴着他的胸膛，另一只手攀住肩膀，脸颊凑到他脸侧，吐息都是温热的。

柔软的身体和他虚虚地离一点儿，裙子的布料随着动作垂过来，热风滚过，衣料和衣料轻微摩擦。

气息、动作、声音都带着天然清甜，像软绒，勾着人。

这何止是勾人？这是剔骨。

陈安垂着眸，目光落在她红透的耳朵上，顺着耳际到脖颈，脸颊的皮肤都是绯红的，也不知是热，还是其他原因。

陈安盯住，忽然笑了一声。

他很少笑，更别说笑出声来的那种，一般都是一脸冷酷，浑身上下都充满了"惹老子脑瓜儿给你崩开瓢"的凶残气场。

这会儿离着咫尺的距离，男人在她头顶低声一笑，嗓子里溢出来的声音，低缓微哑，带着沉沉的力度，震得孟婴宁耳根发麻，整个人缩了一下，下意识地就想后撤。

孟婴宁一咬牙，愣是忍着没动。

第一次耍流氓，姿势、台词、手段全都是参考着电视、电影和言情小说里的，孟婴宁这会儿也有点拿不准。

这样到底行不行？

难道不行？

他怎么一点儿反应都没有？不仅没有，还笑了，是挺高兴的意思？

她这边儿正苦恼着，陈妄忽然又在她耳边低声道："怎么跑这儿来了？"

他这话题转移得毫无预兆，孟婴宁还停留在跟他暗自较劲的频道里没回过神，扭过头来循着声源仰起脑袋，头一扬，就正对上那张无比清晰的、正面放大的脸。

陈妄一动不动地垂眸看着她，他眼窝很深，小的时候额发一垂，眼睛都匿在阴影里，现在换了发型，整张棱角分明的脸清清楚楚地露出来，看起来更加凌厉。

他冷着张脸沉默看人的时候整个人都透着股军人的肃整冷冽，然而这会儿又带上了点儿漫不经心的痞气，孟婴宁终于找回了些许男人少年时期的熟悉样子。

她回过神来，瞬间蹦开后退了两步，手背到身后，又觉得有点刻意，重新缩回来，抓着包包。

她垂头，撇了下嘴，声音低低的："关你什么事。"

陈妄没说话，忽然绕过车头走到驾驶座，拉开车门，从车里拿了瓶矿泉水出来，走回来递给她："润润喉。"

孟婴宁才不接，倔道："我一会儿自己买。"

她这小傲娇的模样陈妄可太熟悉了，表情带着不易察觉的无奈："你闹什么脾气？"

孟婴宁："……"

听听，这说的是人话吗？

这是什么愚蠢的直男发言？

孟婴宁的火儿一股一股地往上蹿："谁闹脾气了？"

陈妄眯眼看着她："这种天气，你是从影视城门口一路走过来的？"

他这问题不问还好。

孟婴宁磨了下牙，抬起头来："你也知道我是从影视城门口走来的？我以为你没看见我呢。"

陈妄愣了愣，反应过来她是为什么生气了，缓慢勾唇："看见了。"

他重复道："看见了，我以为你去拍戏。"

"我拍个屁的戏！"孟婴宁觉得他这理由找得真的烂，气到眼前发黑，脏话都蹦出来了，"我又不是明星！你以为人人都是有背景的大明星呢，出了影视城就有人来接。"

她这话意有所指挺明显。

陈妄没说话。

大太阳毫不留情地烤着地面，孟婴宁尽管站在陈妄的阴影里，眼前依然开始冒星星，视野里出现的全部事物都跟着晃晃悠悠地转了两圈儿，然后亮度被一寸一寸拉暗。

完了。

她闭了闭眼，又睁开，黑漆漆的一片，耳朵里像被人塞了个大功率发动机似的嗡嗡地响，陈妄又说了些什么话。

她迷迷糊糊地能感觉到自己手脚发软，胸口有沉闷的恶心反胃的感觉，整个人正一点一点地往下倒。

在晃晃悠悠地倒下去的一瞬间，孟婴宁脑子里蹿过的唯一的话是——要在比克大魔王面前摔个狗吃屎，好丢脸。

陆语嫣要被气疯了。

原本说好的工作，高端杂志的封面人物，往常都是跟准一线艺人签约的，每年每个月的人选基本上在年初就定下了，还是因为她妈妈那边在圈子里有点人脉，和这边主编关系也不错，才能临时给她夹进去的。

结果说被推就被推了。

她一问，才知道那主编被辞了，新主编嫌她形象、气质不符。

她哪儿长得不好看？

陆语嫣站在小卖部里，看着镜子里的女人，细腰、长腿、漂亮的脸蛋，她在娱乐圈里是与世无争的清纯仙女人设，今天一身白纱裙衬得她更白了些，仙女气质格外突出。

这小卖部破旧，陆语嫣是含着金汤匙长大的，这种破地方本来看都不会看一眼，但是现在她急需打个电话问清楚，怕克制不住脾气，又不想让陈妄看见她不好的一面。

于是看到这儿，她赶紧让陈妄停车，钻进去打电话。

结果杂志社那边找过来的小姑娘简直太气人了。

说话不紧不慢的，听着句句都挺有礼貌，却变着花样儿说她气质不行、咖位不够，最后还挂她电话。

陆语嫣瞪着手机愕然三秒，又给她的经纪人打了通电话过去。

两通电话打完，她对着镜子调整了一下表情，在小卖部老奶奶瑟缩又惊恐的眼神中微笑着走了出去。

结果刚一推开吱吱嘎嘎的破旧木门，陆语嫣甜美的表情在脸上凝固了。

门口一片空荡荡的，黄土混着沙石，哪里还有什么黑色SUV的影子。

陈妄走了。

她就打了两通电话的工夫，陈妄竟然走了？！

他去哪儿了？陆语嫣难以置信地瞪大了眼睛。

她知道陈妄现在还不喜欢她，这男人冷心冷情，像铁做的，陆语嫣想不到他会喜欢谁，也想象不出他喜欢一个人的时候是什么样儿。

但他是男人嘛。

她家世、身材、脸蛋，什么都不缺，还是个女明星。

男人说不说，不也都是好这口的，像女明星这种，能让他们更有征服欲和成就感。

更何况她还近水楼台先得月，陈妄以前归她大伯管，就算是现在说话，陈妄多少也会听一点儿。

就像今天，她特地撒娇卖乖地讨好了大伯要让陈妄来接，他果然就来了。

陆语嫣没想到他竟然会走。

她立刻捏着手机给陈妄打电话，等了半天，没接。

陆语嫣不死心，又打了一遍。

响了不知道多少声，那边终于接起来了，沉沉地"喂"了一声。

"陈妄！"陆语嫣调整了下心态，柔声道，"我刚刚才出来，你怎么走了啊？你去哪儿啦？"

"嗯，"男人答得简洁又敷衍，"临时有事。"

"什么事儿这么重要啊？"陆语嫣还想撩撩他，暧昧地说，"来接我不是你现在最重要的事情吗？"

"不是，"陈妄冷漠地说，有些心不在焉，"你给陆之州打电话吧，他在附近。"

陆语嫣："……"

陆语嫣被这么干脆地拒绝，觉得非常没面子，有些难堪，小姐脾气也上来了："我不用他接。"

电话里，男人低沉的声音带着明显的不耐烦："那你自己回去吧。"

"我自己回去？我怎么自己回去？我是明星！这么热的天，你难道让我去坐公交？！"陆语嫣说，"我今天谁也不用，我就要你来，你不来接我，我就一直在这儿等着。"

她就不信了。

陈妄："关老子屁事。"他把电话挂了。

［07］

孟婴宁醒过来的时候人在车里，身下是柔软舒适的车座，还有温度适宜的空调，耳边是汽车高速行驶的声音，以及男人一句冰冷低沉充满了不耐烦和心不在焉带着明显暴躁情绪的脏话。

孟婴宁："……"

咋还骂人呢？

孟婴宁睁开眼，入眼是深灰色的车棚顶。

她撑着座椅直起身来，侧头往前看过去。陈妄刚好挂了电话，手机随手扔在了副驾驶座上，注意到后头的动静，转过头来。

小姑娘横躺在后面，手臂支撑起上半身，歪着脑袋看着他，脸色、唇色都泛着病态的苍白，乌溜溜的大眼睛眨巴了一下，睫毛又长又密地扑扇着。

陈妄一顿，表情缓下来，空出手来抽了瓶水拧开递过去："好点儿了？"

孟婴宁这次接过来了，慢吞吞地，很小声地道了句谢。

她其实比较想躺回去装死。

实在太丢人了，本来想装个×、要个流氓吧，还没装明白，装到一半，人倒地上了。

孟婴宁抬手摸了摸鼻子，捏捏鼻尖，又揉了揉脸，没什么痛感。

看来是没摔成狗啃屎？

她身体上的小毛病自己挺清楚的，本来就有点儿低血糖，又特别怕热。盛夏对她来说简直是地狱级难度副本，再加上这次在大太阳底下暴晒了太久，还始终没吃东西。这会儿缓过来了大半，她还是觉得头晕和恶心。

她低垂着眼睫无精打采地喝水。

陈妄从后视镜瞥了她一眼："还行吗？"

孟婴宁点点头，小声说了句什么。

陈妄把身子往后靠了靠："嗯？"

小姑娘捧着塑料水瓶子抬起头来，又别开眼，看起来有点儿不好意思："我饿了……"

陈妄："……"

他唇角略勾起一瞬："想吃什么？"

"都可以，"孟婴宁想了想说，"想吃点汤汤水水的，胃不舒服。"

"晒了会儿太阳就这样，"陈妄的视线从后视镜移开，轻声道，"娇气。"

孟婴宁不怎么服气，辩解道："我是因为中午没吃饭，我平时身体挺好的，还定期去健身房呢。"

"健身房有个屁用。"

"健身房里好多帅哥，身材可好了。"

"就那奶油充的肌肉。"

"你能打十个，"孟婴宁接话道，人靠着车门坐起来，两只爪子举起来毫无诚意地拍了两下，甜甜地说，"你最棒了。"

看起来十分虚伪。

陈妄："……"

他沉默了几秒，"啧"了一声，没再说话。

车内一时间安静下来，孟婴宁先是翻出手机来跟李欢汇报了一下工作结果，顺便请了个假，聊完以后头靠车窗玻璃闭上眼，努力压住胃里那股不断翻涌的恶心和眩晕感。

身体正难受着，她这会儿也没了躲着他或者和他对台出拳的精力，甚至连尴尬和觉得丢脸的闲心都没有了。

反正也不能更丢人了，孟婴宁破罐子破摔了。

这一战，是她败了。

真正的勇士不能贪图一时的胜利，最好的做法是养精蓄锐，争取下次再战。

也因为如此，她跟陈妄刚刚大概是进行了他们相识多年至今，从各个方面来讲都最心平气和的、和谐友好的一段对话。

身体不适的娇气的孟小姐要求颇高，要吃汤汤水水的，离开B市多年，说起汤汤水水又暖胃的东西，他唯一能想到的就是以前大院旁边的一家破旧小笼包店的生滚粥。

算起来，孟婴宁自从搬了家，也有几年没来这边了，车子驶进宜宾大道停在胡同口，孟婴宁托着下巴看着窗外熟悉的景象，有些怀念。

红砖砌的老墙，墙面上的爬山虎生命力旺盛，生长轨迹魔幻，角落脱落的霉斑藏进野草堆，旁边立着辆生了锈的老式"三角"自行车。

石板路正中央，一只胖得像要流油的橘猫嚣张地穿街而行，迈着猫步走到墙边，旁边阴影里趴着一只吐着舌头被热得奄奄一息的土狗。

一切好像都没变过似的。

那家小笼包店还开着，四五平方米大的一个小平房，里面有四张桌子，门口褪了色的牌匾上五个歪七扭八的楷体手写字——福记小笼包。

孟婴宁犹记得，少女时代的自己第一次来这家店的时候，还嫌弃过它店名起得俗。

不过在今天见识到了"有缘千里来相会"小卖部以后，孟婴宁突然觉得"福记小笼包"这个店名真是好听极了，平淡中透出一丝令人感觉到幸福的味道。

果然，人还是得多见见世面。

孟婴宁步子不易察觉地加快了不少，把陈妄甩在后头，率先进了店里。

等陈妄进来，她已经对着墙上小黑板熟练点单了："一屉蟹黄的、一屉小龙虾的、两屉干肠的，再要一份生滚猪肝粥——"

她扭头："你要什么粥？"

陈妄在她对面坐下："一样的吧。"

"两碗生滚猪肝粥！"孟婴宁指尖轻轻地敲了下桌角。

这会儿下午四点多，不到饭点，店里就他们一桌，包子和粥上得都很快。

孟婴宁觉得自己从来没这么饿过，喝了半碗生滚猪肝粥，吃掉了大半屉干肠小笼包的时候，才察觉了哪里不太对劲。

好像少个人。

孟婴宁嘴里咬着包子抬眼，腮帮子一鼓一鼓的，声音含混："里吕盆友惹？"

陈妄："？"

说的什么玩意儿？

陈妄往椅背上靠了靠："好好说话。"

孟婴宁把小笼包嚼吧嚼吧吞了，又喝了口水，漫不经心："你女朋友呢？"

陈妄答得挺狂的："哪一个？"

孟婴宁笑眯眯地看着他："就是你特地去影视城门口接的那一个，大明星。"

这事儿他还真不知道该从何说起。

陈妄被叫过去的时候，只说了让他接个人，也没说是谁，反正他现在闲人一个，就去了。

结果到那儿才知道是陆语嫣，他自己觉得也无所谓，来都来了，给送回去就完事儿了。在车上，她几次三番地把话说得露骨又明显，既能啰唆，事儿又多，陈妄话都懒得回。

但他倒是也没想过故意把她扔在那儿。

他就是真的很单纯地忘了有她这个人存在了。

孟婴宁当时正说着话呢，眼看就要夯毛了，忽然眼睛一闭，二话不说晃晃悠悠地一个猛子就往他怀里扎，陈妄都没反应过来，以为这丫头片子要展开第二波攻势了。

直到陆语嫣一通电话打过来，陈妄才想起来——啊……还有这么个人。

给你忘了？

这话陈妄懒得跟孟婴宁解释，也觉得没必要，重新捏起筷子夹了个小龙虾包子，在醋里滚了一圈儿，漫不经心道："不认识，拼车的。"

孟婴宁："……"

您这敷衍得还真是十分不明显啊。

孟婴宁悄悄地翻了个白眼，懒得再搭理他，垂头捏起筷子，把猪肝粥里的葱花全挑出去了。挑完葱花，又挑青菜。

她刚夹了根小青菜叶出来，正准备丢到空盘子里，筷子被另一双筷子稳稳地夹住，动都动不了。

孟婴宁晃了晃筷子。

陈妄不松手。

两双筷子就这么纠缠在一起，中间夹着根菜叶子，互不相让地在暗地里争夺了起来。

一分钟后，筷子被压制得死死的孟婴宁抬起头来："？"

陈妄下巴一扬："吃了。"

小姑娘歪了下头，声音软糯糯的："你能不能不管这么宽呢？拼你的车赚你的外快去不好吗？"

陈妄："……我真以为你当时是去工作的。"

孟婴宁点点头："我确实是去工作的。"

只不过被放了鸽子而已。

"我以为你去拍电影，"陈妄强耐着性子说，"你不是个网红吗？"

孟婴宁："……"

她的思维出现了三秒钟空白，而三秒钟后脑海里闪过的第一个问题不是"为什么你会知道我是个网红"，而是——"你一个连支付宝都没有仿佛落后到侏罗纪的人竟然会知道网红？"

孟婴宁觉得匪夷所思："又是什么给你的错觉让你觉得网红都会去拍电影？"

陈妄是一个脱离社会的人，没感觉网红和明星两者之间有什么区别，他觉得都是一回事儿，在工作内容上，干的活儿应该也都差不多，甚至连"网红"这个词他都是从陆之桓那儿现学的。

他也没解释，随口道："长得好看。"

孟婴宁："……"

真的是一个彻彻底底的大写的直男。

这一顿饭吃得孟婴宁像回了趟泉水，血条蓝条都补了个满，出店门的时候重新活蹦乱跳了起来。

夏天白天长，外边天还大亮着，孟婴宁被喂饱了心情就会好，心情一好就连旁边的大魔王此时看起来都好像稍微顺眼了那么点儿。

小街巷子窄，不让停车，陈妄的车停在对面宜宾大道边，两人穿过小巷，过马路的时候孟婴宁的手机响了，是林静年打的电话。

自从上次发表了惊世骇俗渣男论，林静年和孟婴宁始终没再联系。两人工作都挺忙，唯一能用来煲个电话粥、见个面的周末时间全用来加班了。这会儿周五下了班，林静年像只撒欢的母鸭子似的笑得咯咯的，约她出去喝酒。

孟婴宁一边听林静年说话一边垂头往前走，忽然被人扯着手臂往后猛地一拉，下一秒，一辆轿车伴随着喇叭声从她面前飞驰而过。

陈妄捏着她的手腕把她拉到自己斜后方，拧着眉骂了句脏话，声音很冷："你走路不看车的？"

电话那边，原本还在"咯咯咯"的林静年瞬间就安静了。她像一只开始报警的警报器，语气立马就警惕了起来，化身为护着小鸡崽子的老母鸡："谁在跟你说话？是不是陈妄？你跟他在一起？"

孟婴宁现在算是怕了她的语出惊人和一涉及陈妄就开始无限啰唆的能力，再也不敢让"陈妄"这两个字出现在她的世界里，连忙道："没有没有，"孟婴宁灵光一现，故意说，"就……一拼车的。"

陈妄："……"

林静年很怀疑："拼车的？"

陈妄听不见电话那头的人在说什么，扯着她过马路，就听见小姑娘一边小跑跟着他的步子，一边一本正经、眼都不眨一下地瞎掰："对，我俩一起拼车到我家那边，这样车费可以平摊，比较便宜。"

陈妄嗤了声。

"不会对我做什么的，拼车能有什么不安全的？特别安全，什么样的人……"孟婴宁看了陈妄一眼，然后面不改色道，"很老了，五六十岁吧，拄个拐棍。"

"走两步都喘，"孟婴宁沉痛道，"身体是真不行。"

陈妄："……"

陈妄："？"

[08]

林静年也不是个缺心眼儿的，这么扯淡的屁话再听不出来就白活二十几年了，沉默了几秒后冷漠地说："孟婴宁，你再给老娘皮一个？"

孟婴宁撇撇嘴，语调亲昵，尾音软软的，跟她连抱怨带撒娇："阿年太唠叨了，我都这么大人了，能有什么事儿。"

在陈妄被这语气引得一顿，不动声色地瞥了孟婴宁一眼，又重新转过头去，神情漠然地拉开车门进去。

在陈妄的印象里，孟婴宁小时候也经常用这样的语气和陆之州说话。

在那一帮小孩儿里，她年纪最小，那时候大院里无论是大人还是小孩儿都宠着她。

小女孩好看得像只洋娃娃，性格讨喜，嘴巴又甜，无论见着谁，话还没说就大眼睛一弯，仰着张肉嘟嘟的小脸冲着你笑，说起话来能把人哄得欢喜到心尖上。

除了陈妄。

大概是第一印象太过糟糕，孟婴宁一见着他就跑，陈妄走近点她就吓得嗖地蹿到陆之州身后躲着，好半天，从少年身后小心翼翼地探出小半张脸来，怯生生地瞅着他。

高大的少年敞着校服外套吊儿郎当地站在那里，居高临下地看着她，黑眸危险地眯着，有点邪。

孟婴宁吓得一缩，又躲回到陆之州身后去。

少年无奈，一边侧身把她拽出来，一边温声安抚："没事儿，宁宁不害怕，陈妄哥哥不吓人，你跟他问声好，他给你买冰棍儿吃。"

孟婴宁才不要，一个劲儿地往后缩，小声抽鼻子："他吓人，他是大魔王。"

陆之州："宁宁不跟陈妄哥哥说话就吃不着冰棍儿了。"

孟婴宁死死抱着他的胳膊不撒手，小牙一咬："宁宁不吃冰棍儿了。"

后来上初中长大了些，胆子也变大了，少女虽然不躲着他，但是关系依然糟糕，一帮人聚在一起的时候还好，只要一独处，必定修罗场。

直到他高考完那天。

那头，两个小姑娘皮了几句，林静年转头问起了其他事："陆之桓是不是快过生日了啊？"

"月底呢，你竟然还记得啊？"孟婴宁讶异道，"你这就差把自己生日忘了的破烂记性。"

林静年挺无奈的："我倒是想忘，但这少爷去年生日刚过完就在为今年的预热了，从三月开始发想要的生日礼物清单到现在，而且今年他哥回来了，这兄控更兴奋了。"

说到这儿，林静年才想起来："陆之州现在是不是变得很帅？"

"陆之州吗？不知道啊，我还没见过他呢，"孟婴宁想了想，"应该很帅，小时候长得就好看吧。"

孟婴宁垂下头，心道：陈妄反正现在是依然还挺好看的……

"这不就要见着了，唉，十年没见了，我还挺怕的，见了面生分之类的怎么办？会不会尴尬？"林静年惆怅地叹了口气，又说，"不过有陆之桓那个二缺在，应该也不会冷场，你给他准备礼物了没？我还没准备，我送他个啥啊？"

"我也没准备。"

陈妄隔着车窗玻璃看了一眼背着身站在外头打电话的人，声音很小："应该很帅，小时候长得就好看吧。"

提到陆之州，小姑娘低下头，眼睛盯着脚尖，耳根微红。

她跟陆之州尤其好。

而他是大魔王，在她的生命里扮演的从来都是反派形象。

反派就算了，现在还成了五六十岁、拄着拐、身体是真不行的拼车老大爷。

陈妄气笑了。

孟婴宁那边话说一半，就看见车窗缓慢地降下来，一寸一寸从上往下露出男人一张冷硬的脸，有些不耐烦："你打个电话——"

孟婴宁反应过来，飞快地转身扑过来，没拿着电话的那只手伸进车窗里捂住他的嘴巴，瞪大了眼睛看着他，摇了摇头，示意他别说话。

女孩子的手柔软细腻，手指指腹压着他的唇角，触感温热，陈妄一顿。

孟婴宁怕他不高兴又说话，捂着他的嘴巴没松手，跟林静年几句话讲完，挂了电话，垂手，松了口气。

陈妄往车里一靠，懒懒扬眉："你偷情呢？"

"我怕她又叨叨我。"孟婴宁叹了口气，拉开后座车门上车，开始玩手机。

车子开出宜宾大道驶向高架桥，孟婴宁放下手机，忽然扒着驾驶座椅背凑近，脑袋夹在中间的缝隙，叫了一声："陈妄。"

陈妄略一偏头，目光还是看着前面的路，漫不经心地应了一声："嗯？"

"陆之桓生日你去不去啊？"

"不去，没时间。"

孟婴宁面上一喜："真的吗？"

陈妄冷淡地瞥了她一眼。

孟婴宁轻咳了声，手指杵着嘴角往下拉了拉，笑容收敛了一点儿，眨巴着眼认真地点了点头："那是不能去，工作重要。"

好虚伪的狐狸。陈妄哼笑了声，懒得搭理她。

陆之桓的生日在月底。

都说小儿子是被宠大的，陆之桓的存在简直是对这句话最完美的诠释。

陆少爷年方二十有五，每天还过着吃喝、蹦迪、撩妹子的啃老生活，混吃等死混得十分理所当然。

陆之桓对自己的生日派对可以说是十二万分地重视了，陆家出了几代军人，结果到了他父亲这儿退伍经商做起了海运，家境本就颇为殷实，近几年生意做得更是如日中天，少爷铺张奢靡起来也更方便了。

然而再多的财富也挡不住这人身上的弱智气。

当天晚上，孟婴宁就接到了陆之桓发来的视频通话邀请。

一接起来第一句话："狐狸，我其实并不想给你发这个视频通话，但是我感觉自己好像突然被一股神秘力量支配了。"

孟婴宁："……"

她把手机往桌子上一搁，不紧不慢地从小冰箱里拿了片面膜出来，撕开来对着镜子贴。

陆之桓对于这种程度的无视向来不在意，继续自说自话道："所以这个视频我必须给你发，你最近看了 H 家的那个新品发布会了没有？"

"没有呢。"孟婴宁干脆地说。

"放你的屁，"陆之桓批评她，"你一个在时尚圈里工作的人，怎会如此不关注圈内要事？"

陆之桓叹了口气，继续说："不过没关系，你这一手我早就料到了，我已经用微信把链接给你发过去了。"

孟婴宁："……"

她关了视频，打开微博，右下角红色的消息提示噼里啪啦地往外蹦。

不知道怎的，孟婴宁莫名地忽然想到了陈妄那句——"你不是个网红吗？"

孟婴宁会成为一个网红也是个意外。

最开始只是个普通的日常博，发发生活日常以及爱用物之类的分享，大学的时候偶尔被室友带去拍一下平面的约拍照片也都会往上发，还给两家网红淘宝店做过模特。

渐渐地，莫名其妙就积累下来了粉丝。

等她终于注意到的时候——嗬，这粉丝还挺多。

就这么莫名其妙变成了个小网红，每天评论里一群"妈妈粉""小姐姐"，号叫着"宝贝发张自拍吧"。

孟婴宁看了一眼消息列表、私信列表，一边敷面膜，一边翻着看，偶尔看到那种特别有趣可爱的也会回复一下。

看到一半，微信又振了振，她点开。

霹雳无敌爆炸帅你桓哥："[图片][图片]"

孟婴宁一看，两张H家新款的男包图片。

霹雳无敌爆炸帅你桓哥："你给爸爸买这个，爸爸给你介绍个帅哥。"

霹雳无敌爆炸帅你桓哥："你的大伯。"

霹雳无敌爆炸帅你桓哥："向你推荐了州。"

孟婴宁点开看了一眼，发过来的是陆之州的微信名片。

孟婴宁："……"

她点进去随手翻了翻，好像还真是陆之州的微信，ID就是一个"州"字。

你看见了吗，陈妄？人家陆之州有微信！！！

孟婴宁兴致勃勃地给陆之州的微信名片界面截了张图，然后给陈妄发了条图片短信过去。

孟婴宁问他："你知道这个是什么吗？"

陈妄："？"

孟婴宁嘚瑟地说："这是你不曾拥有的东西。"

孟婴宁："这叫微信。"

陈妄："……"

[09]

孟婴宁把短信发完，等了一会儿，陈妄没再回复。

其实他以前也这样，孟婴宁有些时候计上心来或者忽然有了闲情逸致给他发条消息什么的，只要不是什么有营养的内容，他都不会回，一副"你看老子想理你吗"的冷酷气质，好像完全不跟她小屁孩一般见识似的。

孟婴宁早习惯了，对他回不回也不怎么在意，转头退出了短信，打开微信，加上了陆之州的微信。

加的时候，孟婴宁还是挺开心的，那种即将与旧友重逢的雀跃感让她连洗脸的时候都哼着歌，过了十几分钟，陆之州通过了申请。

孟婴宁抓起毛巾擦了手，然后颠颠地捧着手机跑回卧室，爬上床，盘腿坐在床中央，准备和发小叙叙旧。

指尖提起正准备落在屏幕上打个字，她动作顿住了——要说啥？

她连现在陆之州长什么样都不知道了。

孟婴宁有点苦恼地抓了抓头发，切换页面给林静年发微信："我加了陆之州的微信。"

林静年那头秒回了："？？！"

孟婴宁："他通过了，然后我不知道说啥，我觉得有点尴尬。"

孟婴宁："太久没见了，一般这种情况要说啥啊？好尴尬。"

林静年："欧巴，撒浪嘿哟！"

孟婴宁："……"

她拿着手机，翻了个白眼。

林静年："你考虑那么多干啥？这有什么好尴尬的？你跟陈妄不是已经见过了吗？当时你们第一句话说的啥啊？"

孟婴宁心道：那能比吗？

我跟陈妄见着那会儿可比现在尴尬多了。

拜您所赐。

还说话呢，恨不得赶紧滚出十万八千里远。

最后还是陆之州先跟她说了话，应该是陆之桓跟他说过了，他开口直接问道："婴宁？"

孟婴宁拿起手机："好久不见！"

陆之州那边直接发了条语音过来："好久不见，刚刚小桓才跟我说让我加一下你的微信，你现在工作了吧？平时忙吗？"

声音似乎没怎么变过，一如既往地温和平缓。

孟婴宁翻了个身，趴在床上打字："还可以，充实但快乐着嘛，就是会遇到许多奇奇怪怪的客户。"

那头，陆之州笑了一声。陈妄坐在对面，抬起头来。

"没什么，"陆之州一边打字一边笑着说，"刚跟婴宁那小丫头加了个微信，怎么这么多年了，她好像没怎么变呢？"

陈妄没说话，冷漠地重新垂下头去。

陆之州把手臂搁在桌面上，手机的微信提示音一会儿响一下，一会儿响一下，就这么响了十几分钟，没完没了。

陈妄把手里的书一推，拧着眉不耐烦道："你俩能不能聊完了？"

陆之州也不生气，头也不抬噼里啪啦地继续打字："就用这么一会儿手机还不让人聊个天叙叙旧啊？你也聊啊。"他抬起头来，"对了，之前领导是不是让你去接语妈来着？想撮合你们吧？怎么着啊，陈队？觉得我这小堂妹如何？"

陈妄漫不经心："不怎么样。"

陆之州："……"

他被噎了一下："就算真不怎么样你也别说得这么不委婉啊，人家都不嫌你即将成为无业游民，这大小姐从小跟着她妈妈，天天呼风唤雨惯大的，性格吧……是不怎么样，"他顿了顿，叹了口气，"但她其实就是个二傻子，有的时候还挺可爱的。"

陆之州笑道："要不给你介绍介绍文工团新来的那个？就这几天，天天跑到我这儿来跟你偶遇，一见着你就脸红的那个。"

陈妄抬起头来，面无表情："你改行当媒婆了？"

"我这不是操心一下兄弟的终身大事吗？"陆之州说，"马上29岁了，兄弟，知道你眼光高，这么多年也没一个能看上的，但该考虑的也考虑考虑，该谈恋爱谈恋爱，该娶媳妇儿娶媳妇儿。"

陈妄后仰着靠回椅背，掏出烟盒点了根烟，吐出一口，沉默半晌。烟雾朦胧里，他眯了下眼："没那个心思，"他顿了顿，掸掸烟灰，淡淡道，"没那个命，一个人挺好，也别祸害人家小姑娘了。"

陆之州没说话。

陈妄沉默地抽完了一支烟，将烟蒂在烟灰缸里按灭，抬手拉开抽屉，抽出来一个黄色的信封，推过去。

陆之州看了眼："接过来了？在哪儿？"

"经北路上，走到头就是。"

"行吧，正好我明天休息，"陆之州点点头，犹豫了下，又问，"你去不去？"

陈妄沉默了一下："下次吧。"

陆之桓的生日聚会安排在了周六，原因据说是这样不用像周日一样顾虑第二天要早起上班的事情，也不会像周五似的因为上一天班太累而嗨不动。

非常体贴的周六。

周六一大早，他就兴奋地给孟婴宁打电话："狐狸！别睡了！你知不知道今天是什么日子？"

孟婴宁睡得迷迷糊糊的，不想说话。

陆之桓自问自答道："是我的生日，一年一度举国欢庆的日子，你给我买了那个包没？"

孟婴宁哼哼了两声，带着浓浓的睡意："我给你买个包子就不错了。"

"行了，起吧，起来洗个澡打扮打扮，中午先一起吃个饭，我让陈妄哥一会儿去接你了啊，十点半，行吧？特地挑的他休息的日子，你都不知道我哥他俩一天天有多忙，又不让用手机，联系起来费死个劲儿。"

孟婴宁的脑袋还埋在枕头里，延迟两秒，清醒了大半："能不能让陆之州来接我？"

"不能，"陆之桓干脆道，"我哥得陪我去拿蛋糕、订包厢，我哥不能离开我。"

孟婴宁："……"

这死兄控。

挂了电话，孟婴宁看了眼时间，还早，正准备再睡一个小时，手机再次响起——李欢的电话。

孟婴宁愁眉苦脸地接起来了。

电话里，李美人声音平静，也听不出来是什么事儿，只让她去一趟。

领导呼叫，哪敢不从，孟婴宁带着满腔怨气起床洗了个澡，飞快地煎了两个鸡蛋吃了早餐，急急忙忙地赶到公司去。

她边走边给陈妄发了条短信跟他说一声，发了个公司的地址给他。

周六一大早，编辑部办公室里依然有一半人在加班，做这行的就是一个周期，发刊前的几个礼拜基本上没个消停，双休日是不存在的，基本上过的是早八晚十、一周七天班的日子。

看见她进来，站在复印机前的白简朝她指了指接待室方向："你做好准备啊，陆语嫣来了。"

孟婴宁："……"

她面无表情："谁？"

"陆语嫣，嚣张跋扈地进来的，那高跟鞋踩得飞起，是不是因为重新拿回封面回来找你碴儿了？"白简低声道，"你是不是得罪她了？我不是跟你说了悠着点儿吗？人家是有背景的。"

孟婴宁惨兮兮地扯了扯嘴角："这件事情说来话长，但主编不是说她长得像羊驼吗？应该不会用她了吧？"

"说不准，有钱能使鬼推磨啊，妹妹，主编归主编，还不是领工资的？最后那也是老板说了算。"

孟婴宁战战兢兢地进去了。

里面一片安静，连话都没人说，李欢和陆语嫣面对面地坐着，像是在进行着什么无声的博弈。

孟婴宁轻轻地敲了两下玻璃门："老大？您找我？"

李欢转过头来。

职业的精英女性李部长今天穿了一件大妈款花背心，办公室里中央空调开得很足，她外面搭着的依旧是她的茄紫色战袍，眼底一片青黑，形容枯槁，憔悴异常："陆小姐是来找你的。"

孟婴宁给吓定住了："老大，您昨天晚上挖煤去了？"

"别说了，我这白头发俩礼拜多了百来根，"李欢摆了摆手，站起来往外走，"你跟陆小姐慢慢聊，我忙去了。"

孟婴宁没法，叹了口气，走过去，坐到陆语嫣面前，摆出她的招牌微笑："陆小姐，早啊。"

陆语嫣抱着手臂："你为什么不接我电话？你把我拉黑了？"

"嗯？怎么会？"孟婴宁迷茫地眨眼，"可能是手机没信号？"

"呸！你以为你躲得了我？你以为你拉黑我，我就找不到你了？"陆语嫣气急败坏，"你这是做了亏心事不想面对我！"

"陆小姐，我不是不想面对您。"孟婴宁笑眯眯道，"我这明显是不想搭理您啊。"

"我不想跟你兜圈子，我今天来不是为了封面，这封面我不拍了，老娘又不差这点钱。"

"你跟陈妄是什么关系？"陆语嫣直接问。

孟婴宁没反应过来："谁？"

"陈妄！我都看见了，那破小卖部门口有摄像头！"陆语嫣气得满脸通红，激烈又真实的反应哪里像个女明星，简直是个从小被娇惯着长大不懂得控制情绪的"傻白甜"，"你这个女孩子怎么这样？表面上看起来清清纯纯的，结果说着说着话就往别人男人身上扑！"

孟婴宁听得一脸莫名其妙。

陆语嫣冷笑了一声，把手机摔在茶几上。

上面应该是一段小视频，没声音，画面看起来廉价又模糊，但还是能看得清人脸。

孟婴宁歪着脑袋点了播放。

白云、黄土地、黑色 SUV，她正在跟陈妄说话。

她从包里翻出钱来，往前两步，塞进陈妄的衬衣口袋。

她踮起脚，手扶着男人的肩膀凑到他耳边，动作暧昧。

她后退两步，拉开了一段距离。

画面静止了 30 秒，她忽然整个人往前，扑进了陈妄的怀里。

陈妄条件反射似的张开双臂，将她整个人揽入怀中。

视频结束，画面里的两个人看起来像是在紧紧相拥。

孟婴宁从脸颊到耳朵不易察觉地，红了。她淡定地抬起头来，把手机往前一推，客观地点评道："录得还挺唯美。"

陆语嫣这会儿反而淡定了，深吸一口气，恢复了一脸云淡风轻的仙女人设，下巴一扬，高贵冷艳道："孟小姐，我劝你尽早放弃吧，陈妄不喜欢主动的，更不喜欢黏人的，你越这样投怀送抱得勤快，他就会越讨厌你。"

孟婴宁一筹莫展。

她正琢磨着这事儿该怎么说才好，手机在口袋里振了两下。

她抽出来扫了一眼，短信来自"比酷大魔王"，两个字——"到了。"

孟婴宁看了一眼对面一脸嚣张跋扈地看着她、眼神又不屑又轻蔑的陆语嫣，想起了陆语嫣放她鸽子这事儿，又有主意了。孟婴宁眼睛眨巴了两下，手机在手里转了两圈儿，一个电话给拨过去了，然后放在桌子上，按了免提。

响了三声，陈妄那边接起来，沉淡沙冷的男低音："下来了？"

孟婴宁眼睛一弯，掐着嗓子甜甜道："陈妄哥哥。"

陈妄："……"

"我不想一个人下去，你现在就上来接我。"孟婴宁咬字软软的，黏黏糊糊地跟他撒娇，"包包好重的。"

陆语嫣："……"

陈妄："……"

[10]

陆语嫣看了一眼孟婴宁手边的那个包。

Fendi 的小怪兽链条包，上面的怪兽脸正对着她，那耀武扬威的劲儿跟它的主子一模一样。

巴掌大点儿的一个，连个长钱包都塞不进去，还包包好重的？

陆语嫣在娱乐圈里混了几年，婊成什么样的女的没见过，妖艳的、绿茶的、小白花的、称兄道弟的……比比皆是，唯独没见过这样的。

就当着你的面，虚伪又做作，为的就是明明白白地告诉你——我就是故意的，你看见了吗？你个手下败将。

这是一朵什么绝世大白莲。

陆语嫣快气吐了，偏偏还不能说话，她不想让陈妄知道她来这儿找孟婴宁。

孟婴宁做了两手准备，人趴在茶几上，手机离得极近，以防陈妄说出什么不符合剧本设定的话，她好在第一时间把电话挂了。

结果陈妄沉默了，而且沉默了挺长时间。

孟婴宁忐忑地抠了下手指，精神十二万分地高度集中警惕。

"你——"陈妄缓慢开口。

孟婴宁眼疾手快，瞬间捞起电话，关掉免提，把手机凑到耳边，听见了他接下来的四个字，声音有点儿哑："什么毛病？"

孟婴宁："……"

她看了一眼坐在对面眉毛都快气飞了的陆语嫣，继续道："什么？楼下保安不让你上来呀。"

她声音本来就很绵软，这会儿故意这么一压，嗲得不行。

陈妄语气危险："孟婴宁，你是不是嗑药了？"

孟婴宁偷偷地翻了个白眼。

她没听见似的，拎起包包，流畅又自然地对着电话说："那你等我一下噢，我马上下去了，没事，你不用上来了，我一个人也可以的。"

孟婴宁演到兴起，还给自己加了段戏，独白丝毫不觉尴尬，委屈又坚强地说："你别担心我啊，我行的，我自己没事的。"

陈妄："……"

陆语嫣："……"

陆语嫣实在受不了了，也顾不得在陈妄面前保持形象了，忍无可忍地高声道："行了！赶紧挂了吧！一个电梯还坐不了，你是残废了吗？！"

孟婴宁满足她的心愿，终于把电话挂了。

临出会议室，小姑娘还礼貌地跟她道了个别，甚至还期待了一下能有机会和她合作。

最好再也别合作！陆语嫣气得心脏疼。

孟婴宁一从写字楼里出来就看见了路边的陈妄，他坐在车里没下来，车窗开着，手臂搭在窗框上，看着她背着她那屁大点儿的包小步朝他跑过来。

陆语嫣的声音出来那会儿，陈妄也回过味儿来了，大概明白是怎么回事了。

陈妄觉得小姑娘家的这些弯弯绕绕可真是有意思。

孟婴宁乐颠颠地跑过去，拉开后座车门爬上车，小包往旁边一甩，安静地正襟危坐。

陈妄顺着后视镜睨着她："演完了？"

孟婴宁乖巧地点点头："完了。"

"我好用吗？"他懒懒地问。

"好用，"孟婴宁点点头，叹道，"效果拔群、立竿见影，应该会回购的。"

她扒着驾驶座椅背靠过去，笑着叫了他一声："陈妄。"

陈妄发动了车，转过头来："嗯？"

孟婴宁把下巴搁在椅背上，从下往上看着他："今天谢谢你啊。"

小姑娘杏子眼乌黑，笑起来眼角一弯，梨涡浅浅，像盛了碗糖水在里头，看着又软又乖。

陈妄的视线在她脸上定了五秒，移开，伴随着发动机声一脚油门踩出去，轻嗤："傻子。"

孟婴宁也习惯了，他从小就爱这么说她。她心情很好地坐回到后座，靠着车门斜过身子窝在角落里，给林静年发微信。

耳边车门门锁很轻地"咔嗒"一声，锁上了。

孟婴宁闻声略抬了下头，也没在意，继续发微信。

因为有陆之州在，陆之桓这次规规矩矩地定了个能规规矩矩吃饭的地儿，找不了"小公主""小少爷"那种。

从公司过去不算近，孟婴宁和陈妄是最后到的，服务生领着他们上了二楼包厢，推开一进去发现人都到了。

陆之桓的朋友多，是个出了名的交际花，各路人都认识，每天都活跃在各个圈子里的朋友圈以及微博里，孟婴宁本来以为会看到一幅堪比婚礼酒席的盛景，没想到也就一桌人。

他的那一帮狐朋狗友倒是一个都没叫，看得出来他是非常害怕在他哥面前暴露真面目了。

整张桌都坐满了人，孟婴宁基本也都认识，打了一圈招呼，旁边的一人笑道："我还以为陈妄把我们婴宁拐跑了呢，这半天没见着人来。"

陈妄走过来坐下，没说话，顺手拉开了旁边的空椅子。

"临时有事儿，去了趟公司。"孟婴宁解释。只剩下最外边的两个空椅子了，她很自然地走过去，刚要坐下，林静年坐在她左手边，忽然热切地叫了她一声："狐狸！"

孟婴宁一边坐下，一边抬起头来。

林静年眼神戒备地看了一眼她旁边的陈妄，又看看她："你那儿是走菜口，不方便吧？要不咱俩换换？"

孟婴宁："……"

陈妄是能吃了我还是怎么的？

孟婴宁正想说不用，她旁边的人笑了一声："我换吧，你们女孩子挨着坐。"

一桌子人太多，孟婴宁刚刚没仔细看，现在才发现，林静年旁边坐着陆之州。

变化挺大，孟婴宁一时间愣了愣，又仔细看着那人的眉眼，才认出来是他。

旁边有人打趣着嚷道："狐狸！发什么呆呢？你啾啾哥你不认识了啊？"

从小一起长大的那一群小孩都知道，她小时候说话说得晚，发不好陆之州的"州"字那个音，每天都跟在少年屁股后面"啾啾哥""啾啾哥"地叫。

小时候的事儿被提起来打趣还是会让人稍微觉得有点不好意思的，她一屁股坐下了，趴在桌子上没说话。

陆之州笑了笑，隔着两个人侧头问她："要换吗？"

孟婴宁的半张脸藏在臂弯里："不换了。"

坐在她旁边的姓蒋，在家里排老二，小时候特别胖，所以大家都叫他二胖，即使这人现在瘦了，称呼却跟着他传承了下来。

二胖从小就是个人精，这会儿看了一眼林静年一脸不开心加担忧的脸色，以为她是想撮合孟婴宁和陆之州，连忙站起来，乐颠颠地跑到陆之州旁边，一拍他肩膀："来，州哥，咱俩换个座呗，我今天不知道为什么，就特别想跟年年聊聊天。"

林静年可太不想让孟婴宁跟陈妄坐一起了，这会儿眼里只有她的小闺密，别人说什么她都不关心，只管用看狼一样的眼神盯着陈妄，冷酷道："年年拒绝了您的聊天请求。"

叮叮当当椅子一顿响，陆之州跟二胖换了个位置，坐到了孟婴宁旁边。

人已到齐，陆之桓开始招呼着服务生走菜。

孟婴宁早上东西吃得急，又遇到陆语嫣这么个纠缠不休的神经病，还陪她演了一场，劳心劳力，现在闲下来开始优哉游哉地吃东西了。

陆之州偶尔侧头跟她说两句话，开开玩笑，问了她几句闲事。

孟婴宁本来以为太久没见，不知道说什么好会尴尬，但男人极其会聊天，很容易就找到话题抛给她，到底是从小一起长大的，聊了没一会儿，以前的感觉就回来了。

吃得差不多了，她开始跟他聊工作上的事情。

"我们那个主编太烦人了，"孟婴宁咬着筷子尖，皱着眉，一脸不高兴，"原本都定下来的主题，他一句话就改了，倒霉的就是我们。

"真的，整整三周，一天休假都没有，熬得我眼睛都快瞎了。

"而且特别特别龟毛，我一篇采访稿改了六遍，六遍，就是一个标点符号表达的语气不行都得退回来改。"

她像只叽叽喳喳的小鸟，跟亲近的人抱怨最近发生的事情。

下午的阳光透过包厢的窗户照进来，又被浅白的窗纱过滤了一层，温柔地挂在她身上。

她整个人看起来明媚又活泼。

陆之州极有耐心地听着，忽而长出口气，侧头看着她，眼神里有种老父亲的沧桑，笑着叹道："我们婴宁也长大了。"

孟婴宁被他这种语气弄得有点不自在："本来也不是小孩儿，我都24岁了。"

陈妄安静地靠在椅背上，淡淡地看了她一眼。

小姑娘仰着头，对着那人笑得眼睛弯弯，乖巧又讨人喜欢。

跟他独处的时候，她的排斥和躲避向来都明明白白地写在脸上，在陆之州面前，她才会露出这样的表情。

陈妄想起她触碰着他心脏的柔软的手，以及吐字时轻挑勾人、又软又嗲的一把嗓子。

他指尖微动，掸掉了一截烟灰，眯起眼。

是长大了。

陈妄推开椅子起身，无声地走出了包厢。

二楼全是大包厢，走廊里没什么人，廊灯的光线昏黄柔和，他背靠着墙在门口站了好一会儿，慢悠悠地从口袋里抽出烟盒来，又翻出火机，垂头。

包厢门被打开，陈妄一边点烟一边侧了下头。

孟婴宁回手关上包厢门，仰着脑袋。

火机的火苗舔着香烟前端，男人低垂着头，抬起眼皮看了她一眼，漆黑幽深的眸里映出微弱的火光。

陈妄点着了，垂手，将火机收回口袋，吐出口烟来，轻声说："出来干什么？"

浓烈的烟雾在两人之间弥漫。

孟婴宁被呛得皱着眉，捏着鼻子咳了两声："看看你。"

陈妄一顿。

他没动，静了几秒，垂眸隔着烟看她，半晌，懒懒地一笑："看我干什么？"

他低声开口，嗓音沙哑："怎么不接着跟你的心上人聊天？"

三

限量版咪咪

[11]

陈妄这烟很呛。

孟婴宁对这个不了解，只知道酒有度数，不知道烟是不是也有，如果有的话，这呛人程度也是烟里的老白干了。

她捂着鼻子咳嗽，又退了两步，离那团烟远了点儿，根本没注意他说了些什么乱七八糟的话。

他声音又低，走廊窗半开着，外面车流声鼎沸，混着嘀嘀的喇叭声钻进来，孟婴宁有几个字没听清，拉开了距离才问："跟谁聊天？"

男人看了她一眼，把烟掐了，直起身往前两步，抬手将窗子拉得大开。

夏天里滚烫的风呼呼地灌进来，烟雾被吹散了大半。

陈妄没什么情绪地笑了笑，不知道她是真没听清还是装傻，也不想细究。

陈妄认识孟婴宁那会儿，她跟陆之州已经很熟了。

初见时，他就揪了揪她的呆毛，就把小孩儿惹得呜呜咽咽地哭，怎么都不停，还是等着陆之州从英语补习班回来。

陆之州那会儿也才十二三岁，半大少年放下书包跑过去，蹲下身来看着坐在石板床上的小孩儿，温声问："宁宁怎么了？"

小婴宁哭得直打嗝，仰着小脸，话都说不清："哥哥，哥哥……我要被抓走了……"

少年陆之州给她抹眼泪："宁宁不会被抓走的，不哭了啊。"

见有人给她撑腰，孟婴宁也不憋着了，哭得更放肆了："宁宁太难受了……我要吃棉花糖才能——嗝，不哭呜呜呜……"

陈妄："……"

真是没见过这么娇气的小孩儿，陈妄当时不耐烦地想。

最后陆之州领着她去小卖部买了一大堆各种颜色的小动物棉花糖才终于好了，小孩儿嘴里塞满了糖，肉嘟嘟的腮帮子鼓鼓的，叽叽喳喳地回来了。

小学上到高年级，孟婴宁就开始被人追了，一直到初中。

正是少男少女们情窦初开的岁数，校园里到处都有背着老师和同学偷偷冒出来的粉红泡泡。

孟婴宁那会儿也有几个玩得特别好的小朋友，几个小女生一下课就结伴去上厕所，还得手拉着手。

附中分初中部和高中部，那天初中部教学楼里停水了，一群小孩儿叽叽喳喳地拥入了学长们的世界。陈妄下楼，就看见孟婴宁和她的小朋友手拉着手站在高中部教学楼门口，陆之州正在跟她说话。

小姑娘这几年长得飞快，身体抽条，宽大的校服外套衬得身形愈加单薄纤细，肉嘟嘟的小脸儿瘦下来了，下巴的轮廓尖尖，大眼睛乌黑，睫毛又浓又密。

十三四岁的年纪，少女的姣好身段开始显露。

陈妄的手插进校服外套口袋，远远地看着她笑得眼睛弯弯，身体微微前倾，仰头看着面前的少年，跟他说话，肢体动作不经意间流露出来的全是依赖感，连眼睛都是亮的。

等陆之州走了，孟婴宁进了教学楼往洗手间走，和她一起那女孩儿问："刚刚那个是你哥哥吗？"

"也不算是吧，"孟婴宁想了下怎么说，"就是邻居家的哥哥。"

陈妄转身想走。

"怪不得谁跟你告白你都看不上，我要是有个这样的哥哥我也看不上他们呀！"女孩子了然，而后红着脸笑嘻嘻地拿肩膀轻轻撞了撞她，"你是不是喜欢你的邻居哥哥？喜欢就追呀，那种男生肯定有很多女生追，你这叫近水楼台先得月，别浪费了这么好的条件。"

陈妄脚步一顿，回头看过去。

少女先是露出一副没想到女同学会问这个问题的样子，茫然又意外，几秒钟后，像是突然又想起什么来似的，白嫩的耳根到脸颊泛起了微微的绯红。

她抬手，用指尖轻轻捏了下耳朵，眼睛飞快地眨巴了两下，又撇撇嘴，有点羞恼地垂眸盯着脚尖，软软糯糯的嗓子小声嘀咕："谁会喜欢啊，那种……"

她没再往后说下去。

下课的学生吵吵嚷嚷，一群群拥来，少女纤细的身影淹没在人群之中，消失不见。

女孩子的反应和表情太明显了，那种稚嫩的小心思是藏不住的。

况且如果是陆之州，会对她好。

她不会受委屈。

陈妄垂头，无声地自嘲一笑，重新靠回墙面："吃饱了？"

孟婴宁点点头："差不多，他们应该也都吃得差不多了，在聊天呢。"

"你也回吧，"这旁边没垃圾桶，陈妄指间捏着被灭了的烟，垂头把玩，"好不容易见着了，难得有空就多聊聊。"

孟婴宁反应了一下才明白过来他说的是谁："都加微信了，之后再聊也可以。"

陈妄："陆之州的手机不常用，队里都要收。"

孟婴宁心道：这难道是你没有微信和支付宝的理由吗？

"那也不急呀，"孟婴宁侧头问，"以后不是都留在这儿了吗？"

"也不一定，"陈妄顿了下，"陆之州会吧。"

孟婴宁"啊"了一声，顿了顿，没忍住，还是多问了一句："那你呢？"

陈妄："嗯？"

孟婴宁："你以后留下吗？"

陈妄抬眸，看了她一眼："不知道。"

孟婴宁又"啊"了一声，欣喜地仰起头来，欢快道："就是说你可能还会走啦？"

陈妄："……"

陈妄看着她一脸欠揍的表情，"啧"了一声："这么开心啊？"

他人凑近了两步，抬手屈指，食指点了点她的额头，哼笑："怎么？怕我留这儿怕成这样？"

孟婴宁捂着脑袋往后躲了躲："我什么时候这么说了？你这个人能不能讲点道理？"

她顶着有点愤愤的表情，像个被压榨良久却敢怒不敢言终于一朝爆发了的小可怜，鼓起勇气反驳了句："我现在不是小孩儿了，你别杵我头。"

陈妄眉梢稍扬。

他两大步跨上去，抬手按着她的小脑袋瓜，说："还敢反抗？"

孟婴宁在他手下挣扎着想抬起头来，很无力地反抗："撒手，你刚抽完烟都没洗手。"

"臭死了……"她极小声地嘟哝了一句，又不敢让他听见，默默地偷偷嫌弃。

陈妄耳朵尖，听见了，唇角勾起一点寡淡的弧度，刚刚那点儿莫名其妙的烦躁和郁结消散，他五指张开，扣着她的脑袋瓜把她的头发揉得乱糟糟的，懒懒道："长能耐了你，嗯？嫌脏？"

她今天头发没扎，随意披散下来，发质很软，大概是早上刚洗过的缘故，手感蓬松。

"你别摸我头发，都摸脏了，该有烟味了，"孟婴宁一字一顿地说，她像只小鸡崽子似的扑棱着翅膀，做着无用功，费了好大的劲儿，一边使劲儿挣扎一边试图跟他好好商量，"你能不能先……洗个手？"

她脸都憋红了。

陈妄按着她把人又往前摁了摁，闲闲道："洗个手就能摸了啊？"

孟婴宁怎么也钻不出去，气得想捧着他的手臂咬一口，这人怎么这样讨厌。

明明刚刚说话的时候气氛还挺和谐的，果然，虚假的和平维持不了五分钟。

与此同时，"咔嗒"一声，包厢门再次被推开，二胖和林静年站在门口，一脸茫然地看着外面的两个人。

小姑娘整个人被男人死死摁着，一只手抵在他胸口，鼻尖贴着他胸膛，另一只手拽着他的手臂扑腾，小脸儿通红，动都动不了。

陈妄单手游刃有余地控制着她，丝毫不把她那点小劲儿当回事儿，懒散地扭过头来看了门口的两人一眼，甚至在门猝不及防被推开的时候还下意识地勾着孟婴宁的脑袋往自己怀里带了带，微侧着身挡了下。

二胖和林静年原本是斗着嘴出来的，两人从小就这样，一见面就吵，吵了这么多年大家也习以为常了，结果一出来就看见这么一幕，还有那句"洗个手就能摸了啊"，两个人默契十足地同时住嘴，彻底没声儿了。

二胖总觉得陈妄这话好像哪里不对，可是又说不上来哪里不对。

二胖又看了一眼眼前这幅画面，别说，看着还挺和谐。

二胖心道：我这么多年难道站错了 CP 吗？

二胖开始慌了。

林静年也呆了好几秒，反应过来，老母亲太阳穴一跳，瞬间就不干了："你干什么呢？你放开我们狐狸！"

包厢门开着，她这一声炸出来，包厢里原本聊着天的人瞬间就消了音，全部都扭过头来，看向门外的方向。

陆之桓手里捏着个酒杯站着，歪头，还以为外边几个人干起来了呢。

还是陆之州最先反应过来，走到门口，温声问道："怎么了？你们都站在门口干什么呢？"

陈妄看了他一眼，撒了手，人往门口的方向撒了撒。他手一松，孟婴宁趁机挣脱了大魔王的桎梏，飞快地从他手臂下边儿钻了出来。

孟婴宁迅速地跑向林静年，委屈巴巴地叫她："年年！"

林静年也上前两步，一把把孟婴宁抱住了，她一米七多，穿着高跟鞋个子要比孟婴宁高小半头，纤细的手臂一张，给孟婴宁搂了个严实，然后再次抬起头来，目光警惕地看着陈妄，保护者的姿态摆得十足。

孟婴宁把头埋进她怀里蹭了蹭，哼哼唧唧地、熟门熟路地连撒娇带控诉顺便告状："陈妄把我摸脏了！"

众人："……"

林静年："……"

陈妄："……"

包厢里外加上门口，几十道视线齐刷刷地转过来，一致看向陈妄。

林静年一脸愕然，陆之州有点儿蒙。

陈妄："？"

[12]

小姑娘平时不显山不露水，软乎乎的，跟个傻白甜似的，其实熟悉以后会发现这小狐狸名字不是白叫的，又灵又皮。

尤其在场的几个全是从小光着屁股一起长大熟悉得不行的人，孟婴宁更不设防，说这话的时候几乎是脱口而出，压根儿就没怎么过脑考虑。

孟婴宁开始反思自己最近是不是过于飘了，皮到失了智。

嘴比脑快，孟婴宁说的时候是真的没什么别的意思，说出来的瞬间才意识到这话往歪了理解，放在现在说好像不是那么合适。

孟婴宁的脸一点一点、后知后觉地红了。

孟婴宁又感受到了绝望，逃避似的埋在林静年怀里，非常尴尬，并不是很想抬头面对此时这绝美的现状。

一时间没人说话，半晌，陈妄平缓地笑了一声。

这一声笑，也不知道是不是错觉，孟婴宁总觉得自己从里面听出了点儿意味深长。

她的耳朵微微地动了动，这下连耳郭都红了，连忙抬起头来，飞快地解释道："他没洗手就摸我头发。"

林静年凭借着对她这么多年的了解，瞬间整理了一下事情起始，明白过来，这是搞完了事反应过来又开始不好意思了。

你说你脸皮儿这么薄还非得骚这么一下到底是图个啥？

孟婴宁抬起头来看了陈妄一眼，瘪着嘴闷闷道："我刚洗的头，都被蹭脏了。"

陈妄："……"

你还先委屈上了。

正吃着的还都茫然地往门口看，这会儿陆之桓也过来了，站在门口扒着他哥的肩膀，一脸莫名地转过来看向陈妄："陈妄哥，你摸她头发干啥？"

陈妄："……"

他漠然转头，看着陆之桓："来。"

陆之桓二话不说，屁颠颠地就跑过去了。

陈妄抬手，扣住了他的脑袋，静止三秒。

陆之桓一米八，还比陈妄矮了半头，25岁的大男人，乖巧地一动不动地被他按着脑袋，一脸茫然："怎么了，哥？"

"想摸，"陈妄拖着声重复，"我就是想摸，明白了？"

陆之桓摇摇头："行，明白。"

林静年翻了个白眼，心道：笨。

陆之州叹了口气，也不明白自己的弟弟为什么这么二。

唯有二胖，在听到这句"我就是想摸"的时候又是一震。

他看了一眼陆之州，看起来也没有什么异常的反应。

二胖迷茫了。

他站了十几年的"州宁CP"，难道真的错了？

几个人在门口闹闹腾腾地折腾了一通，包厢里的人隔着桌子往这边看："你们干啥呢？还不进来啊？"

"来了，"陆之州忍着笑回过头去，"他们闹着玩儿呢，马上进来。"

陆之桓反应过来，招呼着把几个人都弄进去了，孟婴宁跟在林静年后面进去，坐下以后回头，看了一眼门口，门被带上了。

陈妄没跟着进来。

孟婴宁咬着筷子转过头来，扫了一眼面前的餐桌，夹了一块糖醋里脊，继续吃了起来。

吃到第三块的时候，门被打开，陈妄回来了，在她旁边坐下。

孟婴宁视线不偏不倚，专注地吃着糖醋里脊，吃完，侧头伸筷子去夹转桌上的一盘小排。

对面也有人在转，速度有点快，她怕夹不到，连忙伸手过去，还是没来得及，筷子刚伸出去，盘子已经转到她旁边的陈妄那边去了，眼看着要转得更远了。

孟婴宁放弃了，想着下一圈儿转过来的时候再吃。

她刚要收手，一双骨节分明的手从她面前伸过去，按住玻璃转盘。

男人的手臂微微用力，小臂上的肌肉随着动作拉伸出流畅而有力度的线条，手指搭在转盘上，那盘小排顿时停在他斜前方，纹丝不动。

孟婴宁转过头去。

陈妄朝那盘排骨抬了抬下巴："夹。"

她连忙伸长了手臂，还是有点儿远，筷子勉强能碰着块排骨。

孟婴宁刚想说"算了，我先吃别的"，手里的筷子忽然被抽走了。

陈妄换了另一只手按着转盘，捏着她的筷子夹住了她刚刚看上的那块小排，放进她的小瓷碗里。

一块夹完，又夹了一块，他才把筷子递给她，淡淡道："吃吧。"

孟婴宁接过来，眨了眨眼，道谢。

男人收手时，手指从她面前虚虚晃过，有洗手液的味道跟着掠过鼻尖，淡淡的，干净又清冽。

下午，吃完饭，陆之桓这个老年人养生正派生日派对进行到了下一环节，一行人去汤诚会打麻将。

这是陆之桓最喜欢的环节。

孟婴宁其实对这项国粹竞技也很热衷，不过这会儿提不起太大兴致，包厢很大，外间打台球的凑了一组，里间打麻将的凑了一组，还有两拨打牌的。

陈妄接了通电话以后和陆之州先走了，他哥前脚刚走，陆之桓后脚瞬间就来了兴致，猛地一拍麻将桌，站起来大喝一声："给我叫两个公主！"

林静年翻了个白眼，随手拽了个靠垫朝他扔过去："闭嘴，我看你就像个公主。"

孟婴宁把下巴搁在靠垫上，闲闲地接茬儿："去给自己挂个牌子吧，一晚上没准儿能把你打麻将赔的赚回来呢。"

陆之桓酷爱打麻将，倒也邪门儿了，叱咤麻坛多年水平依然奇差，坊间人称"送财童子"。

陆之桓没声了，老老实实地坐回去继续吃、碰、杠他的三六九饼。

林静年侧过头来。

孟婴宁正在摆弄微博，翻翻留言、私信什么的，乱七八糟的，什么都有，约拍的、推广的、表白的……

她随便点开了一个淘宝店约拍的私信，仔细看了几行，注意到林静年热烈的视线。

孟婴宁哼哼了两声，手指一边按着屏幕打字一边头也不抬地问道："怎么了？"

"我感觉，"林静年斟酌了一下措辞，"陈妄好像变得有点不一样了。"

孟婴宁动作顿了下，又继续打字："十年了，哪儿还能一样呢，我也不一样了。"

"不是那个不一样，我也不知道怎么说，就是感觉，"林静年纠结地说，"虽然看着还是挺爱欺负你的吧，但是他现在就给人那种挺淡的感觉，让人觉得他现在对你没啥非分之想了。"

林静年说完顿了顿，看着她："你明白吧？"

孟婴宁抬起头来，也看着林静年："我不明白。"

她从没觉得陈妄对她有啥非分之想。

"也不是对你，就是感觉他好像现在对什么都挺淡的。"

孟婴宁打字的动作顿了下。

"唉，说了你也不明白，你就是个傻子，"林静年叹了口气，"你还是跟陆之州多聊聊吧，你俩今天说的话太少了。"

"我俩今天吃饭的时候一直在说，"孟婴宁放下手机，挺不解地看着她，"但是我跟他有什么好聊的？"

"很多都好聊啊，"林静年说，"聊聊聘金，聊聊彩礼，聊聊小孩儿的学区房。"

林静年突然兴奋，头凑近了低声说："我已经帮你问过了，之州哥现在没女朋友呢。"

孟婴宁反应了好几秒，才明白过来林静年是什么意思，一下子笑了出来，有点不可思议地看着林静年："不是，他有没有女朋友，和我有什么关系啊？"

她这个啼笑皆非的反应过于流畅自然，林静年也愣了，低声："你不喜欢他吗？"

孟婴宁好奇："什么样的喜欢？"

"就是……想跟他睡觉的那种喜欢。"林静年想了想，点了点头。

孟婴宁："……"

她的表情挺严肃的，所以孟婴宁也配合着很认真地想了一下，然后摇了摇头："没有。"

林静年还不信："从来没有过？"

孟婴宁："从来没有过。"

林静年垂死挣扎："小时候也没有过？"

孟婴宁眨巴了下眼："从我记事起就没有过。"

林静年一敲桌子，恨铁不成钢地道："你咋不喜欢他？陆之州多好，对你也好！"

孟婴宁笑了起来："是挺好的呀，可是他好和我喜欢，这不成因果关系呀。"

林静年没好气地说："那还能喜欢对你不好的啊？"她叹了口气，还是不甘道，"你初中的时候也没喜欢过他？"

"没有呢，我不早恋的。"乖宝宝孟婴宁心平气和地说。

"那你运动会还特地跑去给他加油？"

"那还不能加个油吗？"

"他每次打篮球你都给他送水。"

"我不是给他……"孟婴宁话头猛地一顿，忽然炸毛了，"还不能送个水吗？！"

林静年斜眼瞧她，凉凉道："那会儿他们高中部举办篮球赛，你逃课去给人家加油还记得吗？回来喊得嗓子都劈了。"

"……"

好半天。

孟婴宁屃屃地憋出一句："我不记得了……"

林静年："……"

她记性向来好，手机号码扫两眼就能背下来，怎么可能不记得。

那年陆之州他们上高三，上学期，高中生涯的最后一场篮球赛，陆之州他们班除了他还有陈妄，两人配合默契，他们班最后进了决赛。

十七八岁的两个少年尽情燃烧着少年时代末端属于青春的余热，把这高中生涯最后一场比赛看得挺重，一回家就趴在院子里研究战术。

结果决赛那天下午，初中部要上课。

孟婴宁还记得上的是英语，她跟英语老师请了个假，说自己肚子疼，想去校医室。

第一次撒谎，她羞愧又心虚地低垂着头。

孟婴宁学习成绩好，英语尤为出色，平时又是个人见人爱的乖宝宝，几乎没有一个教过她的老师不喜欢她，英语老师毫不怀疑就让她去了。

小姑娘一出了英语办公室撒腿就跑，飞快地跑到小卖部去，买了一小提运动饮料，吃力地抱在怀里，跑到高中部那边的体育馆。

篮球馆里人声鼎沸，看台上人都坐满了，一眼看过去全是高中部的白色校服，孟婴宁穿着丑丑的初中部蓝色校服在人群中穿梭，像个小豆丁。

她抱着水找了一圈，看见了陆之州他们班。

陆之州正坐在下边的长椅上说话，陈妄坐在他旁边，身体前倾，手肘屈起来搭在膝盖上，头上搭着一条白色的毛巾，似乎在听。

比赛上半场已经结束，正在中场休息，孟婴宁抱着水跑过去，陆之州一侧头，看见她，有点讶异："婴宁？"

陈妄闻声抬头。

小姑娘艰难地抱着一提水，额头上挂了层薄薄的汗，跑得很急，小脸儿微红。

陆之州问："你怎么来了？"

"我来加油的。"孟婴宁喘着气说。

陈妄眉一挑："不上课了？"

孟婴宁不看他，垂着头把水放在地上，一边拆开一边闷声道："请假了。"

陈妄哼笑了声："出息啊，敢逃课？"

小姑娘动作一顿，不搭理他，拆出一瓶水来，递给陆之州。

陆之州笑着道了谢，接过来。

刚好有队友走过来，跟陆之州说话，似乎是在说接下来的比赛。

孟婴宁不懂这些，赶紧往旁边站了站，怕自己碍事儿。

她刚挪到长椅末尾，一抬眼，看见陈妄还在看着她。

孟婴宁被他盯得不自在地移开了视线，垂下头，大概又觉得不太好，重新抬起头来，和他目光对上。

她抿着唇，眨巴了两下眼。

陈妄问："我的呢？"

小婴宁愣愣地看着他："什么？"

少年轻声道："我的水。"

小婴宁说："没有你的水呢。"

陈妄忽然站起来了。

少年身形高大，一站起来压迫感十足，像座山一样压在她面前。

孟婴宁被他吓得一哆嗦，下意识地后退了两步，闭上眼，小脸一白，一瞬间以为自己要挨打了。

安静了好几秒，她睁开眼。

陈妄俯下身来，漆黑的眼看着她颤抖的睫毛，缓慢地挑起唇角："这么怕我啊？"

少年穿着白色球衣，黑发被汗水浸湿，湿漉漉的，身上有蒸腾的热气，热得人脸颊发烫。

孟婴宁还没反应过来。

陈妄手撑着膝盖前倾，头一低，倏地和她拉近了距离，喘着气息凑过来，声音也带着运动后的哑："小朋友，打个商量。"

他压着声音，懒洋洋地说："这场比赛我要是拿了第一，以后打球的时候你给我也送瓶水，行不行？"

[13]

送水这种事儿，向来都是女孩子自发的，哪里还有主动要求别人送的。

篮球场里全是人，四周噪声很大，看台上有人在喊陈妄的名字，女孩子的声音，给他加油。

孟婴宁大梦初醒似的急慌慌地垂头，扭开脖子躲他喘息呼出来的热气，视线移开，抬手推他："你……别离我这么近。"

女孩子柔软的手隔着球衣抵住肩头，他身体温度很高，上臂连着肩膀处的肌肉触感柔韧，有种很少年的青涩力量感。

她推了他一下，陈妄还没动，她反而被烫到似的收回手，也不知道怎么莫名其妙就不好意思上了，耳根到脸颊绯红一片，长睫毛也压下去，低声嗫嚅："你这人怎么这样？"

看着委委屈屈的。

"我哪样了？"陈妄直起身来，有点儿无奈地笑了一下，"我又欺负你了啊？"

孟婴宁抿着唇，有些艰难地说："你又不是没水喝，不是还有挺多女生给你送的吗？"

"嗯？"陈妄略侧了一下头，"那我不是没喝嘛！"

少女唇边不易察觉地微翘起来一点儿，眨眼又抿成一条平直的线。她没理他，垂着小脑袋沉默地蹲下身去凑到地上那提水旁边，扯大了塑料包装的口子，从里面抽出一瓶矿泉水，又走回来。

孟婴宁的肩膀提起来又落下，直接把水瓶一把塞进他怀里，也没说话。

球场上裁判的哨声响起，有同班的队友来找陈妄："妄哥，我刚刚跟老陆商量了一下，下场比分拉开，时间拖住，他们替补少……"说了半天陈妄看都没看他，男生把话停住，顺着陈妄的视线一扭头看见站在旁边的孟婴宁。

初中部的小校花，在高中部这边偶尔也有人提起，再加上她跟陆之州和陈妄关系好，两人偶尔中午带着她一起去吃饭，时间久了，大家和她也熟了，小妹妹长得漂亮，又特别可爱，平时碰见了都爱逗逗她。

男生把手搭着陈妄的肩膀，又看了眼他手里的水，挑眉："妹妹，来给你陈妄哥哥送水了？行啊，还知道对哥哥好。"

孟婴宁愣了愣，急忙撇清关系："不是，不是给他的，我是给大家买的，哥哥你也喝。"

"行，谢谢婴宁妹妹，一会儿给我们加油啊。"男生笑眯眯地拍了下她的脑袋，转身走了。

孟婴宁长长地出了口气。

等他走了，陈妄低头看了一眼手里的水，笑了笑："不是给我的啊？"

孟婴宁一顿，弯腰将被抽走了两瓶的那提水挪到椅边靠墙，闷头道："我才不给你送水。"

她不看他，只低着头，声音也没什么力度，软糯糯的："你想得美。"

年少的时候做什么事情都可以轻而易举地拼尽全力，一场篮球赛也能让所有人投入无限的精力与热情。

最后一场比赛打得很精彩，孟婴宁嘴上说得挺利落的，比赛真的开始的时候依然恨不得整个人扒在栏杆上，喊加油喊得嗓子干到像要冒火，后来连着喝了三四天的止咳糖浆。

最后半场完全是陈妄的个人秀。

他平时不是很爱表现，只是打的是前锋，对方上来前显然也是有准备战术的，陆之州打后卫被对方封得死死的时候陈妄屡次突破，两个很漂亮的灌篮伴随着"哐当"一声响彻场馆，直接把整个球场的氛围拔到了最高潮，队友的气势顿时全都提起来了。

比分被一路猛追，最后五十几秒的时候都在不断向上咬。

最后还是陈妄和陆之州配合着一个快传跳投压哨赢了比赛，在欢呼声中，陈妄回过头看见孟婴宁站在旁边开心得上蹿下跳，像只手舞足蹈的小猴子。

陈妄仰着头笑了下，扯着球衣下摆拉上来抹了把汗，少年的腰腹劲瘦有力，肌肉的线条很漂亮。

再一抬头，视线隔着小半个球场对上，上一秒还在嗷嗷叫的小猴子瞬间就没声儿了，孟婴宁吓得连祝贺一下陆之州都顾不上，红着脸扭头就跑，速度快得连陈妄都没反应过来。

后来一连几天，陈妄都没看见孟婴宁。

在学校，一个在初中部，一个在高中部，不经常碰见倒也正常，但回家以后，明明上一秒还在院里跟别人说话，看见他进来转头就扎进屋子里了。

这就很明显了。

就这么连着几天，连陆之州都看出端倪了，好笑地问他："你又欺负她了？"

陈妄觉得他这话问得让人心里不是那么痛快："我还能闲着天天欺负她？"

陆之州回忆了下，点点头："你小时候可不就是嘛。"

陈妄："……"

陆之州想了想，又道："不过她现在倒是挺依赖你的，"他假模假样地叹了口气，"我把她从小拉扯到大，竟然比不上一个小时候欺负她的。"

陈妄是没看出来孟婴宁哪根头发丝儿依赖过他，明明一看见陆之州就撒了欢儿地往上凑，见着他扭头就跑。

他不是个特别有耐心的人，但那会儿高三了，也没时间到处抓这小孩儿，就是每天看着她走哪儿躲哪儿，急匆匆闪走的后脑勺和跟条小尾巴似的一摇一摆的马尾辫，烦。

两人再对话还是因为孟婴宁被人告白。

对象竟然还是上次那个被揪着领子直扑腾，放下还没他一半高的中二小校霸。

陈妄发现这小屁孩还是有可取之处的，至少执着，还不怕死。

那时候小孩儿都流行玩一种小游戏机，养宠物的，很小的一个圆形的小机器，里面有一个电子小宠物，每天给它喂食、洗澡，还要陪它玩。

孟婴宁也有一个，还是陆之州给她买的。小姑娘走了好几家店，特地挑了个花里胡哨的粉色，好像还是什么限量版的。

她在里面养了只小猫。

陈妄看见的时候，小校霸手里正拿着孟婴宁粉红粉红的小游戏机，对着旁边人工湖做抛远的手势，威胁道："孟婴宁，你要是不答应做我女朋友，我就把你这个扔了！"

陈妄："……"

孟婴宁顿时就紧张了，不安地看了一眼自己的小游戏机，吞了吞口水，抬手忙道："你别冲动啊，有话好商量的。"

小男生："没什么好商量的，你答不答应？不答应我现在就要给你扔了！"

孟婴宁大惊失色，还在跟他讲道理："你不能这样的！女孩子不可以这样追，强扭的瓜不甜，你就算这样我们也不会幸福的呀。"

小男生："你不喜欢我吗？"

孟婴宁不太擅长直接拒绝别人，又不想伤了他的感情："我不是不喜欢你，"她小心地斟酌着开口，"我就是，有喜欢的人了……"

陈妄愣了愣。

只这片刻的工夫，不远处的小男生怒喝一声，就把手里的游戏机扔了。

等陈妄反应过来，那玩意儿已经在空中划过一道粉色的长弧，"嘭"一声掉进了人工湖里。

小男生转身跑了。

孟婴宁呆住了。

她从小就是个娇气包，特别爱哭，长大以后好多了，至少陈妄没再见她哭过。

这会儿大概是因为没人，小姑娘眼圈儿一红，声音呜咽，一下就哭了："呜呜呜……我的咪咪，我的咪咪没有了……"

陈妄："……"

他心道：没出息的完蛋玩意儿，起的都是什么破名儿？

那边，孟婴宁把书包放在地上，抹了把眼泪，就往人工湖那边跑，跑到岸边，坐在沙地上脱掉鞋子，拽着白袜子往下拉。

陈妄面色一沉，赶紧快步过去，一把扣住她的手腕，往后扯了扯："你干什么？"

少年神色阴沉，声音很冷，语气还凶巴巴的，吓了孟婴宁一跳，脚趾踩在沙地上缩了缩。

反应过来以后，小姑娘眼圈儿又红了。

"陈妄……"她可怜巴巴地喊他。

陈妄没说话。

孟婴宁这会儿顾不上别的，可委屈死了，看见陈妄以后更觉得伤心，带着哭腔跟他告状："陈妄，我的咪咪没有了，被讨厌鬼扔掉了。

"就因为我不喜欢他。

"他就把我的咪咪扔了。

"他怎么这么讨厌？男生怎么这么讨厌！"

孟婴宁越说越难过，仰着小脑袋哭着对他道："别人都有咪咪！就我没有！我以后都没有咪咪了！"

陈妄："……"

这名字起得他听着太阳穴直蹦，陈妄沉默半晌，艰涩地说："你以后还会有的。"

孟婴宁白嫩的小脚在沙地上跺了下，悲痛欲绝："没有了！我不会再有了，我养了它那么长时间！"她凄怆地强调，"还是限量版！！"

说完，她又开始掉眼泪。

陈妄不知道要怎么安慰眼前这个痛失爱宠的小孩儿。

他叹了口气，放开她："先把鞋穿上。"

孟婴宁听话地坐在地上，抽抽搭搭地把脚丫子上沾着的沙砾一点点地抹掉，套上白袜子，再慢吞吞地踩上鞋。

整个过程，陈妄难得耐心地在旁边看着。

穿完鞋，陈妄瞥了她一眼："走吧。"

孟婴宁用手背揉了揉眼睛，不舍地回头看了一眼人工湖，跟在他屁股后头往回走。

两个人并排沿着路边走，孟婴宁这会儿才回过味儿来，觉得自己刚刚也太丢人了，垂着头不说话。

陈妄垂垂眼："那小孩儿，哪个班的？"

孟婴宁摇头，声音低落："不知道。"

陈妄看不得她这样，"啧"了一声："行了，有点儿出息，你都多大了还玩那玩意儿？明年不是要中考了？你去问问现在的小学生还玩不玩那小破游戏机。"

孟婴宁抬起头来，很不开心地看着他："那不是小破游戏机，我考试也都考好了。"

陈妄抬手，敲了下她的脑袋："小孩。"

"我才不小，我过完生日就14岁了，你也就比我大4岁。"

"我14岁的时候也没玩那小破玩意儿。"

"那不是破玩意儿，是我的咪咪，你们男生就是很讨厌。"

陈妄懒得理她，把人送回家，在院门口停了停，转身又出去，折回学校那头。

附中这附近有五家文具店，陈妄挨个儿进去问了一遍，又空着手出来。

陆之州觉得今天的陈妄跟平时不太一样。

整个早自习，这人就坐在座位上，跷着腿转笔，还转一下掉一下，吧嗒吧嗒，仰头靠着墙发呆，不时皱皱眉，一副有点烦的样子。

偶尔几次两人视线对上，陈妄忽然直了直身子，看着他。

陆之州一副"你说吧，我听着"的表情，三秒钟后，陈妄若无其事地移开视线，重新靠回去了。就这么重复好几次，一直到下午上自习课，陆之州在给人讲题。两个男生搬着椅子坐到他们这桌，看似在讲题，其实在闲聊。

"我妄哥今天咋了？"

"看起来有点儿深沉？"

其中一个转头看向陆之州："你俩吵架了？"

陆之州有点无奈："你觉得我看起来像是会跟人吵架的人？"

"也是，"男生点点头，又问，"那你抢他对象了？"

陆之州一言难尽地看着他，也没说话，陈妄转笔的动作停了。

三个人停止了闲聊，齐刷刷地扭过头来。

陈妄缓慢地直起身来，把手里的笔往桌上一摞。他的声音不似少年人的清朗，偏低，天生的低音带着冷感："陆之州。"

陈妄微侧着头，唇抿着，神情冷沉，略有不耐："我问你。"

陆之州被他这副架势弄得愣了愣："怎么了？"

其余两个人看看这个，又看看那个，不敢说话。

气氛凝重，剑拔弩张。

陈妄沉默了片刻，平静地问："你那个限量版的粉红咪咪，是从哪儿买的？"

陆之州："……"

[14]

陆之州不知道为什么，咪咪这么个被大多数猫咪所拥有的、非常大众化的名字这会儿听起来就怎么听怎么怪。

他一时间没明白陈妄在说些什么，愣了愣："什么粉红咪咪？"

"就是你给孟婴宁买的那个破宠物游戏机。"

"啊……"陆之州恍然。

孟婴宁那个电子小宠物猫，好像确实叫咪咪。

孟婴宁特别喜欢猫咪，上小学那会儿不知道从哪里捡回来只小野猫，脏兮兮，又花里胡哨的，长得跟个小豹子似的。

那猫性子也野得不行，在她怀里喵喵地叫着直扑腾，她白嫩嫩的手臂上被抓出一道道红痕，有两道特别深的往外渗着细细的血珠，小姑娘疼得眼圈儿都红了，还抱着不撒手，泪汪汪地跑回来，要养。

"它太小了，别的猫都欺负它，它打不过。"孟婴宁忍着疼硬是没让眼泪掉下来，吸吸鼻子，"我要保护它。"

孟母看着自家女儿手臂心疼得不行，不让她养："宁宁！你快点把它放下！那野猫身上全是细菌！"

说着，那猫受了惊似的喵喵叫着又是一爪子抓在她手背上。

孟婴宁疼得整个人一缩，红着眼、瘪着嘴，固执地重复："宁宁要保护它。"

那会儿大家都知道她什么样，平时看着安安静静的，特别乖巧，真给弄哭了几个小时都哄不好，也是不敢惹她。

也就陈妄，刚搬过来没多久，又是那么个唯我独尊、不管不顾的性子，两步走过去一手拽着那猫的后脖颈给拎起来，另一只手摁住不停抬手去抢的孟婴宁。

陈妄无视手下一大一小的挣扎，垂眸扫了眼小姑娘手臂上的血口子，回头看向孟母："阿姨，您带她去打个针。"

孟母连忙应声。

最后那猫孟婴宁到底是再没见着，后来听说不知道被陈妄送哪儿去了，孟婴宁连哭了三天。

揪呆毛之仇又加上夺猫之恨，小时候她讨厌死陈妄了。

真的猫没养成，陆之州给她买了个小电子宠物猫咪她就高兴了好多天，早早地就起好了名儿，叫咪咪，天天定着点给她的电子宠物喂食，还陪它玩。

陆之州反应过来，觉得有些莫名其妙："那个学校附近的文具店现在都有卖的吧？我就在学校对面那家买的啊，怎么了？"

陈妄皱眉："那个不还是什么限量版吗？"

陆之州顿了顿，还有点儿诧异："这东西真有什么限量版？"

陈妄一顿，抬眼："你是骗她的？"

"我也没故意骗她……"不知道为什么，陆之州被他这种眼神看着莫名有种心虚的感觉，尴尬地解释道，"行吧，她那个时候想要一个紫色的，但是那家店卖完了，我就跟她说粉红色这个比紫色的要好看，还是限量版的，以后可能都买不到了。"

陈妄："……"

"我看她还挺喜欢那个的，"陆之州摸摸鼻子，"怎么了？你怎么突然问这个？"

"没，"陈妄重新捡起笔，笔尖在桌面上杵了两下，漫不经心道，"是挺喜欢的。"

两个来听陆之州讲题的男生茫然地听着他们之间听不懂的对话，凑过头来，神秘兮兮地问："你俩说的是那个吗？"

陈妄眉一挑。

男生压低了声音，兴奋道："就那个，那种，带颜色的，有吗？我也想看。"

陈妄把他的卷子扯过来看了一眼，嗤笑："就你能考出这个分的智商，你能看明白吗？"

男生也不在意，把卷子接过来："妄哥，咋还人身攻击呢？我这个分是我高中三年来考得最好的一次了，看见没有——"他指着卷子上头鲜红的两个数字，铿锵有力、底气十足，"82！突破了80大关！我妈昨天看见这分都感动得喜极而泣了，你还有什么不满意？"

陈妄没搭理他，站起来往教室外走。

"82"在后面喊他："干吗去啊？哥！晚自习不上了啊？"

过道有女生跟朋友说笑着站起来，陈妄侧了侧身，手肘微侧了下，碰掉了那女生桌边上放着的一个水杯。

白色的陶瓷水杯应声掉在大理石地面上，清脆的一声，摔成几片。

女生"啊"了一声，哭丧着脸："我的杯子。"

初中部。

孟婴宁昨天永远地失去了她的宠物猫，今天整个人都有点儿萎靡，一整天都没什么精神，中午饭都没吃几口。

放学铃一响，她就被同桌拽着跑到学校旁边的文具店。

放学的时间，里面挤满了学生，孟婴宁站在店门口等着同桌在里面挑笔，想了想还是走进去，指着柜台上摆着的几个椭圆形的小游戏机，不抱希望地侧头问："叔叔，您家有粉红色的这个吗？是限量版的。"

老板沉默了下，心道：这玩意儿原来还有限量版？顿了顿，他说："粉红色的有，还剩最后一个。"

孟婴宁眼睛一亮。

老板继续道："但刚被一男孩儿买走了。"

"……啊。"孟婴宁心如死灰。

等同桌挑完了笔，两个人走出文具店，一起往车站方向走。

公交车站在学校的另一头，要折回来走一段，路过校门口的时候孟婴宁看见了陈妄。

他没跟陆之州在一起，旁边是个女孩子。

女生穿高中部的校服，长长的头发扎起来一半，烫着很漂亮的卷儿，微侧着头在说话，侧脸很好看，唇角翘着，很爱笑的样子："你怎么买了粉红色啊？我觉得粉红色的不是很好看。"

她怀里抱着个透明盒子，里面是一只精致漂亮的陶瓷杯。

陈妄没说话。

正是放学的点，高三学生晚上还要上晚自习，他们逆着人群出来的方向走到校门口，又进去。

女孩儿还在说话，声音渐远，孟婴宁收回了视线。

同桌也跟着看过去一眼，头凑过来："欸，刚刚那个是不是你发小的哥哥啊？就是凶巴巴的那个，叫陈妄的？"

孟婴宁侧头："你知道他呀？"

同桌点点头："他在咱们学校也挺有名的啊，在高中部那边应该更有名，"同桌压低了声音，羡慕道，"旁边那个是他女朋友吗？好成熟啊，看着好漂亮，就是跟我们这种幼稚的小屁孩不一样，是我我也喜欢这样的啊。"

孟婴宁愣了愣："可能是同学呢？"

"怎么可能？"同桌扬扬下巴，远远地看着那边说，"你看见她的那个眼神没有？藏都藏不住，特别明显，她肯定是喜欢你发小哥哥的啊！"

"哦，"孟婴宁干巴巴地说，"我没听说他有女朋友。"

"瞒着的呗，这可是早恋啊，哪儿能被人知道。"

孟婴宁没说话，闷头扯着她往车站方向走："快点儿回家吧。"

陈妄和陆之州下了晚自习回来的时候，孟婴宁正在家里写作业。

最后一道数学题写了一半，桌上的手机振了一下。

陆之州和陈妄上高三以后，孟婴宁放学就只能自己回家了，孟母不放心，给她买了一个小手机，方便联系。

孟婴宁放下笔，拿起手机看了一眼，号码没存，内容就两个字："出来。"

她拿起手机站起来，伸着脖子往窗外看了一眼。

陈妄站在院里，低垂的夜幕中，他微仰着头，正看着她的窗户这边。

视线对上，陈妄唇角懒洋洋地一扯，抬手朝她勾了勾。

孟婴宁缩回头去，垂头重新看手机屏幕，按着键慢吞吞地打字："不要。"

呵。胆儿肥了。

陈妄走到院里的树下，垂头按手机。

"出不出来？"

"不要。"

"快点儿，听话。"

"谁要听你的话，神经病。"

"你那破游戏机，还要不要了？"

孟婴宁一顿，没忍住，"噔噔噔"又跑到窗边去。

陈妄靠着树站着，就这么看着她钻出窗帘，扒着窗台伸长了脖子小心又谨慎地、偷偷摸摸地往外看，乌溜溜的大眼睛眨巴眨巴，鼻尖贴在玻璃上，压得有点儿变形，又好笑又可爱。

少年低笑出声。

孟婴宁犹豫了一会儿，还是出去了。

大院正中央的巨大榕树上挂着小灯串儿，光线细碎而暗，陈妄靠着树站着，手里把玩着什么东西，有些漫不经心。

孟婴宁慢吞吞地走过去，语气很差："干吗呀？"

陈妄用食指勾着绳子伸过去，手里的东西垂在她眼前。

粉红色的椭圆形小游戏机，已经被打开了，里面是一只黑白电子小猫，乖巧地蜷缩在小小的方形屏幕里。

孟婴宁的眼睛瞬间就亮了，刚想去拿，手抬了抬，又收回去。

陈妄勾着手指在她眼前晃了晃："不要啊，你的限量版？"他懒洋洋地说，"就这么个破玩意儿，老子跑了六七家店。"他说着自己就笑了，自言自语似的低声说，"真是服了……"

孟婴宁抿起唇看着他，声音小小的："给我的吗？"

"嗯，还有谁能喜欢这么幼稚的东西？"陈妄逗她，"也就你这小朋友。"

这么幼稚的东西。

小朋友。

"你怎么买了粉红色啊？我觉得粉红色的不是很好看。"

"旁边那个是他女朋友吗？好成熟啊，看着好漂亮，就是跟我们这种幼稚的小屁孩不一样。"

孟婴宁没接，后退了一步垂下头去，低声说："我不要这个。"

"嗯？"

"我不想要这个了，我又不喜欢粉红色，"孟婴宁深吸了一口气，依然低着头，不看他，"我昨天不开心是因为我的那个是之州哥哥买给我的，结果被我弄丢了，我怕他不高兴才不开心的。"

陈妄顿住，略挑起的唇角一点一点地放得平直。

孟婴宁语速很快地继续说："既然不是之州哥哥给我买的那个，那我就不想要了，不要也没关系，反正也不是什么重要的东西。"

陈妄沉默了片刻，缓慢开口："不重要？"

孟婴宁硬着头皮闷声道："我又不喜欢，这么幼稚的东西谁会喜欢玩，我才不要你买的，你给别人吧。"

半晌。

陈妄笑了一声，声音很冷："行。"

他淡淡道："不要我扔了，你找陆之州给你买去。"

孟婴宁一股气儿莫名地也就跟着上来了："扔就扔，跟我有什么关系？"

陈妄转身就走，路过垃圾桶旁边随意一抬手。

哐当一声，塑料的游戏机壳撞着铁皮垃圾桶咕噜噜地滚下去，跌进垃圾里。

少年的背影匿进夜色。

他头也没回，孟婴宁站在原地咬着嘴唇，抬手，狠狠地抹了把眼睛。

[15]

那时候，十七八岁的少年大概都喜欢这样的女孩儿。

头发会烫成好看又精致的卷，上学扎起来的时候发梢翘翘的，看起来成熟又活泼。她们一定很喜欢笑，笑起来很好看，说起话来语速平缓，声音温柔，美丽大方，却从来不张扬。

不喜欢什么小女孩儿才会喜欢的粉红色，也不玩小学生都不玩了的养宠物的小游戏机。

孟婴宁在原地站了一会儿，发呆似的两只眼直勾勾地盯着不远处那个垃圾桶。视线有点儿模糊，她抬起手，又用手背很重地抹了下眼睛，低垂下头。

真烦人。

陈妄真烦人。

她没忍住吸了吸鼻子，转身往家走。

走到一半，孟婴宁的脚步忽然停住了。

她蹲在地上，把头埋进臂弯里，抱着膝盖蹲了一会儿。

大院里很寂静，旁边谁家和谁谁家的灯亮着，窗户大开，隐隐约约能听见一点说话声。

孟婴宁站起身，扭头走到垃圾桶旁边。

小游戏机安静地躺在一堆半腐烂的青菜叶子里，黑暗里是很深的暗红色，像朵开败了的玫瑰。

她弯下腰，半颗小脑袋几乎要伸进垃圾桶里，手伸过去，指尖轻轻地、小心翼翼地碰了碰它。

孟婴宁收回手，直起身来垂着眼，低声嘟哝："我才不要这个。"然后转身回家。

家里客厅的灯开着，孟父孟母今天和朋友出去吃饭，还没回来，她脱掉鞋子，将钥匙放在桌上，扭头拉开电视柜的抽屉。

老旧的实木做旧电视柜，抽屉一拉开，里面有一股很淡的木头味儿。

孟婴宁从里面翻翻找找，最后翻出了一个卷发棒，又捣鼓了一堆东西出来，抱着进了卫生间。

她将怀里的一堆东西放在洗手台上，马桶盖放下，坐在上面细细地端详着洗手台上面那一堆破烂儿。

她先拿起了卷发棒。

孟婴宁犹豫了片刻，站起来走到电源旁边，将卷发棒的电线拉开，插上，回忆了一下孟母是怎么用的。

她拿着黑色的塑料把手那端，另一只手拽了拽自己的头发，去掉皮筋，扯了一绺出来，动作缓慢又笨拙地往金属的椭圆形棒身上面缠。

卷发棒上的金属片慢慢升温，变得滚烫，孟婴宁别别扭扭地捏着头发，缠到末端，想把头发从上边儿摘下来，脑子里也不知道在想些什么，指腹结结实实地捏在卷发棒的金属片上。

烧灼的痛感顿时袭来，孟婴宁手猛地一缩，卷发棒应声而落，发出清脆的一声，掉在了洗手间的瓷砖地面上。

她回过神来，垂眸去看，拇指和食指很迅速地红了，指腹处的皮肤鼓起来，烫出了两个小小的水泡。

孟婴宁红着眼，轻轻地哈出一口气。

指尖火烧火燎的，像是燃烧着的两簇火苗，她疼得发颤。

"后来那卷发棒不是被摔坏了吗？我还记得孟姨拽着婴宁的耳朵在院门口训她，也是奇怪了，"二胖笑道，"咱们这出了名的死要面子小哭包被当着大家的面儿那么训，竟然愣是一滴眼泪都没掉，孟姨还以为她是不服气，气得不轻。"

麻将打到晚上，饿了，一帮人闹哄哄地嚷嚷着要吃点新鲜的，最后跑到路边摊去撸串。

酒足饭饱，开始聊天，基本都是从小到大相熟的人，你家和我家隔扇窗，说起小时候的黑历史来那可是太多了，能滔滔不绝地讲上一晚。

二胖把啤酒瓶往小方桌上一撂，他喝酒上脸，这会儿连眼皮都是红的，嬉皮笑脸地凑过来："狐狸，现在会卷头发了吗？"

这会儿是晚上 11 点，孟婴宁有点儿发困，靠在椅背上，手里拿着串蜂蜜烤吐司片儿慢吞吞地吃着，闻言看了他一眼，拖腔拖调地说："不会呢。"

二胖笑倒："你说你们小姑娘那会儿都是什么审美？还偷偷拿妈妈的卷发棒卷头发，多显老，还是你这黑长直好看。"

因为白天吃饭换座的事儿，林静年现在可太烦他了，一整天光听这人在耳边啰唆，她坐在旁边撸了一串羊肉翻了个白眼："你懂个屁！那个时候就流行大波浪，小姑娘都喜欢。"

孟婴宁笑着咬了口土司片儿，小鸡啄米似的点头："是的是的，就流行呢。"

二胖努力地回忆了一下，一想，发现好像还真是这么回事儿："我记得那会儿小姑娘确实都流行这个发型，现在一想吧，觉得老，但当时，好像还真觉得挺好看。"

二胖沉吟："男生也都喜欢，学校里有哪个女生发型花哨就觉得特别成熟好看，也新鲜。"

孟婴宁专心地吃着吐司片儿，眼都没抬。

二胖忽然兴奋："尤其陈妄，就特别喜欢，路上看见个大波浪他都得多看人家一眼，你知道吧？"

二胖记得那会儿他还问过陈妄："怎么了，妄哥？喜欢成熟款的啊，看得这么入神？"

陈妄当时挺淡定的，不知道想起什么来，还笑了一声："看看这破头有什么好卷的。"

少年情怀总是诗，傲娇嘛，喜欢的从来不会承认，二胖都懂的。

他这边说得起劲，孟婴宁吃得更起劲，手里穿吐司的扦子一扔，又伸手拿了一串，咬着点点头，叹了口气道："我可太知道了。"

陆之桓生日这天晚上众人疯到了凌晨。

凌晨两点，陆之州接到二胖电话，声音虚弱，还喘着粗气："之州……哥。"

他刚叫了一声，那头一阵鬼哭狼嚎："想你——时你在——哪里！！！"

陆之州愣了愣："这是干什么呢？"

二胖咬牙道："你弟弟可太他娘的烦人了，我这边儿任务繁重，要忙不过来了，哥，你睡了吗？没睡能不能过来一趟把他弄走，睡了能不能爬起来把他弄走——他撒起酒疯来简直是——"

二胖的声音被陆之桓的怒吼声打断："想你——时你在——天边！！！"

二胖："我天你妈边！你他妈松开我！"

紧跟着，林静年的声音也从电话里传来："狐狸！妈妈的大宝贝！"

陆之州："……"

等陆之州到，已经是半个小时后了。找到了包厢号，他推门进去。

偌大一个包厢里全是酒精混着烟的味道，乌烟瘴气、云雾缭绕，点歌机里还放着歌，屏幕很亮。

林静年正拿着麦站在台子上尖叫着一展歌喉，"嗨"到破音。

陆之桓和孟婴宁靠在一起，要睡不睡地缩在门边卡座沙发里，孟婴宁的手撑在陆之桓的脸上，高跟鞋踢到一边。

听见声音，她眯了眯眼，看见站在门口的陆之州。

孟婴宁抬手，啪啪扇了陆之桓两巴掌，特别响亮："陆二狗，你爸爸来了。"

陆之桓没反应。

孟婴宁又扇了他两巴掌，扯着他的耳朵凑过去，神秘兮兮地、一字一顿地重复："陆二狗——你爸来了——"

陆之州："……"

他叹了口气，扭头看向二胖："你们这是作什么妖呢？"

二胖这一晚上可累死了，看见他跟看见了天神下凡："喝了四场，就都这样了，我是真服，赶紧把你弟带走吧，他劲儿贼他妈大，还挠我，他是个女的吧？"

二胖指指旁边的孟婴宁和蹦着高唱歌的林静年："我这儿还有俩。"又指指对面沙发横着叠在一起的两个人，"那边儿还有俩，我真整不了了，我也叫陈妄哥过来了。"

陆之州看了一眼二胖脸上的红印子，同情地点点头："行，我带两个吧。"

他走到沙发边，俯身看着孟婴宁："宁宁，回家了？"

孟婴宁凉凉地瞥了他一眼，跟没听见似的，又重新扭过头去，拽着陆之桓的耳朵往上扯，凑到他耳边特别大声："二狗——二狗！"

陆之桓被震得皱眉，捂着耳朵难受得直哼哼。

"就这样，我跟她说话也不好使，"二胖欲哭无泪，"平时挺乖个小丫头，喝醉了咋还叛逆上了呢？"

二胖正说着，陈妄推门进来。

他进来的时候孟婴宁整个人还骑在陆之桓身上，两只手扯着陆之桓的耳朵往外揪，给人揪得像只小飞象。

陈妄："……"

他脸都黑了，把整个包厢扫了一圈，转头看向二胖："这他妈喝了多少？"

二胖都要喜极而泣了："陈妄哥！"

那头孟婴宁一顿，慢吞吞地转过头来。

小姑娘小脸儿红扑扑的，歪着脑袋看了他一眼，顿了两秒。

陈妄没动。

孟婴宁若其事地扭过头去，继续虐待陆之桓，一巴掌拍在他脑门上，开始哭："呜呜呜……陆二狗，你死得好惨。"

孟婴宁开始了角色扮演，忽而抹了把眼泪，慢条斯理地说："你放宽心，你虽为阉人，但本宫会把你葬入皇陵，让你享受皇家待遇，你生前对陛下如此忠心耿耿，本宫必不会亏待你。"

孟婴宁认真地想了想："本宫就赐你一个，常伴先帝左右。"

陈妄："……"

他真是服了。

陈妄踹开脚边的空伏特加瓶子，直接走过去，一句话没说，拎着孟婴宁，把她从陆之桓身上扯下来了。

孟婴宁不依，手扒着沙发边挣扎。

陈妄把她提溜起来，声音很冷，带着警告："孟婴宁。"

孟婴宁安静下来，抬起眼，看着他。男人的眼仁漆黑，眼窝很深，眼里有很细微的红血丝，带着不易察觉的疲惫。

孟婴宁表情平静，慢吞吞地抬起手来，白嫩嫩的小手停在男人棱角分明的脸侧，略微悬着，距离很近，像是下一秒就要抚摩上去。

陈妄一顿。

下一秒，孟婴宁一巴掌扇在他脸上，清清脆脆，啪的一声，还挺响。

陈妄被扇得头小幅度地往旁边偏了偏。

二胖："……"

陆之州："……"

陈妄就这么定格了两秒，然后缓缓地转过头来，面无表情地看着她。

孟婴宁被他提溜着，但气势并不减，下巴尖儿一扬，睨着他，吐字带着浓郁的酒气："狗奴才！谁准你直呼本宫名讳？"孟婴宁高贵冷艳地说。

四

就 是 有 点 想 你

[16]

见陈妄没反应，孟婴宁不乐意了，踢了他一脚，冷声说："本宫跟你说话，你没听见是不是？"

"你还敢提溜着本宫？"孟婴宁高声喝道，"放本宫下来！"

鞋子早就被踢掉了，歪歪扭扭地躺在沙发边的地上，小姑娘光着的脚丫子蹭在他腿上，脚趾圆润可爱，在点歌机大屏幕的光线下，细瘦的脚显得冷白，和黑色的裤子形成鲜明的色差对比。

隔着裤子硬质的布料，陈妄感觉到了腿上柔软的压力，带着些微温度。

没等他说话，孟婴宁顿了一秒，恍然回神，手指落在他的眉骨上，缓缓地往下滑。

她的体温被酒精醺得有些高，指尖带着温度摸过他高挺的鼻梁，又落在他浅色的唇瓣上。

孟婴宁顺着摸到他的唇角，视线长久地聚焦，喃喃地说道："本宫倒是忘了，你是个哑巴，是条吠不出声来的狗。"

二胖看着陈妄的脸色，有些担心，生怕陈妄下一秒直接把手里的姑娘扔出去。

他舔了舔嘴唇，抬手一把抓住了旁边陆之州的胳膊，小心翼翼地说："陈妄哥，狐狸喝多了，你别搭理她。"

孟婴宁还沉浸在自己的世界里，摸着陈妄的唇角恍惚道："好、好一个俊俏的奴才，是个阉人就算了，竟还是个哑巴。"

陈妄面无表情，终于开口："你在说什么？"

孟婴宁把手搭在他的脖颈上，摇头晃脑地凑近他，居高临下地眯起眼："你这奴才真是放肆，本宫堂堂皇后什么不能说？还轮得到你一个没把儿的教训我？"

原本是陈妄拎着她，这会儿她把手臂往他脖子上一勾，两条腿抬起来，整个人主动地扒在他身上挂着往上蹭。

小姑娘从耳根到眼角都是红的，杏眼迷茫地眯着，目光有些散，蒙蒙眬眬的，小脑袋前前后后不自觉地晃，身子软得蹭上去以后又无意识地往下掉。

不是装的，是真醉了。

陈妄不想跟一个小醉鬼计较，手臂横过来换了个动作抱着她，好让她别掉下来。

孟婴宁调整了一个舒服的姿势，竖起一根手指垂眸看着他："本宫想……"

话还没说完，孟婴宁忽然顿住了，单手搂着他的脖子，小嘴微张，正正地对着他的脸，安静了几秒钟，然后冲着他打了个响亮的酒嗝："嗝——"

陈妄："……"

他眼皮子一跳，缓缓地闭上眼。

在昏暗的光线中，二胖看见陈妄的腮帮子微动，后槽牙咬着磨了磨，额角的青筋清晰地蹦了两下。

二胖胆战心惊，左思右想，为了孟婴宁的生命安全，还是勇敢地往前走了一步，颤颤巍巍地开口："陈妄哥，要么狐狸还是给我吧……"

陈妄睁眼，笑了一声，声音冷得似从地狱里爬出来的恶鬼，每一个字都像是从牙缝里挤出来的："娘娘想干什么？"

二胖打了个哆嗦。

孟婴宁把下巴抵在他的肩膀上，歪着脑袋安静地想了一会儿，慢吞吞地说："娘娘想，吃个桃子。"

陈妄把她脱掉的高跟鞋踢过来："行，娘娘回家吃个桃子。"

孟婴宁把下巴从他肩膀上移开，抬起头来，忽然看着他说："你为什么不问娘娘为什么想吃个桃子？"

陈妄单手抱着她，另一只手空出来从沙发角落抓起她的包，随口配合道："为什么？"

孟婴宁来了兴致，脚丫子晃悠两下，兴高采烈地说："因为陈妄那个王八蛋对桃子过敏！"

陈妄："……"

他把刚抓起来的包一把摔在了沙发上。

二胖连忙卑微地小跑过去，把包捡起来双手捧着递过去："算了妄哥，妄哥算了算了。"

陈妄深吸口气，扯过包抱着人大步往外走，声音冷硬："我送她回家。"

二胖心道：你确定是送她回家，不是送她上路吗？

二胖叹了口气，撅着屁股从地上捡起孟婴宁的高跟鞋，屁颠颠地追在他屁股后面跑出去："鞋！陈妄哥，鞋！"

孟婴宁本来是没打算喝多少的。

她以前酒量很差，后来总跟陆之桓和林静年混在一起，时间长了也练出来了点儿，不至于喝点儿就醉得不省人事，但也不算太好，毕竟基因和底子摆在那里。

不能喝就是不能喝，这酒量能练出来倒是不假，但只要不是往死里练，最多也就只能从"不能喝"变成"能喝点"。

唯一的好是，她喝醉以后第二天醒过来不会特别难受，也不怎么断片儿。

唯一的好……

上午十点多，孟婴宁从床上爬起来。

她先是茫然地坐了一会儿，然后看了一圈，她家是刚装修的，风格简约，白窗纱层层叠叠地裹着浅灰色的窗帘，床品又轻又软，人躺上去能陷进去。孟婴宁睡惯了软床，从上到下都是她特地挑的，林静年来睡过几次，说她家这床睡着软到人腰疼。

确定了一下自己确实是在家里，孟婴宁重新靠回床头，慢吞吞地整理了一下昨天晚上发生的事情。

她在烧烤摊啃面包片儿，又去新开的酒吧蹦了个迪。

最后非常返璞归真地，一群人去了KTV。

然后呢？

然后就没有然后了。

她跟陆之桓和林静年到最后，都开始神志不清，在有意识的最后时刻本来想消停地睡一觉等酒劲儿过去点儿，结果等来了陈安。

孟婴宁想起自己昨天说的话、做的事，嘴唇发白、手指颤抖。

她抬手，拉开床头柜抽屉，从里面掏出面小镜子，想看看自己脖子上有没有差点被掐死的瘀青。

孟婴宁第一次如此痛恨自己喝醉竟然不断片儿，只觉得这真的是王母娘娘、玉皇大帝、如来佛祖显灵，才让她昨天堪堪捡回了一条命。

陈安昨天竟然放过她了，甚至还把她送回了家。

细节想要记得清楚有些强人所难，但到车子开到家门口为止，自己大致说了什么话她倒还记得。

之后呢……

之后……呢？

孟婴宁只记得临进门，她拽着陈妄的衣服袖子哭。

她一边哭，一边拽着他，抱着他的胳膊，好像哭着跟他说了些什么，又好像只是很莫名其妙地哭了一场，什么也没说。

孟婴宁感觉自己的心跳都停了一下。

她不记得，却没由来地有点儿慌，好像自己说漏了什么很重要的事情。

孟婴宁努力地想了一下，只记得影影绰绰的轮廓，像是快睡着的时候迷迷糊糊看的电影，记忆很模糊，画面和声音都不真切。

女孩子哭得很委屈，缩着肩膀蜷在角落里哭着和男人说话。

她到底说了些什么？

孟婴宁慌慌张张地爬下床，身上还是昨天晚上出去穿的那套衣服，没换，大概脸上妆也没卸，孟婴宁也顾不得，快步走到卧室门口，打开卧室门。

客厅里静悄悄的，窗帘没合，上午的阳光明晃晃地照进来，整个房子里就她一个人。

孟婴宁本来也没指望会出现什么"醒酒汤和早餐丰盛地出现在餐桌上，男人背对着她站在厨房里忙碌"这种下辈子都不可能存在的画面，而且她这会儿也顾不得这些有的没的。

她光着脚站在卧室门口，扇陈妄巴掌以及骂他是个没把儿的狗奴才的恐惧已经被新的慌乱完全覆盖了，相比而言这些根本不算什么。

而且其实非要说实话的话，她并不太怕他，尤其是现在的陈妄看起来实在是比以前温柔了不知道多少。

与其说是温柔，不如说是……

孟婴宁想起林静年之前跟她说的话。

"他现在就给人那种挺淡的感觉，让人觉得他现在对你没啥非分之想了。"

"也不是对你，就是感觉他好像现在对什么都挺淡的。"

孟婴宁绝望地闭上了眼睛。

如果她昨晚真的说了些什么，那不是明明白白地自取其辱吗？

而且这都多少年了，都过去这么多年了！

她到底跟他说了些什么？！

孟婴宁找了一圈包，最后从沙发角落揪出来，从里面翻出了手机。

昨晚没充电，手机还剩下脆弱的百分之十的电量，孟婴宁回到卧室里，插上充电器，盘腿坐在地板上，点开了陈妄的名字，切换到短信界面。

孟婴宁绞尽脑汁地思考了将近十分钟，这个短信要怎么发。

要不装傻吧？装作什么都不记得了。

我昨天晚上发酒疯了吗？

麻烦到你了吗？

吐你身上了吗？

我……跟你说什么了吗？

孟婴宁心里可慌死了，她"啪"的一下把手机扣在地板上，人猛地站起来。

这个事儿她必须得当面去问问陈妄。

陈妄躺在床上，后脑勺枕着手臂，目光聚焦在天花板吊顶上。

搁在床上的手机长久地振动，昨天他最后回了次部队，被陆平严叫过去，车轱辘老话翻来覆去地说，陈妄听到麻木。谈话到末了，陆平严叹了口气："知道你不爱听，说了这么多年你不嫌烦我自己都嫌烦，我这也是最后一次，以后再没人跟你说这些了。"

陈妄垂眼，站着没说话。

陆平严又叹气，有意换个轻松点儿的话题："退了也行，闲下来就考虑考虑你自己的事儿，我听说你身边好几个姑娘，怎么？没一个看上的？"

陈妄扯扯嘴角："没想过这事儿。"

陆平严挑眉，故意道："我那小侄女儿也没能入你的眼？"

陈妄也不直说，懒散道："我这么个人，自己都活不明白，哪儿能耽误人家姑娘，况且还是您家的千金。"

陆平严指着他："少贫，语嫣这孩子从小被她妈惯坏了，不过本性是好的，也是真喜欢你，"说着，又睨他一眼，"怎么？那天我没告诉你是去接她，不乐意了？"

"没，"陈妄垂头，笑笑，"这不就我一个闲人嘛。"

陆平严没再说什么。

卧室里光线昏暗，窗帘紧紧地闭合着，床上的手机安静片刻，又重新锲而不舍地开始振动。

陈妄接起来，放到耳边，还没说话——

"陈妄你个……"陈想骂着，又憋回去了，"个"字拖了长长一声，气急败坏的，"我他妈真服了，你这猫，赶紧的啊，最后通牒，今天给我弄走。"

陈妄："怎么？你不是挺喜欢的？"

"全是毛，它是水土不服吗？最近掉毛特别厉害，"陈想崩溃，"拉屎还贼臭，我昨天给一客户打雾打到一半，结果我助理去给它铲屎，简直飘香十里，熏得我手都抖，针差点儿扎到客户眼珠子上。"

陈妄笑了笑："怎么着？文的脸啊？"

"眉骨，还挺潮一小伙子，"陈想说，"反正你赶紧接走啊，你说你把这破猫捡了干啥？你就说你养了几天？老娘给你养了十年！十年！从一个活蹦乱跳的小崽子给你养成了个老头子。"

小姑娘天生性子野，从小跟他没大没小惯了，并不把他当哥，嘴上也没个把门儿的，嘲讽他："你的猫都四世同堂了，你还是个处男。"

陈妄翻身下床，弯腰从地上捡起牛仔裤套上："闭嘴吧，我现在过去。"

陈想的工作跟她的性格一样叛逆，做文身穿孔师。

几年前她本来在 A 市，听说他要回来，改搬到 B 市，地点还选在艺术产业园区，一整片儿一眼望去全是视觉系的。

陈妄到的时候陈想正在往一个小年轻高挺的鼻子上扎眼儿，挺粗一根针，泛着寒光，旁边垃圾桶里扔的全是染了血的酒精棉，陈想戴了个黑口罩垂着头干活儿，神情专注，声音很冷酷："疼就说。"

哪儿还有半点儿半个小时前皮了吧唧的样子。

陈妄进屋，随手关上门，人刚一进来，脚就被一只毛球围住了。

陈妄垂头，那猫仰头看着他，"喵"了一声。

陈妄蹲下，抬手，指尖轻轻地挠了挠它的下巴。那猫舒服地呼噜噜了一会儿，尾巴扫扫，扭头慢悠悠地走了。

陈妄走到门口沙发前坐下，长腿往前一伸，靠在沙发背上，闭目养神。他连着快一个礼拜没怎么睡了，昨晚又被一小疯子一通折腾，再能熬的人也有熬不住的时候。

脑子有点昏昏沉沉，陈妄闭着眼，不知道过了多久，半睡半醒间，隐约听见丁零零一声，紧接着是门被推开的细微声响。

陈妄"唰"地睁开眼，侧头看过去。

孟婴宁站在门口，大半个身子还露在门外，只一颗脑袋顺着探进来，正鬼鬼祟祟、偷偷摸摸地往里看。

陈妄有些诧异，嗓音沙哑："你怎么在这儿？"

孟婴宁视线一和他对上，慌乱地撇开眼，顿了几秒，一副若无其事的样子，推开门进来："我怎么不能在这儿？"

陈想听见声音，终于转过头来，声音在口罩后有点闷，隔着屏风问："有预约吗？"

这会儿扎鼻环的那个小伙子已经走了，她换了个客户，正拿着文身机给人文身。

"我……"孟婴宁干巴巴地说，"没有。"

陈妄看着她，人还带着点儿刚睡醒时的懒："你干什么来了？"

孟婴宁心里咯噔一下。

孟婴宁心道：完了。

她只问了陆之州陈妄在哪儿，忘了问这是个什么地儿了。

她根本不知道这个店到底是干啥的，门口挂着的也就一块黑漆漆的牌子，什么也没写，一个非常有性格的地方。

孟婴宁不动声色地看了一圈整个店的装修，很工业风的二层小楼，门口的一块休息区，放着沙发和茶几，里面有几把看起来很舒服的椅子，和林静年之前经常去的那家高级美发沙龙差不多。

再里面被隔断半挡着，看不太清楚，就只能听见嗡嗡的机器声，像是给男人剃寸头用的那个推子的嗡嗡声。

孟婴宁不太确定，清了清嗓子，试探性地开口："我想……剪个刘海儿？"

"……"

隔断后，里面嗡嗡的声音顿时就停了。

陈妄也跟着沉默了几秒，看着她，平静地点点头："你想剪个什么样的？"

孟婴宁心下一喜，觉得自己蒙对了。她瞬间就自信了。

"不知道呢，"孟婴宁慢条斯理地说，"把你们这儿最贵的 Tony 老师叫来，我要跟他研究一下。"

[17]

陈妄直直地看了她几秒，人往后一靠，倚在沙发背上开始笑。

孟婴宁被他笑得发毛，有些心虚："你笑什么？"

"没什么，"陈妄抬手，指指里面隔断后的陈想，"Tony 现在挺忙，你等会儿。"

孟婴宁犹豫了一下，走到沙发旁边坐下。她原本是想直接给陈妄打电话的，号码都抠出来了，临要拨，又有些退缩。她觉得要不迂回一点儿，委婉一些。

劈头盖脸上去就问，目的性太强，不太合适，还是自然一点儿，旁敲侧击着套套话比较好。

孟婴宁转念，先给陆之州打了通电话，打听到陈妄来了这么个不知道干什么的地方，当即二话不说，洗漱、换衣服出门。

在 B 市住了二十来年，这边倒是真没来过几次。

艺术园区，整个园区里和附近两三条街内的一片大多数是这方面的个人工作室，孟婴宁最近一次过来也是挺久以前了，还是因为工作上的事情。那会儿她还在实习，是跟着杂志社里的前辈一起过来的。

孟婴宁没想到，陈妄这么个跟艺术八竿子打不着的俗人竟然也会出现在这种地方。

而且听陆之州话里的意思，这家美发沙龙的主人和陈妄好像还有千丝万缕的亲密联系。

一个连微信都没有的人，懂什么叫艺术？

孟婴宁坐在单人小沙发上，手肘支在沙发扶手上，自顾自地发了会儿呆，想起自己来的目的。

她有些忐忑，不动声色地偷偷看了一眼坐在旁边的陈妄。

陈妄这会儿懒散地靠在沙发背上，微仰着头，闭着眼，不知道是不是睡着了。孟婴宁飞快地移开了视线，余光不住地瞥着那头。

过了几分钟，男人一动不动。这是真的睡着了？

孟婴宁再次转过头去，身子小幅度地斜了斜，稍微靠过去了一点儿，大了些胆子看他。

陈妄看起来睡得有些疲惫，睡着的时候嘴唇也抿成平直的线，略向下垂着，一副冷漠又不高兴的样子。

年少的时候，他虽然性子也不刻意张扬，但戾气和棱角都很分明，气场比起同龄人来强了一大截，站在那里不说话都惹眼。

现在，孟婴宁不知道怎么说。

林静年说觉得陈妄变得好像对什么都不太在乎，孟婴宁觉得不是，却又不知道该怎么形容那种感觉。

他就是，好像看起来很累。

孟婴宁撑着下巴，安静又明目张胆地看着他熟睡的样子。

"干什么？"陈妄忽然开口。

孟婴宁吓了一跳，匆忙撇开视线。

陈妄眼睛仍然闭着，人一动不动，好像刚刚说话的人不是他一样。

孟婴宁："……"

你眼睛都闭着还知道别人看你啊！

孟婴宁装傻："嗯？你说什么？"

陈妄也不拆穿她，没再说话。

孟婴宁今天是带着任务过来的，他既然没睡，那她就得开始干活儿了。

她不太想提起昨天晚上喝醉的事儿，因为那肯定会让人不可避免地想起来她昨天晚上的一系列壮举，她以前也醉过，但从来没像昨天那样……心狠手辣。

孟婴宁琢磨着大概是因为自己对陈妄积怨太深，已经到了恨之入骨的程度，所以才会借着喝醉了铆足了劲儿地撒泼折磨他，也真是不怕死。

但今天看来，他好像也并没有很生气。

而且也不像是……听到她说了些什么的样子。

她不想让陈妄想起这事儿来，生怕自己被秋后算账，可是有些话不问出来得到明确点儿的答复，孟婴宁实在放心不下。

这可咋整？孟婴宁可太愁了。

她犹豫了一会儿，最后还是凑过去，特别小声地叫了他一声："陈妄？"

陈妄没搭理她。

孟婴宁又凑近了点儿，手肘撑上他那边的沙发扶手："你睡着了吗？"

静了片刻。

陈妄睁开眼，侧了侧头，视线垂过来："怎么了？"

"没什么，反正我现在等也是等着，咱俩聊聊天？"孟婴宁看着他眨眨眼，"叙叙旧？"

陈妄："……"

他像是听到了什么笑话，缓声重复了一遍："叙叙旧？"

他的语气听不出情绪如何，孟婴宁犹豫了一下，还是慢慢地点点头。

"行啊，"陈妄笑了，意有所指道，"顺便算算账。"

孟婴宁："……"

她缩着肩膀，决定先发制人："我真的，酒量特别不好，一杯就醉，今天都听二胖跟我说了，他说是你把我送回家的，我当时好像——我吐你身上了吗？"

孟婴宁眨巴着眼，一脸人畜无害地强调道："我什么都不记得了。"

"不记得了？"陈妄问。

"忘得一干二净。"孟婴宁说。

"吐了，"陈妄垂下头，语调懒散，"吐我一身。"

"……"

孟婴宁心道：我可真是服了你，这人怎么就顺杆子往上爬呢？

孟婴宁磨了磨牙，面上不动声色，特别愧疚地和他道歉："对不起啊，我真的不记得了，我之前有次和陆之桓出去玩也是这样，后来陆之桓跟我说，我还跟他说小时候特别喜欢他之类的话。"

陈妄蓦地抬起头来，似乎理解得有些艰难："你还喜欢过他？"

"……"孟婴宁一言难尽地看着他，"你是觉得我瞎吗？"

陈妄一想，也觉得挺有道理的，点点头："也是。"

"我怎么可能喜欢他？我那不是喝醉了瞎说的嘛。"孟婴宁说着，又偷偷地看了他一眼。

陈妄神色平淡，面上半点波澜也没有，完全看不出破绽。所以她昨天到底是说了还是没说！

孟婴宁深吸一口气，心里纠结一番，也不要什么节操了，干脆闭着眼破罐子破摔道："他还说我喝醉了逢人就告白，碰见个长得稍微好看点儿的就说自己喜欢人家。"

她最后补充："但我自己是完全不记得的。"

她说完好半天了，陈妄都没说话。

孟婴宁舔了下嘴唇，特别小心地观察他的表情。

半响。

陈妄倾身，伸手够到茶几上放着的烟和火机，取出一根咬着点燃，把火机和烟盒扔回茶几上，人往后一靠，终于开口："孟婴宁。"

他吐了口烟，微眯着眼："你今天到底是来干什么的？"

孟婴宁指尖轻动，突然有种整个人都完全被看穿的无所适从感。她无措地张了张嘴，还没来得及说什么——

"放心，"陈妄平静地说，"你没跟我说过。"

孟婴宁怔怔地看着他。

陈妄垂眸，指尖敲掉一截烟灰，动作有些漫不经心。

他没看她，神情很淡："你对我，从来没说过这种话。"

孟婴宁走了，Tony手里举着个文身机从里边出来，伸着脖子："刚刚那姑娘是我未来的嫂嫂吗？看着好像不太大啊。"

陈妄没听见似的。

陈想跑到门口，好奇地往外看，刚好看到姑娘慢吞吞走远的背影，穿着条碎花小裙子、细腰、长腿、天鹅颈，白得跟会发光似的，陈想眼睛这么刁的人都挑不出半点儿毛病来。

刚刚她隔着隔断墙影影绰绰偷偷看了几眼，发现姑娘长得也好。

陈想在姥姥家长大，从小时候开始能见着陈妄的次数其实就有限，但也没耽误兄妹俩关系，对于她哥的终身大事，陈想一直挺发愁的。

这仙女儿似的小嫂嫂，配她哥这个不解风情的直男，好像还让人觉得有那么点儿可惜是怎么回事？

陈想用生命听墙脚，文身机刚刚都关了，就为了能听清楚这两个人说了些啥，结果两人跟打太极似的绕来绕去绕了半天，陈想也没听太明白到底是怎么回事儿。

她凑过去，直接问道："你俩到底能不能有戏啊？我怎么听着迷迷糊糊的？"

陈妄又点了根烟："没戏。"

陈想挑眉："我看着不像啊。"

陈妄垂眸笑了一声，孟婴宁这次特地来找他，目的挺明显。

她怕自己昨天晚上说了些什么乱七八糟的话，怕他误会，急着来找他撇清关系。

什么喝醉了碰见个人就告白之类的话，八成也是瞎掰的。就算是真的，这种话，她大概也永远不会跟他说，倒是会说些莫名其妙的。

陈妄想起孟婴宁昨天晚上，演戏上瘾当了一晚上孟皇后，陈妄给她送到家以后也终于演累了，安安静静地坐了一会儿，没消停几分钟又开始哭。

哭起来和小时候一样，特别小声地呜呜地憋着哭，安静又可怜，像受了伤蜷缩起来呜咽的小动物似的。

陈妄特别不擅长这个，但也没法儿，叹了口气，想把人从墙角捞出来。

孟婴宁也不动弹，固执地蜷在那儿。

陈妄在她面前蹲下，耐着性子："又哭什么？"

孟婴宁泪眼婆娑地看着他，特别委屈地叫他："陈妄。"

"嗯。"

"陈妄。"孟婴宁又叫了他一声。

陈妄犹豫了一下，抬手，揉了下她的头发："在这儿呢。"

"我疼。"孟婴宁说。

陈妄顿了顿，皱眉："哪儿疼？"

孟婴宁吸了吸鼻子："我手疼，手指疼。"

陈妄真以为她手指是没注意弄伤了，垂手拽着她两只手拉到面前来。

姑娘的十指纤细修长，漂亮白皙，指甲修得圆润干净，也没见哪儿伤着了。

"嗯，"陈妄当她喝醉了说胡话，顺着她问，"那怎么才能不疼？"

陈妄本以为她是还没疯尽兴，想着给她递个由头，遂了她的心意，让她再折腾折腾自己，折腾够了估计也就能睡了。

结果孟婴宁没有。

"不能不疼。"她低声说。

陈妄没听清，倾身靠近了点："嗯？"

孟婴宁红着眼睛说："好疼的，特别特别烫。"

[18]

孟婴宁几乎是落荒而逃。

在走出店门的那一瞬间，她长长地出了口气。

看来她嘴巴还算是比较严实的那种，即使喝醉了，不该说的话也不会说出去。她在门口站了片刻，抬脚往园区外走。

休息日的艺术园区里，人竟然也还不少，大多是情侣，也有脖子上挂着单反相机的男女文艺青年来拍照。

孟婴宁垂着头，靠边踩在地上树荫下细碎的阳光上往前走，脑子里有些空。

陈妄什么都看出来了，毕竟她那谎话说得那么蹩脚。

她是真的什么不该说的话都没说。

孟婴宁觉得挺茫然的，本来应该是解决了件让人高兴的、能够彻底放下心来的事儿，但这会儿她的心情好像也没有想象中的那种轻松的感觉。

也可能是因为天气太热，风都静止了，让人憋得发闷，憋得她现在莫名又急切地觉得自己需要跟谁说点什么。

她想也没想，从包里翻出电话，给林静年打了通电话过去。

响了好久之后，孟婴宁要挂，那边才接起来了。

林静年的声音含混，还挺痛苦："喂……"

"年年。"孟婴宁毫无意义地重复叫了她一声，"年年。"

电话那头静了静。

林静年问："你怎么了？"

孟婴宁走到园区门口，在路边儿坐下："没怎么啊，就看看你睡没睡醒。"

林静年沉默了一下，说："狐狸，我认识你 20 年了。"

孟婴宁握着手机垂头，语气挺自然的，跟平时两人聊八卦的时候差不多："我刚刚，解决了一件事儿。"

"嗯？"

"也不是什么大事儿，"孟婴宁直勾勾地盯着墙角，有点出神，自言自语似的，有些混乱地说，"就是有那么一个人，我跟这人发生了点儿误会，然后刚刚这误会没了，我本来以为解决以后我会很高兴的……"

孟婴宁猛地顿住，忽然意识到了自己在说些什么。

林静年接道："但是其实也没那么高兴。"

"可能是因为今天太热了。"孟婴宁认真地说。

其实她在这头"这个人""那个事"了半天，林静年并没有听懂她到底是想表达点啥。

但是 20 年的闺密之间就是有这种特殊的默契——两个人无论对方在说些什么玩意儿，你理解与否，话题和内容是否相同，这对话都能流畅又自然地、毫无阻碍地进行下去。

林静年打了个哈欠，拽着枕头往上拉了拉，人坐起来："狐狸。"

林静年冷静地瞎扯道："你爱上了。"

孟婴宁："……"她手一抖，把电话挂了。

林静年看了一眼被挂断了的电话，把手机丢到一边，枕头拉下来，继续睡。

她没孟婴宁那宿醉以后还能活蹦乱跳跟个没事儿人似的体质，她现在头发昏，急需睡眠补充，并没有太在意这个事儿。

电话那边，孟婴宁看着手机屏幕，叹了口气。

这都什么跟什么？

这都什么事儿啊?

一个周末鸡飞狗跳、热热闹闹地过去，新的一周又雷打不动地到来。

周一，孟婴宁起了个大早上班。

做期刊的大多这样，半个月忙完以后能有一段时间休息休息，让人喘口气，至少不会像前几周一样折磨得人头发一把一把地掉。

不过最近整个行业都不太景气，就连午休时间众人的八卦内容都从富二代深夜出某明星私人公寓的照片门，变成了隔壁哪本小杂志社又停刊了。这段时间又不知道从哪儿听来的风声，一直说公司内部可能也要裁员，前段时间忙得没那个精力细想，现在闲下来了，一时间人心惶惶。

孟婴宁没来几个月，消息比较闭塞，这些都还是听白简说的。

白简把椅子往后一推，悔不当初:"我当时就应该去学个计算机什么的，做一个每天敲代码打遍全天下的程序员，没准儿我天赋异禀还能成一代黑客、白客什么的呢，我来杂志社上什么班儿呢?"

孟婴宁噼里啪啦地敲着键盘，头也没回地提醒她:"白简姐，程序员那可比编辑秃得还要快。"

白简满目苍凉，幽幽道:"头发和钱那能比吗?"

孟婴宁一想，觉得也对:"有钱还能去植发呢。"

"你这小孩心怎么这么大? "白简满脸复杂地看着她，"没发现最近办公室气氛都和以前不一样了吗? 都提防着呢。"

"一个月前就说要裁员呢，到现在不也一个没走吗? "孟婴宁不在意道，"公司发展到现在这种程度本来也不是指着 SINGO 这一本杂志活的。"

孟婴宁安慰她:"没事儿，咱们公司和外面那些小杂志社不一样，有钱着呢。"

白简毕业也四年了，上了几年班反过来被一个小自己好几岁的姑娘安抚了，一时间还有些羞愧，觉得自己之前太把孟婴宁当小孩了:"是啊……你还挺淡定。"

"我当然淡定了，"孟婴宁咔嚓咔嚓地点着鼠标，"我有小副业呢。"

白简："……"

　　孟婴宁勉强算是个小网红这事儿没怎么瞒着，主要是也瞒不住，不过她名气没那么大，认识她的人也不多。而且时尚杂志社，每天出入不知道多少明星模特不提，光孟婴宁知道的他们编辑部就有个微博有百万粉的美妆博主，前段时间还去参加了某日系大牌彩妆的新产品发布会。

　　不过白简说的那种和以前不一样的气氛，孟婴宁也感受到了，尤其是连着两次例会她被老大点名表扬了一通以后，几次在茶水间感受到了"上一秒窃窃私语直到你端着杯子一进来瞬间万籁俱寂"的情况。

　　就比如此时。

　　公司里的茶水间一层一个，挺大，两个小隔间，里间可以冲点咖啡饮料什么的，外面有一个小冰箱，里面提供一些免费小零食和水果。

　　这会儿里间的玻璃门半开着，里面就两个姑娘，一个属于虽然看着很眼熟对名字也有印象但是就在嘴边怎么也叫不上来的程度。另一个孟婴宁倒是认识的，叫韩乔，上期那个"触电"的专题开卷本来是孟婴宁和她负责，两人商量好一人负责一半，结果这姑娘一整个礼拜啥都没做，周一一早跟早自习抄作业似的坐在电脑前赶工，最后文案写得像坨屎，理所当然被李欢劈头盖脸地骂了一顿。

　　被骂完从办公室出来以后两人再没说过一句话。

　　整个茶水间安静了一瞬，两个女生又若无其事地聊起了别的："我刚刚在楼下看见陆语嫣了，副主编带她上来的，"韩乔说，"她背景真的还挺硬的，好像说之前那个封面的事儿后来还是找了副刊补给她。"另一个叹了口气，羡慕道："你说有钱多好，这种每天不用搬砖要什么有什么的日子我也想过。"

"陆语嫣现在也挺红的了吧？过两天她那个网剧不是也要播了吗？我看预告片还挺好的，不过我刚刚看见她感觉她本人比电视上更漂亮点，"韩乔顿了顿，继续道，"明星就是明星，和那种小网红真不一样。"

另一个人偷偷地瞥过来一眼，抬手轻轻拍了下说话的女生，示意她别说了。

孟婴宁权当看不见、听不见，什么也不知道，端了杯子抽一条咖啡撕开，倒进去。

她本来以为这种经典场面基本上只会发生在读书时代的女生寝室和女生厕所，结果发现竟然并不是。

孟婴宁惊讶地发现，有这种爱好的人你想让她们闭嘴那是闭不上的，就算环境从一个换成了另一个，年龄也长了几岁，她们还是能在新的环境里找到同类舞出一片新的天地。

韩乔撇撇嘴，满不在乎地继续说："你别看那些网红平时看着好看，那是因为是和普通人比，如果真的站在靠脸吃饭的女明星面前，那差别可太大了，简直惨不忍睹。"

另一个女生不说话了，看了孟婴宁一眼，又拽了拽韩乔。

孟婴宁平静地撕了包咖啡伴侣倒进去，顺便加了两小包糖。

"本来就是啊，"韩乔笑嘻嘻地说，"那个长相啊，尤其是气质，对比一下真的是，就平时看着再漂亮的网红也都土得不行，土鸡怎么折腾也变不成白天鹅，网红本来就 low。"

孟婴宁："……"

她也真的不是脾气特别好的人。

再加上这一段时间以来她始终有点儿气不顺，身边没一件顺心事儿。

她把手里的糖包袋子扔进垃圾桶，咖啡杯放在大理石台面上，歪了下头，很平静地问："你对我有什么意见吗？"

韩乔装傻："我对你有什么意见了？这不就是聊聊天儿嘛，我说的是现在那些不知道自己几斤几两的网红，本来就跟明星没法比啊，我说你了？哦……"她拖长了声，瞥了她一眼，"我忘了，你不也是个网红来着？不好意思啊，我刚刚给忘了，我没有说你的意思。"

孟婴宁挺有耐心地等着她说完了，慢吞吞地转过身来，还没来得及说话，里间的玻璃门被人从外面推开。

孟婴宁回过头去，人还没见着，倒是先听到了声音，又是个熟人。

"我说这里面怎么一股味儿，熏得人眼睛都快睁不开了。"

陆语嫣今天一改常态，也不知道是不是情路受挫破罐子破摔，也不走仙女人设了，穿了条红裙子，红唇鲜艳、张扬跋扈、趾高气扬，说完，又扫了一眼旁边的孟婴宁："她说的那个网红，是你啊？"

孟婴宁眨巴了下眼："好像是的。"

"早知道是你我就不说话了。"陆语嫣后悔死了，翻了个大白眼。

她是挺讨厌孟婴宁的，但她更烦那种人前人后八卦的，整天弄些恶心的幺蛾子手段，指桑骂槐，说些不入流的垃圾话，可真是能硌硬死个人。

陆语嫣站在门口，视线一转，把韩乔上上下下打量了个遍，不屑道："就你，长成这个车祸现场样，还好意思说人家长得丑啊？你自己什么样心里能不能有点数啊？有仇有怨就直接说，大大方方地吵个架就完事儿了，这么阴阳怪气的，你也不嫌自己嘴脸难看？"她说着，指指孟婴宁，"她虽然人不怎么样，但是有一说一，咱们公平点儿，这张脸，就我见过的同类型女明星里还真没几个能比得过的。"

陆语嫣顿了顿，道："当然跟我是没法儿比的。"

韩乔："……"

孟婴宁："……"

陆语嫣说着又有点儿好奇，扭过头来看向孟婴宁，问道："对了，她们是拿你比的哪个女明星？"

孟婴宁："……"

她叹了口气，有些不忍："算了，别问了，我不想让你太尴尬。"

[19]

陆语嫣原本是没打算出声的，但孟婴宁那话问出来，她觉得这声音有点耳熟，一时间又没想起来是谁，只觉是个自己认识的人，忍不住好奇地进来看了一眼。

一看见是孟婴宁，陆语嫣还觉得挺生气。

这朵"大白莲"当时撑她的时候撑得昏天暗地，怎么轮到别人反倒就不出声了？

她又看了一眼找碴儿的那两位，都是些什么歪瓜裂枣。始终没说话的歪瓜一号看起来有点儿不安，埋着头拽着裂枣二号往外走。

孟婴宁若无其事，抽了根搅拌棒，唰唰地搅咖啡。

陆语嫣侧身看着她，嘲讽着开口："我还以为你多大本事，被人欺负了话都不敢说？"

"我这不是还没来得及就天降正义使者了嘛，"孟婴宁叹了口气，"没想到陆小姐还是个性情中人，我还以为你挺讨厌我的。"

"我是讨厌你啊。"陆语嫣点点头，说，"这冲突吗？"

陆语嫣指着她："你被人欺负，我之前又没打过你，那不就拐着弯地表示了我还不如刚刚那两个歪瓜裂枣？"

孟婴宁："……"

她想说：我们这边不是这么算的，我们都流行敌人的敌人是朋友。

她忍住了没反驳这姑娘让人觉得匪夷所思的神奇脑回路，却没忍住笑了，端着咖啡很真诚地跟陆语嫣道谢："不管怎么说，谢谢你啊。"

陆语嫣一脸嫌恶："你别假惺惺的了，我不接受情敌道谢。"

她厌烦的表情藏都不藏，特别明显。

孟婴宁这会儿反倒没那么讨厌她了，这姑娘虽然最开始接触的时候张扬跋扈、傲慢又没礼貌、自我感觉良好，还有公主病，但竟然意外地就事论事、爱憎分明，好像也挺讲道理的，不会因为讨厌谁就黑白不分。

大概因为背景够硬，这还真就是个天不怕、地不怕的"傻白甜"。

孟婴宁将她性格上的那些致命缺陷人工淡化了一下，勉强得出了"是个好人"的结论。

孟婴宁点点头，转身要走。

"站住。"陆语嫣喊住她。

孟婴宁脚步一停，回头。

"陈妄最近在干吗？"陆语嫣说得有些艰难，似乎觉得连"陈妄在干吗"这个问题都要来问情敌是一件很耻辱的事情。

乍一听见这名字，孟婴宁顿了下，很实在地说："不知道。"

她是真不知道，周末那天以后，这段时间孟婴宁都没见过陈妄。

不仅没见过，两人之间没短信、没电话、没微信……陈妄本来就没有微信账号。

总之没通过任何直接或者间接的方式有过哪怕一个标点符号的联系。

孟婴宁不知道她在逃避些什么，也许是因为最后一次见面她的那点儿小聪明被陈妄掀了个彻彻底底，让她觉得有种无所遁形的尴尬。

"不知道？"陆语嫣一脸匪夷所思，似乎并不信她的话，"你这么块讨厌的膏药，会不天天黏着他？"

陆公主又犯病了。

听韩乔刚刚的说法，陆语嫣之所以今天会出现，是因为把副刊封面补给她了。

孟婴宁并不想惹她，耐着性子说："人家也是要工作的。"

"他现在哪儿有工作？"陆语嫣脱口而出。

孟婴宁愣住了："什么？"

"你不知道？"陆语嫣也愣了几秒，明白过来，"是不是他觉得你太烦了，所以跟你说自己工作特别忙？"

陆语嫣可太得意了，面露喜色道："你不知道？你真不知道？"

孟婴宁："……"

她收回了脑海里之前觉得陆语嫣是个好人的念头。她抬眼看着陆语嫣，忽而笑得眉眼弯弯，梨涡很深，看起来特别甜。

"陆小姐是不是理解错了？我说的是——人家，也是要工作的。"

孟婴宁加重了"人家"这两个字的语气，特别愁地叹了口气，问她："你平时都不撒娇的吗？"

陆语嫣有点儿没反应过来。

孟婴宁故意恶心她："陈妄哥哥他什么都跟人家说呢，人家怎么会不知道。"

陆语嫣："……"

虽然团队给陆语嫣包装的是仙女人设，但她其实是很烈的性子，硬碰硬可能未尝败绩，然而碰见孟婴宁这种泥鳅一样的选手她根本不是对手，被打击得且战且败。

陆语嫣气得心脏又开始疼，扭头走了，高跟鞋踩得嗒嗒响。

孟婴宁伺候完"公主"抬头看了一眼表，她在这茶水间待十多分钟了。

她捧着杯子回到办公室，进去的时候韩乔刚好抬起眼，两人对视一眼，各自移开视线，相安无事得非常默契。

孟婴宁走到自己的座位前，这会儿下午五点了，临近下班。孟婴宁今天的活儿干得差不多了，就差个专题策划还没写，下周之前交就行，也不急。

她慢吞吞地喝着咖啡靠在椅背上，有些出神。

她想起了陆语嫣那句"他现在哪儿有工作"。

"哪儿有工作"是什么意思？

陈妄不是和陆之州一起调回B市来的吗？

孟婴宁放下咖啡，从桌上拿过手机，犹豫半响。

算了，她叹了口气，把手机重新扣回到桌面上。

朋友之间这种隐私，人家不想说还不会多问呢，更何况是陈妄，她没有知道的立场。

虽然这事儿陆语嫣是知道的。

连陆语嫣都是知道的。

孟婴宁不知道陈妄和陆语嫣是不是熟悉到了陈妄连这些事都会跟她说，毕竟隔了十年。这十年里他交了些什么朋友、认识了什么样的姑娘，又做了些什么、经历什么事，孟婴宁全都不知道。

中间听说陈妄回来过几次，那会儿孟婴宁在邻市读大学，也没见着，但每次他回来，孟婴宁事后都会偷偷找陆之桓问问。

陆之桓说陈妄高了很多，孟婴宁头一回知道男生都二十多岁了还能长个儿，她十六七岁就不长了。

他剪了头发，显得更酷了点儿。

他话少了很多，但有时候也会跟着他们有的没的瞎扯两句。

他看着比以前瘦了，但腹肌很硬。

孟婴宁也不知道陆之桓为什么会莫名其妙地知道人家陈妄腹肌很硬，知道就知道吧，还要特地告诉她一声。

搞得少女裹着被子趴在寝室上铺拿着手机手足无措，面红耳赤地看着那行字老半天，然后把手机丢到一边抱着枕头翻滚了好几圈，都不知道回什么好。

最后一次问起，陆之桓说陈妄聚会的时候还领着一个姑娘，两人看着挺熟的，相处起来特别自然，好像还一起养了只猫。

陈妄人在队里或者出任务时，那猫都是由姑娘照顾。

孟婴宁记得自己还开玩笑问陆之桓，那姑娘是不是温柔、体贴、大波浪。

陆之桓说："是，紫头发大波浪，不过不怎么温柔，很酷一个姑娘。"

孟婴宁当时心说这人还挺专一，这么多年过去了还是喜欢这发型。

后来关于陈妄的事儿，孟婴宁再没问过。

孟婴宁还在走神，肩膀被人拍了拍。

她回过神来，抬头，白简手里抱着一堆杂志过来，"砰"的一声放在桌上："下班了，妹妹，想什么呢，这么出神？"

孟婴宁看了眼时间，已经过去半个小时了，桌上的咖啡凉了个透，办公室已经空了一半。

白简把杂志放下也准备走了，临走跟孟婴宁打了个招呼。

孟婴宁没急着走，把剩下的半杯冷咖啡喝完，坐在椅子上给陆之桓发了条微信。

陆少爷最近特别忙，前几天两人打电话，陆之桓没说几句就匆匆挂了，说要干正事儿，正在忙着创业，初期特别艰辛。

这人说话向来满嘴跑火车，但是孟婴宁觉得也不能打消他的创业热情，当即挺真诚地支持他了。

她这边儿微信刚发出去，那边那位创业者在十秒钟后给她打了通电话。

背景音挺乱的，音乐声里混着骰子声伴随着"四个六""我开你""你怎么那么多六"之类的咆哮。

陆之桓大着嗓门儿："狐狸！下班了？来喝酒啊，我让人去接你！"

孟婴宁："……"

她觉得他这个业创得还真是挺艰辛。

她往后靠了靠："你找个安静点儿的地方，震得我耳朵疼。"

陆之桓没声了，过了一会儿，那边安静下来，背景音被隔断，陆之桓问："怎么了？"

陆之桓是个二百五，情商极其低，跟他问起陈妄，孟婴宁不用像跟陆之州似的每个字都得斟酌着说，他根本不会往歪了想。于是她问陆之桓："你这几天找过陈妄吗？"

孟婴宁开门见山。

"没有，"陆之桓说，"我这几天天天给他打电话找他出来玩呢，他都不来。"

"他不是在部队吗？"孟婴宁问。

"没啊，陈妄哥退伍了，他这次就是因为退了才回来的，"陆之桓有点诧异，"你不知道？"

"我哪里知道？"孟婴宁说得有点艰难，"为什么啊？"

"我也不知道啊，我之前问我哥了，他不跟我说，让我别问了，还让我没事儿找陈妄哥出来玩玩，"陆之桓说，"他当时的表情特别严肃，我都不敢问。"

"不过，"陆之桓又说，"我问我以前当兵的朋友，他说基本上那种特别牛的，像陈妄哥这种，正是最好的时候，要是退了十个里有九个是因为受伤，而且可能挺严重的，基本上好不了那种，不然谁想放。

"然后我又去问我哥，我哥就说让我别乱打听，也没说不是。"

孟婴宁捏着手机的手指有些僵硬地紧了紧。

陆之桓后面还说了些什么，她都没怎么听，挂了电话以后直勾勾地盯着黑了的屏幕，嘴唇抿着，不安地动了动。

孟婴宁有些坐不住。

她站起身来，动作幅度有点大，椅子滑出去老远，孟婴宁拽着椅背拉回来，推进去，然后抓着手机塞进包里，绕过两张办公桌出了办公室。

走到电梯门口，她仰头，看着红色的数字一格一格地往上蹦。

这会儿是下班的时间，电梯每到一层，就停一停，有时候要停好半天。

孟婴宁从来没觉得这数字跳得这么慢。身后等电梯的人一点点地变多，她旁边过来几个人，说笑着的时候挤着她的肩膀，耳边乱哄哄的，和着脑子里的声音一起吵。

孟婴宁烦躁地皱着眉，转身推开安全通道的白色铁门，扶着扶手下楼梯。

下了两三层，她才停下脚步，把着扶手站在两级台阶上，走得有点急，她小口地喘着气，慢慢平复了下呼吸。

她其实也不知道自己要干什么，就是很单纯地觉得有点儿坐不住，想动起来，想做点什么。

她回忆了一下之前几次见过的陈妄，看起来也没有什么不对劲的地方，也看不出来……是不是受了很重的伤。

孟婴宁撒开楼梯扶手，人蹲下坐在楼梯台阶上，翻了好半天才翻出手机。

她犹豫了一下，慢吞吞地找到陈妄的手机号码，拨过去。

这是她第一次给他打电话。

听着那边忙音一声一声地响，孟婴宁莫名其妙地，还有点儿紧张。

结果打了一遍没打通，孟婴宁又打了一遍。

一连三通电话以后，第四通，那边终于接起来了。

孟婴宁没说话。

陈妄也沉默了一下："孟婴宁。"

孟婴宁"啊"了一声，还是没说话。

陈妄直截了当问："有事儿？"

"没有……"孟婴宁垂下眼，盯着楼梯间墙角一个很小的蜘蛛网说，"我能不能去找你？"

　　陈妄那边安静了一瞬，以为自己听错了："什么？"

　　孟婴宁很小声地重复了一遍："我想去找你。"

　　那边又没声音了。

　　过了好几秒，陈妄才又开口："找我干什么？"

　　他声音有点哑。

　　"不干什么，"孟婴宁一时间什么理由都想不出来，抿了抿唇，把下巴搁在膝盖上，脑子有点儿短路，含混又恍惚地说，"我就是有点……想你。"

五

苹果派吃不吃

[20]

差不多有十秒，陈妄半声没有。

楼梯间安全通道里空旷安静，孟婴宁恍惚觉得这句话说出来的时候都带回音，像催魂夺命曲一样在她耳边回荡。

想你……

想你……

孟婴宁顿时有些绝望，狠狠地咬了一下舌尖，恨不得把自己这张嘴拿胶带给封死。

她这会儿大脑血液感觉都不流通了，什么借口都想不到，她强忍着挂掉电话的欲望，心几乎提到了嗓子眼儿，眼一闭，深吸一口气，视死如归道："我……"

"孟婴宁，"陈妄忽然开口，嗓音沙冷："你又想干什么？"

孟婴宁刚送到嘴边的话戛然而止。

"陆语嫣又去找你了？"陈妄说。

孟婴宁坐在地上，有点发愣，觉得大理石台阶有些凉，连穿堂风也阴冷。她张了张嘴，发现刚刚打算说的话一句都说不出来。

她应了一声，干巴巴地说："啊……是啊。"

陈妄那边传来很细微的动作声音，他笑了笑，懒洋洋地问："这次想让我怎么配合你？"

孟婴宁垂着眼，很低声地说："不用了，她走了。"

陈妄声音里仅剩的那点儿散漫笑意没了踪影，平静冷漠："那我挂了。"

"哦。"孟婴宁低下头，把额头顶在膝盖上，没说话。

她第一次知道了什么叫自作孽不可活，什么叫打碎了牙往肚子里吞，什么叫狼来了。

类似的话说了太多次，陈妄现在不信她了。

孟婴宁都不知道她现在是不是该觉得放心或者高兴。

陈妄没挂电话，但也没说话，两个人各自沉默，气氛有种难以言喻的诡异和尴尬，孟婴宁觉得手机微弱的电流声好像也被放得很大。

她数了五个数，电话没挂。

又数了五个，还是通着。

陈妄忽然开口，冷漠又不耐烦："说话。"

可太凶了，孟婴宁委屈地瘪瘪嘴。

明明是你说你要挂了的。

"我说什么？"孟婴宁有点儿火，"我给你打电话，好好跟你说话，你上来就阴阳怪气，你自己要挂电话，现在还莫名其妙地发脾气，你想让我说什么？我还能说什么？"

孟婴宁越说越憋屈："我提都没提陆语嫣你就又知道了？你可真是时时刻刻都想着她，我就不能……"

陈妄等了一会儿，没等到下文："不能什么？"

孟婴宁："没什么。"

陈妄："你说话说一半这毛病是什么时候养成的？"

"你可太烦人了，我现在不想跟你说话。"孟婴宁闷声说。

他又不说话了。

安静了好一会儿。

陈妄低声开口："我……"

你什么你。

陈妄沉默片刻："没想跟你发脾气。"

孟婴宁还是不搭理他。

陈妄："……"

他叹了口气："苹果派吃不吃？"

"吃，"孟婴宁抬起头来，揉了揉鼻子，最后还是绕回来了，"那我到底能不能去找你？"

电话那边发出很清脆的一声响，像什么东西掉在地上的声音。

陈妄垂眼，看了一眼掉在地上的打火机，俯身捡起来："来吧。"

"那你在哪儿啊？"孟婴宁又问。

陈妄直觉这姑娘今天有点不对劲儿，放在平时，关于他的事情多一句话孟婴宁都不会问，更别说"你现在在哪儿"这种话，以及"我能不能去找你"。

还有……

陈妄喉结滚了滚。

他将火机扔到茶几上，上身往后靠了靠，陷进破破烂烂的沙发里。他扭头看了一眼窗外，有些阴，厚厚的一层乌云翻滚着从天边蔓延过来。

陈妄有点走神。

房间的门被人推开，声音同时传过来："妄哥！我看这天儿不怎么美丽啊，咱今儿个还去吗？"

"这天气预报一点都不准，还告诉老子万里无云，这他妈明明是大暴雨，要么明天——"男人叼着根棒棒糖，骂骂咧咧地伸头往屋里走，陈妄回头看了他一眼。

男人看见他在打电话，闭上嘴朝他敬了个礼，又咔嚓咔嚓地咬着棒棒糖关上门出去了。

孟婴宁安静了一下："你现在在忙吗？"

"没，"陈妄压住情绪，"有车吗？"

孟婴宁没明白他问这问题是要干什么，迟疑了下："没有。"

"还在公司？"陈妄问。

"在。"孟婴宁老老实实地说。

陈妄顿了顿："想见我？"

孟婴宁："……"

"……想的。"她低声，声音有点儿软，听着就显得特别乖。

陈妄略微勾了下唇。

"我想吃苹果派。"孟婴宁继续说。

陈妄："……"

他笑了，刚刚那点儿阴沉全数散去。

"行，吃，"他把烟按进烟灰缸，站起身往外走，"待那儿等着。"

孟婴宁坐在公司一楼大堂等了大半个小时陈妄才来。

他人没进来，只打了通电话过来，孟婴宁出了公司门，外面的瓢泼大雨砸着写字楼前的大理石地面又溅起老高。

陈妄的车停在门口，孟婴宁深吸一口气，拿包遮住脑袋小跑过去，飞速地打开后座车门钻了进去。

就这么十几步，她高跟鞋里已经灌了半鞋的水，头发也湿了几绺，看起来有些狼狈。

天空一炸，几声闷雷轰隆隆地滚过，孟婴宁跟着缩了下肩膀，小心地只坐着那一小块儿地方没动，怕把车子坐垫弄湿。

陈妄从后视镜看了她一眼，抬手打开了暖空调。

豆大的雨点噼里啪啦地砸在车窗上，孟婴宁从包里翻出纸巾抽了一张，一点一点地擦着湿了的头发，很小心地抬眼，看了一眼前面的人，刚要收回视线，他也顺着看了一眼她。

两人的目光在镜子里对上，孟婴宁看着他，眨巴了下眼："我们现在去哪儿？"

陈妄轻声道："不是要吃你那个苹果派吗？"

孟婴宁弯起唇角："哦。"

陈妄又看了她一眼："笑什么？"

孟婴宁的眼睛笑得弯弯的："没什么。"

陈妄看了她几秒，"啧"了一声，移开视线，唇角也跟着勾了下："傻子。"

孟婴宁把身子往后靠了靠，侧头看向窗外。

她悄悄地抬手，用食指按住唇角轻轻地往下拉了拉。

陈妄这人特别不会哄人。

两人认识最开始好几年，关系处得水深火热，糟糕到令人发指，孟婴宁动不动就被他弄哭。

每次她一哭，少年就满脸冷漠地站在一边，看着陆之州像个老妈子一样屁颠颠地跑过来，又送果冻又送软糖地哄一会儿。

但陆之州也不是回回都在。

有一回陆之州跟着陆母出门，盛夏，下午特别热，两人不知怎的又吵起来，孟婴宁坐在院子里不搭理他。

那年她上初中了，已经不太爱哭了，发起脾气来也不说话，红着眼随便往哪儿一缩，可怜巴巴的样子像是受了天大的委屈。

陈妄也不惯着她，直接回家，把人往那儿那么一晾。

结果孟婴宁真就不动了。

隔了半个小时，陈妄到窗口看了一眼，她蹲在树荫下，不回家。

又过了半个小时，她还不回家。

下午，大太阳烤着空气都跟化了似的，蝉鸣声叽叽地响。

少年陈妄憋着一肚子火下楼，走近了才看清，少女手里正捏着根细细的小树枝在地上画画。

画了整整一排王八，每一只背上都写了俩字儿——陈妄。

陈妄："……"

他直接被气笑了，在她面前蹲下："你不回家在这儿跟我作什么？我不是陆之州，你就是在这儿晒成干，我还能惯着你？"

小婴宁抬眼，看了他一眼，软糯糯地说："我没带钥匙。"

陈妄："……"

陈妄看了眼时间，离孟父孟母下班还得四五个小时。

他站起来，居高临下地看着她："去我家等。"

小婴宁不理他。

陈妄不耐烦："走不走？"

小婴宁不紧不慢地说："这个人刚刚跟我吵架，还冲我发脾气，我不太想去他家。"

她嗓子干得有点儿哑。

陈妄："你去不去？"

小婴宁头也不抬。

少年冷笑一声："你不走是不是？"

孟婴宁还是不搭理他。她其实跟别人都不这样，就跟他，也不知道怎的，每次都死咬着牙犯倔。

少年不说话了，就这么在她面前站着。

好半天，陈妄深吸了一口气，又蹲下了，看着她的脑瓜顶："你……"

孟婴宁没抬头，但耳朵动了动。

然后，她听见少年艰难地低声说："苹果派吃不吃？"

小婴宁干咽了一下嗓子。

她抬起头来："你这是想跟我和好吗？"

"……"

孟婴宁锲而不舍:"是吗?"

陈妄:"……"

小婴宁歪着脑袋,一脸执着地看着他:"到底是不是啊?"

陈妄:"……"

他冷着脸:"是。"

孟婴宁重新低下头,慢吞吞地用小树枝把刚刚画的那一排王八划了,一边划,一边小声说:"那就和好了。"

太阳太大,她低垂着头时陈妄看见她露在外面的耳尖儿热得发红。

他盯着看了一会儿,移开:"那吃不吃?"

"吃的。"孟婴宁红着耳朵说,"要吃的。"

那时候幼稚也任性,三句话说不了就能莫名其妙地开始不开心,闹起别扭来非要硬哽着一口气,就好像谁先跟谁服软就输了似的。

也没觉得那一句话被说得有多生动。

直到很多年以后,孟婴宁才恍然觉得。

那已经是少年当时能说得出口的最温柔的妥协。

30分钟的车程,雨势渐渐减小,淅淅沥沥有规律地敲着人的耳膜,等车停下的时候,孟婴宁听得都快睡着了。

等她睁开眼一看,外面的天黑得阴沉沉的,雨像是停不下来了似的连绵不绝,眼前是个很陌生的小区居民楼。

孟婴宁坐起身来,四下看了一圈儿,用了十几秒的时间来反应。

她抬手抹了一下眼角,侧头,刚迷糊着要睡着,声音还有点儿哑,满目茫然:"我们去哪儿?"

陈妄停车,熄火,垂头解安全带,平静地说:"我家。"

孟婴宁："……"

[21]

雨声未歇，孟婴宁僵硬地坐在车后，脸莫名地红了。

孟婴宁小时候其实没少去各家混，经常是今天你家长不在家，就去我家写写作业。孟婴宁常被托付给陈妄和陆之州，她甚至知道陈妄房间床底下倒数第二个抽屉里被二胖塞过几本带颜色的小漫画。

那会儿孟婴宁和陆之桓几个年纪小的还偷偷摸摸地翻出来看过，孟婴宁捂着眼睛小脸儿通红，躲在后面从指缝里看着几个男孩子翻。

结果被陈妄抓了个正着，半大小伙子把一人揍一顿撵回家去了，剩下个小姑娘撅着屁股趴在地板上，两只手紧攥着他枕头两边死死地捂住脑袋，羞耻得怎么也不肯出来。

其实现在回忆一下那漫画也并没有什么大尺度场景，但那时候只觉自己触碰了天大的禁忌。

男生和女生那怎么还能这、这么样地亲嘴？

那亲嘴的时候手、手、手、手怎么还能伸到衣服里？

孟婴宁老脸一红，不明白自己在此时此刻为什么会想起这种时隔多年的陈得都快长毛了的糗事。

她看了一眼一脸冷静的正直陈妄，莫名觉得有种奇异的心虚和惭愧。

孟婴宁目光游移："你搬家了啊？"

陈妄："……嗯。"

孟婴宁也意识到了自己这句话有多么多余和没营养，她闭了闭眼，扯下安全带，就要开车门下车。

陈妄忽然回过头，从前面探身，手臂朝她伸过来，停在她眼前，忽然停住了动作。

车子里光线暗淡，男人回头看着她，指尖停在她眼前，下一秒就能点在她脸上。

孟婴宁能清晰地听到自己心跳一点一点加快的声音。

"陈妄。"孟婴宁叫他。

"嗯？"陈妄黑眸漆深。

孟婴宁盯着他垂在眼前的指尖，镇定地说："你手再放一会儿我要对眼了。"

陈妄："……"

他把手腕往下一垂，从她旁边的位置拽起件外套，劈头盖脸地丢到她头上，把她的脑袋蒙进去了："披着。"

孟婴宁眼前一黑，洗衣肥皂的味道萦绕鼻尖，有点发涩。

孟婴宁抬手费力地把外套拽下来，特别大一件，她拽了半天才重见天日，拎着领子抖开，又看了一眼窗外的雨。

陈妄已经下车了，对这瓢泼大雨视若无睹。

孟婴宁想起陆之桓的话，生怕陈妄是真的因为受伤了退伍，别再落下什么病根。

万一是伤了肩膀，那么不注意，着了凉可不得得个肩周炎。

要是伤了腿呢？再得个老寒腿，一到阴天下雨时就痛不欲生，浑身骨头还不得都嘎吱嘎吱响。

年纪轻轻，身体就这么毁了。

孟婴宁担忧地叹了口气，连忙打开车门跳下车，一边抖开手里的外套一边快步走过去，扯着外套两边儿撑开，把一边盖在自己脑袋上，另一边往陈妄身上扯。

陈妄侧头："你干什么呢？"

"遮下雨，"孟婴宁站在他旁边，头一回如此直观地感受到了两人的身高差，她费力地踮着脚拉着衣服往上拽，才勉强披到了他肩膀上，挡了大半，"还好你这衣服够大。"

陈妄："……"

他本来想说"你是不是傻，就这雨点儿，还没你小时候跟老子抹的眼泪大"。

姑娘穿着高跟鞋特别吃力地跟着他的步子小跑着往前，手拽着外套边高举着往他肩上搭。

一松，又掉下来，她就不松手，就这么拽着，走动时手指不可避免地触碰到他的肩。

很软，带着暖暖的温度。

陈妄没说话，略放慢了步子。

陈妄家这小区看着有些年头，老式步行梯楼，很旧了，一层三户，一上楼梯有一户，隔着一段走廊前面两户挨着。

陈妄家在最里面那户，暗灰色的铁皮防盗门，门上和门边的墙上贴着一堆花花绿绿的开锁、代孕、通下水道等小广告。

孟婴宁看着陈妄掏出钥匙开门。

屋子里没开灯，空气中弥漫着很浓的烟味，混着久未住人的潮湿灰尘味儿。

陈妄开了灯。

两个人共用一个外套的结果就是这个外套基本等于没有，孟婴宁还好，是直接蒙在头上的，只是下半身和鞋湿着，可陈妄的半个肩膀都是湿透的。

孟婴宁这会儿没什么心思想些乱七八糟的，站在门口皱眉仰头，催他："你快去洗个澡。"

陈妄："……"

他一顿，回过头来垂眸。

孟婴宁没注意到，她站在门口扫了一圈儿，客厅勉强算是干净，厨房很小，门口的餐桌上一片狼藉堆满了乱七八糟的东西和酒，桌脚摞着几个装外卖盒子的塑料袋。

　　孟婴宁是没想过这人有一天能把日子过成这样。她脱掉鞋子光着脚站在门口，陈妄看了一眼，踢了双拖鞋过去。

　　男式的，大到孟婴宁两只脚能塞到一只鞋里去。

　　"这个，看起来好像不是那么合脚，"孟婴宁说，"你们家没有女式拖鞋吗？"

　　陈妄随手把钥匙丢到桌上："没有。"

　　孟婴宁心情大好，垂着头偷偷地笑。

　　陈妄忽然转过头来。

　　孟婴宁瞬间鼓起腮帮子，"噗"的一声吐出一口气儿来，满脸无辜："怎么了？"

　　陈妄上下扫了她一眼，转身进屋，没一会儿出来，手里拿着条大浴巾扔给她，又是劈头盖脸地砸下来。

　　孟婴宁把浴巾从头上往下拽，学着他几个小时前的语气："你随便就往人头上扔东西的毛病是什么时候养成的？"

　　"就刚才，"陈妄哼笑了一声，隔着浴巾揉了把她的脑袋，"等我十分钟。"

　　孟婴宁往下拽浴巾的手顿了顿，脑袋上温热厚重的压迫感只一瞬，白色的浴巾略透出些光来。孟婴宁隔着浴巾看见一团漆黑的人影从眼前掠过，然后进了房间。

　　孟婴宁脑袋上顶着浴巾，站在门口没动。

　　陈妄现在的生活状态，就像一个被相恋多年即将结婚的挚爱女友甩了的痴情脆弱男。

　　孟婴宁脑补了一下陈妄一个人坐在漆黑的客厅里，左手拿着个酒瓶子，右手夹着烟，忧郁又颓废地看着窗外的万家灯火，侧脸轮廓看起来冷漠又寂寥。

喝口酒，再抽口烟。

喝口酒，再抽口烟。

再来一盆麻辣小龙虾。

还挺滋润，孟婴宁想着想着没忍住笑，一边笑着一边抬起头，又隐约地看见黑色人影缓缓走近了。

她以为陈妄回来了，连忙收住笑，把浴巾从脑袋上扯下来了。

一抬眼，来人刚好走近了，她看见一张陌生又茫然的脸。

这人嘴里叼着根棒棒糖，歪着头俯身凑到她面前，正直勾勾地、目不转睛地看着她。

孟婴宁吓得直直地往后栽了一步，背砰地撞上墙面，开始尖叫："啊啊啊啊……"

"棒棒糖"被她吓了一跳，整个人扑棱了一下，也开始："啊啊啊啊……"

两个人对着"啊"了三秒。

孟婴宁闭嘴了，一脸惊恐地看着他。

洗手间的门哗啦一声被拉开，陈妄只裹着条浴巾快步出来。

"吓死我了，"蒋格高举双手，做投降状，"小姐姐，别怕，我是好人，我是妄哥的朋友。"

孟婴宁紧紧地抱着浴巾站在墙边，小脸儿煞白，眼圈儿红着，一脸惊魂未定。

陈妄明白过来，松了口气，靠着墙："蒋格，你有毛病？"

"谁有病？"蒋格手还举着，扭头，"我？我老老实实在家待着等你回来，你带个妹子也就算了，咋还骂人？"

蒋格忧郁地说："亲爱的，说好的我们生生世世永相随，做两只快乐的单身狗，谁准你有对象的？谁允许的？"

陈妄冷声："滚。"

蒋格打了个响指："亲爱的，我就喜欢你无情的样子。"

陈妄看都没看他，转身进了洗手间。他应该是洗澡洗了一半，水珠顺着侧脸滑至下颏汇聚，咕噜噜地往下，滚过胸膛。

孟婴宁刚刚吓得都僵了，直到洗手间门又被关上十秒钟后，她才后知后觉地反应过来，脸瞬间红到耳根。

十分钟后，孟婴宁坐在草草收拾了一下的餐桌前，一边慢吞吞地抱着浴巾擦头发，一边看着陈妄在厨房，变戏法似的翻出了一堆做挞用的材料，最后从冰箱里掏出酥皮和两个皱巴巴的苹果。

孟婴宁看得叹为观止。

不只是她，蒋格也站在旁边惊叹："不知道我妄哥还会这一手吧？"

"不知道。"

孟婴宁真心实意地说。陈妄是连个面都不会煮的人，以前两人吵架一般都去离家不远的一家甜品店，她读大学那会儿放寒假回来发现那家甜品店关门了。

"你不知道正常，"蒋格说，"我也不知道。"

孟婴宁："……"

蒋格一脸敬佩地拍巴掌："我，17岁跟着我妄哥，这么多年什么大风大浪没遇到过，没想到还能看见我大哥下厨。"

他看着年纪不大，孟婴宁有些好奇："你今年多大啊？"

"我今年17岁。"蒋格说。

孟婴宁："……"

陈妄动作挺熟练的，酥皮化冻，苹果削了皮泡进汤水里，扭头去开烤箱。

不到一个小时出炉。

成品还真像模像样的，一看就不是新手。

晚上八点多，孟婴宁原本觉得自己饿得都不饿了，闻到香味以后味蕾重新被激活苏醒，和蒋格两个人分了整个苹果派。

肚子填饱，人很容易就放松下来了。

蒋格这小孩儿非常有意思，说话跟说段子似的，孟婴宁被他逗得边吃边笑，却没忘打听关于陈妄的事儿。

陈妄这会儿进了卧室，孟婴宁问题问起来就大胆了很多："你跟陈妄认识多久了呀？"

"没多久，"少年想了想，"两个来月？"

孟婴宁默默算了一下，陈妄好像也正好回来两个多月了。

蒋格嘴里叼着片苹果片，含混道："你别看我跟妄哥认识没多久，关系——"他一顿，右手握拳，敲了敲胸口，"整个俱乐部他跟我最铁。"

孟婴宁垂眸，又叉起一片苹果片，装作不经意地问："你们是什么俱乐部啊？"

"跳崖俱乐部。"蒋格丝毫没瞒着，干脆道。

孟婴宁把苹果片刚送到嘴边，直接呛着了，咳了好半天。

孟婴宁咳红了眼，抬起头来，难以置信地看着他，以为自己听错了："什么？"

"我们没事儿就跳跳崖，有时候还跳飞机，"蒋格欢快地说，"反正这次不死还有下次，人嘛，早晚一死，都得面对。"

孟婴宁："……"

她深深地看了他一眼，那眼神摆明了在说"你可别扯淡了"，并没信他。

蒋格看出来了，瞥她："你不信？"

他耸耸肩，也不在意："你不信就算了，反正这都是我们自己的选择，不强求所有人都能相信理解。"

他这态度和语气太过豁达，仿佛对万物都了无生趣。

孟婴宁想起了这段时间的陈妄，以及他眼底的一片死寂。

蒋格看了一眼她的反应，暗自觉得有戏。

他顿时来了兴致，决定再加把劲儿，屁颠颠地从冰箱里拿了几听啤酒过来："小姐姐，我再跟你透个底……"

陈妄从卧室出来的时候蒋格已经走了。

孟婴宁一个人坐在餐桌前，脚踩着椅子边，手臂抱着膝盖，不知道在想些什么。

陈妄走过去，看了一眼空了的铁盘子："吃完了？"

孟婴宁如梦初醒，茫然地抬起头来，仰着脑袋看着他。

陈妄把盘子往里推了推，从桌上拿起烟盒，取出一根点了："送你回家？"

孟婴宁回过神来，看了一眼他放在桌上的烟盒，迟疑道："陈妄。"

陈妄："嗯？"

孟婴宁："你一天要抽多少烟？"

陈妄："不知道。"

孟婴宁小声说："抽太多烟对肺不好。"

陈妄咬着烟，垂下眼看她，漫不经心地问："所以呢？"

他是不在乎的，他根本不在乎自己的肺好不好！

孟婴宁心都凉了。她抬起头来和他对视，满目苍凉。

陈妄："？"

陈妄没看明白她这看死物一样的眼神究竟是何种意义。

"陈妄，"孟婴宁认真地说，"活着是很美好的事情。"

陈妄："……"

孟婴宁刚喝了两听啤酒，这会儿话有点多："无论我们遭遇了什么样的挫折都要积极地活着，你明白吗？"

孟婴宁给他灌心灵鸡汤："无论你是肩周炎还是老寒腿，只要活着就有治愈的可能，人生在世，总会失去一些什么，但是只要我们还在积极地面对生活，生活就会给我们补偿。"

孟婴宁眼睛亮亮地看着他："陈妄，我们拥有的其实远比我们想象的要多。"

陈妄默然。

在酒精作用下，孟婴宁的胆子比之前大了不少，她见他没反应，也没犹豫，二话不说从椅子上蹦下来，光着脚颠颠地朝他跑过去，抬手拉住陈妄的手腕。

陈妄垂头，看了一眼那只抓着他手臂的手。

孟婴宁把男人拉到窗边，指着外面："你看这万家灯火！"

陈妄跟着侧头，看着窗外漆黑一片，半点儿光亮都没有的破小区居民楼群，沉默了。

孟婴宁鼓励他："总有一天，总有一盏会为你点亮！"

[22]

蒋格十四五岁初中没毕业就出来混，常年过着看别人脸色的日子，人聪明又机灵，别的本事没有，察言观色的能耐基本上是练了个炉火纯青。

陈妄刚一把孟婴宁带回来，蒋格就看出来是怎么回事了。

一个电话接起来转身就走，接一妹子，还把人带回来了。

蒋格当时站在楼上的窗边，看着陈妄和小姑娘下了车。

女孩儿身上披着件很大的男款外套，在原地愣了一会儿，随后小跑过去一蹦一蹦地给陈安遮了半个肩膀。

从蒋格的视角，能够很明显地看见陈安为了配合姑娘放慢步子，甚至不易察觉地微微矮了矮身，好让姑娘搭他肩膀没那么吃力。

在蒙蒙雨幕里，小姑娘拽着外套专注地往前走，男人低垂下头，唇边带着很淡的一点笑，眉眼冷硬的线条被融得前所未有地柔和。

蒋格差点以为自己瞎了，虽然认识的时间不长，但看着陈安露出这样的表情是一件很惊悚的事情。

蒋格听着开门声，迅速地躲进卧室，门开了点儿缝，暗中观察。

结果这一晚上观察下来，蒋格可太失望了。

陈安是个傻子吧？就这样儿的，还能找着对象？蒋格觉得他这张脸真是白瞎了。

而且这小姐姐明摆着是有那么点儿意思的，不然人家一姑娘，真对你没意思能大晚上的老老实实跟你回来？

蒋格转念，从冰箱里掏出几听啤酒，决定帮大哥一把。

第一次见到陈安是在一家极限运动俱乐部，蒋格被一哥们儿介绍进去干活儿，老板是个富三代，还是个疯子，不喜欢女人，没事儿就爱蹦极玩儿找刺激。

陈安也是个疯子。

他来那天下午刚好有个攀岩比赛，是俱乐部内部的，四辆越野车杀到野外岩场，那是俱乐部刚开发出来的天然生成岩场，岩壁很陡。

肉眼估摸着就是掉下来脑袋和胳膊腿儿能摔稀碎分家那种高度，陈安那会儿上得很干脆，连安全带和保护绳都不系。

蒋格还以为他是忘了或者不懂，特地给送过去，人家瞥了一眼，轻描淡写地说了句"不用"。

蒋格当时觉得这哥们儿其实就是来找死的。

他跟孟婴宁说的，其实都是实话。虽然有夸张和后加工的成分，但他真就是那么觉得的。

蒋格料理完一切以后，留下还没回过神来一脸半信半疑的孟婴宁，默默退场了，深藏功与名。

孟婴宁不知道陈妄都经历了些什么，又不敢问，但就这么放着不管，她有点儿于心不忍。

她采取了比较委婉的方式，给陈妄灌心灵鸡汤。这个世界总归是充满了希望与爱的！

没有什么困难和痛苦是真的过不去的，如果实在过不去，那就慢慢过。

她对自己这通发言还算满意，说完，抬起头来想看一眼陈妄的反应，顺便再加把火，说点儿什么热血台词。

在她回头的同时，男人俯身，垂头，靠近，两人的距离瞬间拉近到几乎没有。

孟婴宁瞬间僵硬。

夏夜寂静，蝉鸣声却聒噪，雨已经停了，风带着潮湿的泥土气息。

陈妄的手腕被她拉着，他倾身凑过来盯着她的眼睛，声音低沉，语调缓慢："你又喝酒了？"

黑夜惑人。

孟婴宁站着没动，看着他的眼睛。

他的睫毛颜色很浓，但有点儿短，眼窝深，山根特别高，鼻梁笔挺，干净利落得像雕塑，没有一刀多余的线条。

孟婴宁无意识地吞了下口水，手指忽然有些痒。

她抬起手来，指尖落在陈妄的鼻梁上，又往上，摸了摸他的眼睛。

陈妄僵了僵，抬手一把抓住她的手，声音发哑："干什么？"

力道没控制好，孟婴宁有些吃痛，皱着眉"咝"了一声，可怜巴巴地说："疼……"

陈妄撒开手，直起身来："孟婴宁，你别一喝酒就发疯。"

"我还不至于喝两听啤酒就醉了，"孟婴宁说，"我这不是安慰安慰你嘛。"

陈妄侧了侧身，靠在窗台边，垂着眼，眸光敛着。

他把手里燃了一半的烟掐了："你今天到底来干什么的？"

孟婴宁仰着脑袋望天，假装没听到。

"陆之州跟你说什么了？你知道——或者你以为自己知道了什么，"陈妄平静地说，"让你能这么委屈着自己，连想我这种话都说出来了？"

什么叫，这么委屈着自己？

孟婴宁直直地盯着天花板上的吸顶灯，不看他，心里难受得发酸。

"我也不知道什么，就知道你退伍了，"她使劲儿眨了眨眼，觉得得还无辜的陆之州清白，"不是陆之州说的呀，他什么都没跟我说，他不是那种背后说别人的人。"

陈妄沉默了一下，表情冷下来："这么维护他啊？"他靠着窗，耷拉着眼皮睨着她，"就那么喜欢吗？"

孟婴宁愣了下，有点茫然，似乎没听懂。

"不是从小就喜欢陆之州吗？"陈妄说。

孟婴宁明白过来了，他以为她是喜欢陆之州的。

孟婴宁睁大了眼睛，声音陡然高了："我没有！"她下意识地后退了一步，仰着头看着他，急急地解释，"我没有喜欢，我不喜欢他的。"

她反应激烈，看起来像个情窦初开被人撞破了心事的少女。

孟婴宁也意识到了，她越这样越会被误会。

她闭嘴不说了，深吸一口气，舔了舔嘴唇，平静下来。

陈妄看着她，忽然问："要我帮你吗？"

孟婴宁抬眼。

152

"我知道他喜欢什么，讨厌什么，我可以告诉你他喜欢什么类型的姑娘。"

孟婴宁听明白了，睫毛颤了颤，不说话。

陈妄没什么情绪地说："用不用我帮忙？可能你就能变得让他喜欢了。"

孟婴宁看着他，还是不说话，那眼神像是第一次认识他似的。

"不用啊？"陈妄懒洋洋地笑了笑，"他不喜欢你也没事吗？"

孟婴宁抿着唇，眼睛终于红了。

陈妄怔了怔。

孟婴宁意识到了，匆匆地垂下头，声音特别小地骂了他一声："王八蛋……"

她声音有点儿发抖，像是压抑着什么，带着一点不易察觉的哽咽："你就是个王八蛋。"

"嗯，"陈妄唇角垂着，轻声道，"可能是吧。"

孟婴宁倏地转过身去，抬手捂住了眼睛，她不想让他看见自己哭。难堪的一面，出丑的一面，不洒脱、不漂亮、不好的一面，她统统都不想让他看见。

明明开始都是好的。

明明今天晚上一直到刚才，都还是好好的。

她希望能一直那样，但是好像没有办法。

孟婴宁不知道为什么现在又变成了这样，她跟陈妄两个人在一起就像诅咒一样，好像永远都没办法好。

好半天，孟婴宁才垂下手，吸了吸鼻子，背对着他低着头："陈妄，不是你不喜欢我，这个世界上就没人喜欢我的。"

孟婴宁竭力保持声音平稳："我也是，会有人喜欢我的，我不用变成谁喜欢的什么样，就算陆之州不喜欢我，也总有人是喜欢现在这个我的。"

"你不能因为你不喜欢我……"她有些忍不住了，带着哭腔说，"你不喜欢我，你就这么说。你不想看到我，不想让我找你，不喜欢我打听你的事情你可以直说，不用说这种混账话赶我。"

陈妄身体里有什么地方抽疼了一下。

孟婴宁拿手蹭了蹭眼睛，转身往门口走："我回家了。"

陈妄好半天才找回自己的声音："我送你。"

"不用，"孟婴宁硬邦邦地说。她飞快地拿起椅子上的包，走到门口穿鞋："不麻烦你了。"

陈妄没动，看着她踩上鞋子，逃也似的开门出去。

一声轻响，防盗门被关上。

陈妄走到沙发旁，脱力一般地仰面躺上去，手臂搭在眼睛上。

眼前漆黑，房子里是一片空荡荡的寂静，女孩子哑着嗓子忍着哭声的话在他耳边一遍遍地回荡，委屈的、哽咽的，每句话都难过得让人咬着牙忍耐。

陈妄喉结滑动，搭在眼睛上的手指蜷了蜷，声音低哑地骂了一声。

陈妄做了个梦。

大片大片红的血染透了粗糙的水泥地面，顺着墙面漫延，流到脚边，男人低垂着头被钉在墙上，猩红的液体顺着他的指尖滴落。

滴答。

滴答。

男人抬起头来，看着陈妄的方向，眼眶的地方是两个漆黑的洞："陈妄。"

他似乎是在看着陈妄，声音嘶哑得几乎分辨不出，像是被什么东西割开了："你怎么还没死？"

"都是因为你，明明是你的错，"他轻声重复，"你应该死的，你有什么资格活着？你有什么资格过得好？"

陈妄浑身的血液都像被冻住了。

男人忽然笑了："我要走了。

"阿妄，我不想死，我才……刚求了婚，我不想死。

"我撑不下去了。

男人闭上眼，泪水混着血从眼角滑落："但你得活着。

"我不怪你。

陈妄睁开眼。

他还躺在沙发上，入目是灰白的天花板，厨房的灯还开着，暖黄的光在地板上给餐桌打出倾斜的影子。

午夜寂静，客厅的窗没关，风带着凉意鼓起窗帘，窗外滴滴答答的水声响起。

陈妄撑着沙发坐起来，侧头看了一眼漆黑的窗外。

又下雨了。

太阳穴一跳一跳地疼，陈妄起身走进厨房，从冰箱里拿了听啤酒出来，一只手关上冰箱门，另一只手的食指勾着拉环拉开。

冰凉的酒液下肚，混沌的脑子清醒了不少。

陈妄拿着啤酒走出厨房，路过餐厅，看见餐桌上之前装苹果派的空着的盘子。

陈妄抬手，食指轻敲了一下空着的铁盘盘边，发出沉闷的一声响。

孟婴宁刚才看见这玩意儿的时候一副惊吓过度的样子，眼睛瞪得像颗葡萄，似乎是完全没想到他真的会做，毕竟他以前连碗面都没煮过。

想起她那副傻样，陈妄垂下头，低笑了一声。

陈妄从军校毕业刚入伍那几年特别忙，别说放假回来，连休息的时间都不怎么有。

好几年后，他放了第一次假，不到一个礼拜。

那会儿孟婴宁上大学了，小姑娘考了个挺好的学校，在外地，据说上课很忙。陈妄看了陆之桓手机里她的照片，冲着镜头笑着回过头来，明眸皓齿，眼睛甜甜地弯着。

特别漂亮。

发小聚在一起就很容易聊起以前的事儿，当天晚上聊天，二胖忽然道："欸，陈妄，你还记不记得街头那家甜品店，就你没事儿就带狐狸去的那家？"

"嗯，"陈妄抬眼，"怎么了？"

"关门了，老板把店面都兑了。"二胖说，"那时候也就你爱带着狐狸去，后来你走了，我怕她想着那口，我说我带她去吧，她还不干，就非说不想吃了。"

二胖啧啧道："结果她上次一回来发现这店关门了，不开心了一个礼拜，天天念叨。"

陈妄当时听着，没说话。

那家店是一对夫妻开的，年纪很大了，关门是早晚的事。

但关了门，娇气包可就吃不着她喜欢的苹果派了。

陈妄想，万一等再过几年孟婴宁回来，他也回来，两人又生气了怎么办？她又不理他了怎么办？

小姑娘倔得很，生起气来说不理他就真不理他。

他不是陆之州，不会说话，也说不出那些话来哄她。

但他还是想哄她。

他也想让她高兴，不是因为陆之州或者别人，而是因为他高兴。

陈妄第二天去了那家甜品店，大门关着，橱窗上还贴着张写着出兑的纸，下面有一行电话号码。

陈妄试着打了通电话过去，老板接了，听说是他，很惊喜："我说你怎么这么久没来了，小伙子出息啦。

"你没来，孟丫头也没来过。

"不干啦，准备回老家养老了，年纪大了，也想过点悠闲的日子。"

陈妄站在店门口，清了清嗓子："您打算什么时候回？"

"这边儿基本上没什么事儿，收拾收拾下周就走了。"

那应该还来得及。

"您要是方便，"陈妄顿了下，舔了舔嘴唇，又摸了下鼻子，"走之前能不能教教我……就那个，我们一直吃的那个派怎么做。"

[23]

一连几天，B市阴雨连绵，虽然不大，但是淅淅沥沥的，下一会儿、停一会儿，始终没完没了，就连空气都黏糊糊地潮着，闹得人心里很不耐烦。

办公室门口，白简和隔壁美术部的小张凑在一起，窃窃私语："她到底怎么了？"

"不知道啊，从前天开始就这样了，问她，她就说没事，"白简叹了口气，"以前还天天跟我开玩笑呢，现在一天都说不了几句话，就埋头干活儿。"

"说最少的话，加最多的班，"小张点点头，"可能多少还是被最近公司里那些说裁员啥的影响了吧？我就说刚出来工作的小姑娘，那是特别害怕被炒鱿鱼的。"

"那不能够，你是没跟她一起工作过，你不懂。"白简叹道，"而且就她现在这个班这点儿工资，一个月还没人家接一个广告给淘宝店当一天模特给的钱多。"

白简说着说着，惆怅地叹了口气："长得好看现在还就真是能当饭吃。"

小张刚要说话，孟婴宁手里抱着一大堆刚复印好的纸稿面无表情地走过来了。

小张立马闭嘴了。

等她过去，小张瞬间松了口气："还真挺有气势的，有点儿像欢姐前几天忘了喝太太口服液那阵儿，那种令人窒息的气场……"

白简瞪了他一眼。

小张闭嘴了。

孟婴宁连着低气压了好几天，直到周五下午临近下班，李欢站在办公室前拍了拍巴掌，把所有人的注意力都转移过去说："知道你们这段时间工作忙，压力大，还爱胡思乱想，不过放心吧，你们不放心的事儿基本上不会成为现实。"

所有人都松了口气，小张猛拍了一下桌子，张开双臂："德玛西亚！"

李部长看了他一眼。

小张闭嘴了，李欢转过头来，继续说："所以呢，为了让你们放松放松，能保证以后更高效率地工作，下个礼拜周末会组织一次团建……"

她还没说完，小张又蹦起来了，咆哮道："为了部落！！"

李部长转过头来，慈祥地看着他："小张，你不用去了，你留下来打扫卫生。"

小张："……"

孟婴宁采 SINGO 没几个月，还没感受过这个公司的团建，白简看她一脸平静，甚至还有点儿走神，过来拍了拍她的脑袋："想什么呢？"

"没什么，"孟婴宁扭过头来，"这个团建是必须去吗？我不想去的话，可以请假吗？"

"可以倒是可以，"白简瞪大了眼，"你要请假啊？"

"嗯。"孟婴宁扭头，整理了一下桌面上的东西，这会儿临近下班，也没人工作，都凑在一起谈论团建的事儿，"我周末接了个拍照的活儿。"

"钱可以以后再赚，咱们公司的团建过了这个村以后就没这个店了，"白简拍着桌子，凑过来，"你知道咱们公司老总多有钱吗？"

"不，不应该这么说，"还没等孟婴宁说话，白简自己纠正起自己来，"你知道咱们公司老总有多舍得花钱吗？"

孟婴宁老实巴交地摇了摇头。

"咱们公司团建真的，去年标配海岛别墅群，五个人一栋的那种，窗外面就是连着海的无边泳池，六斤的波士顿大龙虾，"白简叹了口气，惆怅道，"我也换过几家公司，第一次见着这种规模的团建，那短短两天时间我感觉自己像个公主。你是没看见，老板两台迈巴赫开道，下车的那一瞬间——"

白简突然不说了。

孟婴宁特别有耐心地等了一会儿："一瞬间？"

白简脸红了："特别帅。"

孟婴宁："……"

她心道：再帅难道还能帅得过我的发小吗？

在意识到自己又想起陈妄的一瞬间，孟婴宁恨不得打自己一拳。

太烦了。

太烦了。

简直阴魂不散、无处不在，除了上班专注做事情的时候能心情好一会儿，只要一闲下来，这个人，和他说过的那些话就拼命地往脑子里钻。

一直到下班的点，孟婴宁才慢吞吞地从桌子上爬起来，站起来往洗手间走，从里间出来以后走到洗手台前，手撑着大理石台面，看着镜子里的人。

眼圈黑着，眼袋都快比眼睛大了，唇角无精打采地垂着，唇色有点白。

孟婴宁，你有点儿出息吧，非要在一棵树上吊死吗？

孟婴宁叹了口气，打开水龙头，抬手，扑了一捧凉水在脸上。

冷水刺激过后，人精神了不少。

孟婴宁抽了张纸，慢吞吞地把脸上的水珠擦干净，转身出了洗手间。

迎面有人走过来，孟婴宁用余光扫了一眼，随后一边低垂着头慢条斯理地擦手，一边侧身往旁边让了让。

结果那人也跟着往旁边侧了一步。

孟婴宁又侧了侧身，那人几乎是同时，也跟着走了半步。

孟婴宁抬起头来。

男人一脸尴尬地摸了摸鼻子，莫名其妙地道了个歉："不好意思。"

孟婴宁后退了一步，点点头："郁主编。"

SINGO 新任主编郁和安，没别的优点，就是特别温柔。

上任第一天，这人在晨会上非常有礼貌地跟所有人都打了个招呼以后，微笑着把主刊从创刊到现在的每一期主题从头到尾疯狂地叨了一遍，废了新刊所有的专题和稿子，让他们秃头熬夜连续加班三周，成为 SINGO 这本杂志有史以来最龟毛的主编，没有之一。

温润如玉的挑刺儿第一人，稳坐鸡蛋里挑骨头冠军宝座不动摇。

孟婴宁还很清楚地记得，她在解决完陆语嫣这件事儿以后，这人在会议室里不紧不慢地温声道："长得真的不够惊艳，林老师当时是怎么想的？为什么会……至少也不能扶贫。"郁和安微笑着说，"找她拍封面，疯了？"

鸦雀无声。

看看，什么叫温良恭俭。

什么叫公子如玉。

孟婴宁觉得还挺神奇的，这人竟然能把龟毛、毒舌、刻薄这几种属性和温柔完美融合。

她打完招呼，郁和安也跟着退了半步，温声道："脸色不太好。"

孟婴宁："……"

她一脸蒙："啊？"

"你们总监说你最近没什么精神，我看你开会的时候确实经常走神，是有心事吗？"郁和安温声说，"如果有什么烦恼可以跟我说说，我还挺会开导人的。"

"……"

主编你说这话的时候是认真的吗，主编？

孟婴宁受宠若惊："也没什么，最近可能没怎么休息好。"

郁和安："最近大家压力也确实都大，不过有些时候自我调节还是挺重要的，无论如何，自己的事情也不应该影响到工作效率。"

孟婴宁立志成为一条完美的狗腿子，恭敬道："郁主编您说得是。"

"所以趁着这次团建好好调整状态，"郁和安看着她，微微一笑，"要是再让我看见你在开会的时候盯着窗户外面走神叫你好几遍都没反应，你就不用在编辑部干了，每天有那么多心事，不如干脆去一楼扫厕所对着马桶倾诉一下。"

孟婴宁："……"

郁和安这人虽然说起话来让人恨不得找人套上麻袋捶他一顿，但最近也确实是她的错。

太多的心思放在陈妄身上，导致她现在每天都像一个失魂落魄的恋爱脑，也确实该被人骂一骂了。

想通以后孟婴宁泡了个泡泡浴，敷了张面膜，晚上听着纯音乐舒舒服服地睡了一觉。

第二天是周六，睡前，孟婴宁约了陆之桓："睡了吗，二狗？"

陆之桓那边秒回："有事儿您说话，爸爸！"

孟婴宁："明晚有空吗？出来喝几杯？"

陆之桓："！！！"

隔着屏幕，孟婴宁都能感受到他的兴奋："我太有空了，你们一个一个都忙得跟狗一样，终于有人来陪我玩了。"

陆之桓："狐狸，还是你最够意思，我天天叫陈妄哥，他都不出来。"

不出来最好，孟婴宁再也不想看见陈妄了。

她是潇洒的小狐狸，何必在一棵树上吊死。

还是这种基本上这辈子应该都不会开花的万年铁树。

孟婴宁现在一听这个名字就来气，她敷着面膜，跷着二郎腿，打字："叫他出来有什么意思？三天迸不出两个屁来的老男人，不如给我叫两个小帅哥。"

孟婴宁顿了顿，也不知道是在跟谁置些什么气、犟个什么劲儿，咬着嘴唇气呼呼地满嘴跑火车："要浪的。"

对于出去玩这种事，陆少爷向来是有着无限热情的。

选的地方还是上次开电音派对的时候去的那家酒吧，孟婴宁到的时候场子已经很热了。

大包厢里有十来个人，气氛热烈，很乱，有的人孟婴宁是认识的，也有几个不认识，她推门进去，扫了一圈，最后把视线落在角落里的那个男人身上。

陈妄与世隔绝地坐在沙发卡座的角落，指间夹着根烟，目光落在门口。

两人的视线对上，孟婴宁嘴角一抽，差点夺门而出。

说好的你陈妄哥天天叫也不出来呢！

陆之桓本来还举着冰桶往伏特加里倒冰块儿，听见声音扭过头来，看见孟婴宁来了，把冰桶往茶几上咣当一撂，高声道："朋友们！我大哥来了！来来来，刚才说网红本人和照片是两个人那个呢？二蛋，给老子滚出来，看着我们小姐姐的脸把这话再说一遍。"

某位不知道为啥外号叫"二蛋"的男人压下几分惊艳的情绪，笑道："本人和照片确实是两个人啊，可比照片好看多了，跟刚下凡似的。"他头一侧，朝孟婴宁打了个招呼："晚上好啊，仙女。"

孟婴宁挺有礼貌地打了个招呼。

陆之桓满意了，张开双臂道："今天这个场子是我给我大哥张罗的，我大哥最近心情不好，昨天晚上特地嘱咐我，让我多叫几个帅哥！"

孟婴宁觉得陆之桓这个不靠谱的大概说不出什么正经话来。

她抬眼，下意识地看了陈妄一眼，想起昨天晚上都跟陆之桓说了些什么，忽然就尿了，有种特别强烈地想把桌上的冰桶扣在他脑袋上好让他闭上嘴的冲动。

可惜陆之桓并不能跟她心意相通，下一秒，他手臂往回一收，单手举起，五指张开往下一压："我大哥说了，她喜欢浪的，"陆之桓兴奋地强调道，"要浪的！"

孟婴宁："……"

这个陆之桓。

[24]

陈妄没想到，他走了十年，孟婴宁现在出来玩起来能疯成这样。

还要浪的。

挺野。

孟婴宁显然也没想到陆之桓会直接说出来，耳朵红了红，有些绝望地闭了闭眼睛。再睁眼时，她下意识地又偷偷瞥了陈妄一眼。

男人低垂着眼，夹着烟端起桌上的酒，喝两口放下，侧脸看起来依然是避世离俗的冷漠。

人家根本看都没看这边儿，不关心，不关注。

孟婴宁感觉自己像被一桶冰水兜头泼下，连羞耻和尴尬都显得自作多情。

孟婴宁觉得自己也太没出息了。

装不认识能有多难，孟婴宁腮帮子一鼓，又憋回去，笑着进去，回手关门，在陆之桓给她让的地方坐下了。

她一坐下，陆之桓就笑得很欠地凑过来，小声说："给你挑了三个，你看看哪个看着浪点儿。"说完，还认真地建议她，"不过我觉得啊，玩玩就不说啥了，要是走心还是别要太那个的，你这个母胎单身找太骚的不合适，虽然你喜欢浪的。"

"……"

孟婴宁一言难尽地看着他，一时间也不知道该怎么解释："行了，闭嘴吧。"

陆之桓闭嘴了。

算起来的话，在大院所有小孩儿里他跟孟婴宁其实最铁，打从有记忆起就混在一起，陆之桓看着孟婴宁从小美到大，小学的时候就有男生天天给她递情书告白，就这么一直递到了大学。

陆之桓原本以为她是因为不想早恋，再加上那阵子陈妄和陆之州护得严实，结果大学四年一晃过去了，又参加了工作，都没听她提过男人。

就这么母胎单身到现在，陆之桓很长一段时间都以为她不喜欢男人。

所以在孟婴宁昨天晚上说要他找几个小帅哥的时候，陆之桓是挺兴奋的。他觉得姐妹终于开窍了，准备开始找对象谈恋爱了。

陆之桓把这事儿当作相亲来完成，摩拳擦掌、点灯熬油、精挑细选了一整个晚上，最后挑出来的几位个个都是叫得上名字的。

卓领科技傅二公子、汤诚会小少爷、翰林重工太子爷。

陆之桓全程都十分谨慎，毕竟狐狸初恋，他虽然觉得自己挑的这几个都不错，但他自己平时浑惯了，可能眼光也并不是那么客观。

他自己混混可以，狐狸必须得找个好人。

陆之桓觉得自己急需一个靠谱的参谋，明天能镇得住场子，顺便帮他物色物色这三位里到底哪个更适合孟婴宁。

陆之桓脑海中灵光一现，就想到了陈妄。

他没犹豫，当即给陈妄发了条消息："陈妄哥，明天有空吗？"

陈妄："没有。"

陆之桓："狐狸明天晚上要找对象，我琢磨着让你帮忙看看呢，没有就算了。"

陈妄没声儿了。

陆之桓也习惯了，放下手机继续翻微信、通信录选婿。

十分钟后，陈妄："几点？"

陆之桓："……"

场子镇是镇住了，不仅镇住了，好像还有那么点儿冷。

陈妄敞着腿大大咧咧地坐在沙发里，人往后一靠，看着包间另一边儿的欢声笑语。

孟婴宁身边花团锦簇，她是那种很容易招人喜欢的性格，男生女生缘都很好，这会儿三四个男的围着她聊，眼珠子都快掉她身上了。

陆之桓脱身出来，凑到陈妄旁边，跟着他一起默默观察。

观察了一会儿，陆之桓指着旁边穿粉衬衫的说："陈妄哥，你觉得这个怎么样？我看挺好的。"

陈妄顺着他指着的方向看过去一眼，细眉细目丹凤眼，那小身板看着薄薄的一层。

"粉衬衫"端着个酒杯递给孟婴宁，小姑娘接过来，两人轻轻地碰了一下杯。

"粉衬衫"把头凑过去，在她旁边低声说了些什么，声音被嘈杂的背景掩盖得干干净净。

孟婴宁被他逗笑了，姑娘的眉眼浸在嘈杂的五光十色里，雪肤红唇、脖颈纤细、锁骨很翘。

陈妄略一眯眼。

陆之桓没发现陈妄的目光已经换了个人，还在唠叨："时下最流行的长相，妖孽款，最关键的是符合狐狸的审美。"陆之桓肯定道，"挺浪。"

陈妄："……"

他不动声色地移开视线："这人是男的女的？"

陆之桓愣了下："男的啊。"

"哦，我以为是小姑娘呢，"陈妄的唇角略一扯，懒声嘲讽，"我还看了半天。"

"欸，陈妄哥，女人，你不懂，你不能用咱们男人的审美来判断，我还觉得你这样的就最帅呢，但是昨天狐狸说了，"陆之桓伸出一根食指来，朝他摇了摇，"不喜欢你这种三天迸不出两个屁来的老男人，太闷。"

陈妄："……"

好半天，他说："我老？"

陆之桓提着口气观察了一下他的表情，猛摇头："男人三十一朵花，你还没到三十，一捧花。"

陈妄："我闷？"

陆之桓顿了顿，迟疑着说："那确实是……有点儿？"

"……"陈妄点点头，把烟蒂丢在地上，"行。"

孟婴宁和汤诚会易小少爷喝了两杯，芝华士换啤酒，她对自己的酒量有数。易小少爷也是个小人精，风趣、礼貌、举止不逾越，眼睛狭长很是漂亮，笑起来像韩国的一个明星，是很擅长和小姑娘聊天、让人轻易心生好感的类型。

这么讨喜的一个人，孟婴宁也不知道为什么有点儿聊不下去。

她尽量把注意力放在面前的人身上不去注意陈妄，然而不太顺利。

没有对比就没有差距。

陈妄的长相太惹眼，长腿伸着懒懒散散地往那儿一坐，眼前这位易少爷顿时就变得奶油了起来，让孟婴宁觉得有点儿腻。

她放下啤酒站起来，借口去洗手间，出了包厢门。

门一关上，包间里震耳欲聋的音乐被隔绝了大半，隐隐能听见里面放的是枪花的 *Welcome to the jungle*，陆之桓绷着嗓子在那儿鬼哭狼嚎。

孟婴宁转身往洗手间走，走到旁边路过垃圾桶的时候脚步顿了顿。

陈妄回来的时候，她第一次看见他也是在这儿。

太久不见，那会儿浑身上下的细胞都在紧张地叫嚣着，让她甚至慌张到手足无措，让她莫名其妙地想要撒腿就跑。

孟婴宁甚至还记得那时候的心跳，每一下都雷霆万钧，重得像是下一秒就要跳出来了。

就像时光一下子回了十年前。

看不见他的时候想看着他，看见了又想逃，连送瓶水都要绞尽脑汁地找借口。

大抵年少时暗恋一个人都是如此，想靠近他，又怕他靠近。

但当年的孟婴宁，绝对不承认这个"他"是陈妄。

孟婴宁觉得，这么多年她毫无长进。

她叹了口气，从女洗手间出来，走到洗手台前。包一放下，她随意一抬眼，刚刚想的人就出现在眼前了，还是他原来的那个垃圾桶。

心爱的垃圾桶。甚至连拿着烟的姿势都没变。

这是你的特等席啊？

孟婴宁轻描淡写地一眼扫过去，像没看见他似的，淡定地抬手，开水龙头，洗手。

洗手液刚挤到手上搓出泡沫，孟婴宁用余光瞥见陈妄掐了烟丢进垃圾桶里，直起身来往包间方向走。

孟婴宁收回视线，垂头，洗手洗得很专注。

路过洗手台的时候陈妄也没看她，径直走过去了，步子干脆利落。

两个人陌生人似的直接远距离擦肩。

孟婴宁屏住呼吸等他走过去才松了口气。她回过头去，悄悄地看着他走远，男人背影高大，黑衬衫勾出宽肩窄腰，腿很长。

孟婴宁咬了咬下唇，刚要扭回头去，陈妄忽然转过身，孟婴宁偷看被抓了个正着，吓了一跳。

陈妄冷着脸大步地朝她走过来。

孟婴宁想营造出一种完全不 care 的效果，这个时候如果再假装自己没在看他什么的，就显得赌气赌得有点刻意了。

所以她没动，就这么看着他走过来，在她面前停住："怎么不躲了？"

距离有点儿近，孟婴宁不自在地退了一点："我躲谁了……"

她前脚刚一动，陈妄紧跟着往前一步，低声说："不是我吗？"

男人的气息带着十足的侵略感，不由分说地压下来，冷冽厚重，和他人一样酷得没半点人情味儿。

孟婴宁的耳朵开始发烫，她偷偷地吸了口气，压下心里那点儿不平静，竭力平静道："我躲你干什么？我还用躲着你吗？"孟婴宁一脸"你谁啊"的表情，"我本来也没有和你接触的必要好吗，陈先生？"

陈妄沉默地看着她，眼神很冷。

孟婴宁瞬间遍体生寒，后脖颈的汗毛都快立起来了，无意识地缩了下肩膀。

"是没什么必要，"陈妄垂眼，眸光暗而沉，"那请问孟小姐能不能专一一点儿，有喜欢的人了还能跟别的男人那么开心地聊一晚上？"

"……"

孟婴宁瞪着他，有点儿忿毛："谁不专一了！"

"你就算自暴自弃，也不用找个是男是女都分不清的，"陈妄冷眼睨她，"你就喜欢那样的？"

孟婴宁憋着的那股委屈巴拉的火又被引燃了，她气得都忘了尴尬了："对，我自暴自弃了行不行？我就喜欢那样的，我特别喜欢，陆之桓说的你没听见吗？我就要浪的。"

陈妄沉默了几秒，缓声重复道："就要浪的？"

"是啊，"酒壮尿人胆，孟婴宁深吸口气，"现在，无论我面前站着个谁，只要他浪起来我就要，怎么了？"

孟婴宁掷地有声地道："我不仅要，我还要跟他谈恋爱，谈好了我没准儿还跟他结婚，跟你有什么关系？"

陈妄气笑了。

他霍然直起身来，后槽牙死死地咬着，舌尖抵住牙齿笑了一声，又单手撑着洗手台水池边，弯下身，重新把距离拉回来："跟我有什么关系？"

"孟婴宁，"陈妄俯身看着她，咬牙道，"你看清楚你面前现在站着个谁，我要是浪起来，你也能要吗？"

[25]

孟婴宁说这话的时候没多想，兔子急了还咬人，急火攻心之下只想撑人，什么喜欢不喜欢的这会儿都不重要，吵架要紧，多喜欢该撑还是得撑。

二楼包厢的走廊很静，一楼和包间里的声音都被隔绝得很远，水龙头还没关，水流哗啦啦地在耳边响。

男人弓着身靠过来，距离太近，孟婴宁被逼得上半身往后仰，脸开始发烫，不知道是酒精的作用还是其他什么原因。

她的气焰被灭了大半，挂着池边台面的手臂有些抖，努力压下了心里那点儿忍不住再冉升起的自作多情。

孟婴宁深吸一口气："要啊。"

陈妄一顿。

孟婴宁说："现在，就是我面前站了条狗，我也乐意。"

说完，孟婴宁闭上了眼睛。

落针可闻。

孟婴宁脑补了一下陈妄气得把她拍到墙上，或者摁着脑袋塞到洗手池里之类的画面，本来是已经做好了向死而生的准备的。

她等了半天，陈妄半声没有。

孟婴宁小心翼翼地把眼睛睁开了一条缝，偷偷看他。

陈妄没动，周身阴沉的戾气散了大半，垂眼直勾勾地看着她，深黑的眼底情绪莫辨。

片刻，陈妄缓慢地直起身来，后退了两步，靠着池边站着。

"孟婴宁，"他看着她，放缓了语气低声开口，"你喜欢谁，想和谁谈恋爱或者结婚，跟我是没什么关系的。"

孟婴宁怔了怔。

"你觉得我管得宽，但这不是让你找些乱七八糟的男人胡闹的事儿。"陈妄语速慢，声音低压着，带着点儿疲惫和很深的无力感，"如果真遇上靠谱的了，你喜欢，那我祝福，你跟他谈恋爱跟他结婚我都不管。"

孟婴宁看着他。

"他要是欺负了你，对不起你，你跟我说，"陈妄顿了顿，缓声继续说，"陈妄哥护着你。"

他声音很低，发哑。

记忆里，很久以前他也说过这话。

也许是因为喝了酒，也许是因为隔了太长时间，孟婴宁有些记不清楚了。

她安静地站在洗手台边，没有说话。

像流淌在动脉里的血液混进了细腻的沙，磨着四肢百骸生疼，找不到痛处在哪儿，却没有一处不疼。

她其实有很多想说的。

她想说，我喜欢的人是不会喜欢我的。

他根本什么都不知道，什么都不明白。

他自顾自地说那么多让人伤心的话的时候，你要怎么护着我？

我连为他伤心难过，被他在意、被他伤害的资格都没有的时候，你要怎么护着我？

但有些话是说不出口的。

暗恋一个人太久，连多看他一眼也会胆怯，说的每一句话都要斟酌得小心翼翼。

更何况十几年的相识，那些蠢蠢欲动的、迫不及待想要脱口而出的、怀着一点希冀和奢望的小小心思，只要真的说出口了，两个人就会瞬间被拉开距离。然后一堵墙咣当砸下来立在中间，上面贴满了无穷无尽的尴尬和刻意，最后只剩下疏远。

喜欢一个人，就算告白以后不能做朋友又怎么样？她又不缺朋友。而是就算只能做朋友，她也想离他近一点儿，再近一点儿。

有些人就只适合做少女时代的秘密而已。

孟婴宁的鼻子有点酸，她匆忙地低垂下头。

她听见上方有很轻一声叹息，紧接着头上有温热的触感。

陈妄抬手，揉了揉她的头发，无奈低声说："别生气了。"

孟婴宁不抬头，脑袋往后躲了躲，吸了吸鼻子："你是想和我和好吗？"

片刻沉默，陈妄收回手，应了一声："啊。"

像很多年前，眼泪毫无预兆地掉下来，落在冷白的大理石地面上，悄无声息的，孟婴宁的声音却很平静，轻声说："那就和好了。"

有些事，就只能只有她自己知道。

只能这样。

陈妄到家的时候不到零点，一开门，看见厨房灯亮着晃荡着个人影，屋子里有浓郁的咖啡香气。

听见开门声，那人从厨房里出来，伸着脑袋看他："回来了？"那人抬头看表，"还挺早。"

陈妄进屋，径直走进厨房，拉开冰箱门拿了听啤酒出来："休息？"

"嗯，明天下午回，"陆之州端着杯刚冲出来的咖啡，慢悠悠地小口小口地喝，看了一眼他手里的冰啤，"你这个胃，快烂了吧？"

陈妄没搭理他，勾着拉环拉开："休息就回家睡你的觉，大半夜来我家干什么？"

陆之州拉了把高脚凳过来，坐在流理台前一脸慈祥地看着他："阿桓说今天叫你出去玩了？"

陈妄站在冰箱旁边，仰头咕咚咕咚灌完一听啤酒。

陆之州："还说给狐狸介绍对象来着？"

"……"

他"啧"了一声："你来是跟我说这个的？"

"是啊，"陆之州慢悠悠道，"好像其中一个，狐狸还挺喜欢。阿桓跟我说两人聊了一晚上，最后还互相交换了微信号？"

陈妄："……"

"对了，"陆之州再接再厉，笑眯眯地侧过头来，看着他，"你的微信号现在用回来了吗？"

陈妄："……"

他手指微动，捏在手里的易拉罐咔嚓一声，扁了。

他烦得想直接把这人给扔出去："你能闭嘴吗？"

陆之州不能，他啧啧地开始感叹："我们小婴宁也到这个年纪了啊，一眨眼都快 24 岁了，也该谈场恋爱了。"

有些时候陆之州这人烦起来跟他弟弟简直不相上下，烦得一脉相承，偏偏他自己还没点数，还在兴致勃勃地说："想想看，到时候如果我们婴宁真的跟那个小易少爷成了，咱们这帮人里就连岁数最小的都有对象了。"

陆之州问他："哎，阿桓说那小子叫易——什么来着？"

陈妄："易拉罐。"

陆之州："……"

"名字挺独特，"陆之州忍着笑点点头，整理了一下情绪又道，"反正就算这次不能成——哦，不管这次能不能成吧，也总得有能成的一个不是？"陆之州叹了口气，说，"而我们阿妄，到时候依然还单着。"

陈妄："……"

他把手里的易拉罐扔进垃圾桶里，转过身来面无表情地看着陆之州："你到底想说什么？"

"嗯？"陆之州一只手端着咖啡，一只手撑着脑袋，"我没想说什么啊，我感叹一下时光飞逝岁月如梭，转眼间小丫头都快有对象了，你呢，有什么打算？语嫣可没事儿就找我问你。"

陈妄斜靠着厨房墙站着，没说话。

"算了，这些事儿我都不催你了，省得你又嫌烦，"陆之州闹够了，见好就收，侧头扫了他这房子一圈儿，"但你打算就一直这样？"

陈妄垂眸，扯了扯唇角："操心操心你弟去吧。"

陆之州皱眉："阿妄，我也是把你当弟弟的，以前的事我本来一直不想跟你提，但……"

173

"我知道，"陈妄直起身来打断他，笑了笑，"差不多得了啊，你是不是天生的老妈子操心命？孟婴宁和陆之桓不够你管的啊？现在还想当我哥了？"

陆之州惆怅地说："没办法，家里最大的那个小孩儿就是苦一点，老大得出头啊。"

陈妄哼笑，人出了厨房，没一会儿又回来，丢了个黄色信封在他面前。

陆之州垂头看了一眼，放下咖啡杯，顿了顿，问道："这次也不去？"

安静了好一会儿。

陈妄从口袋里摸出烟和火机，咔嗒一声响，细细的一缕火苗蹿出来："周末有事儿，下次吧。"

团建的日子定在周六，连着两天，回来又是一个死亡星期一，痛不欲生的日子开始。

月刊还好，至少能清闲两个礼拜，隔壁周刊几乎每周都在享受这样的生活。

"每次觉得人生没什么盼头的时候就去楼下周刊编辑部看一圈，会觉得活着是多么快乐的事情。"白简欢快地说，"这样一想，就算这个团建是先给颗糖再打一棒子我也愿意为主编献出我的青春。"

小张凑过来："白姐，你已经没有青春了。"

白简抬手拍了他脑袋一巴掌，扭头看向孟婴宁："对了，衣服你买了没，泳衣啊啥的？"

这次团建选了个新落成的日式山林温泉酒店，据说一个房间都是四位数、以五开头一晚，没有波士顿六斤大龙虾，但有神户牛肉和刺身怀石料理。

孟婴宁衣服很多，泳衣也不少，基本上是别人送的，她推了周末的两个约拍的摄影师，准备好好去玩一玩。

盛世美颜孟婴宁想要找个男人是件多么轻而易举的事情。

没恋爱过只是因为她不想而已，才不是因为陈妄这个狗男人。

也许她对陈妄现在的那点儿坚持只是源自情窦初开的少女时代不可言说的执念呢。孟婴宁洗脑式自我催眠了一个礼拜，洗着洗着竟然还有点信以为真的趋势，塞了满满一皮箱的东西，开开心心地团建去了。

温泉酒店建在津山半山腰，地处 B 市郊区。

公司大巴开了近两个小时，孟婴宁早起困得不行，在车上断断续续睡了几觉，到的时候还是被白简叫醒的。

初秋，山林间的温度比市区低上不少，前几天又下了雨，孟婴宁下车的时候还有点儿迷糊，凉风裹着潮气打得人一激灵，瞌睡虫被遣退大半。

她哆哆嗦嗦地从箱子里抽了件毛衣外套出来套上，白简站在山脚下叫她，孟婴宁原地跳了两下，缩着肩膀小跑过去，皱巴着小脸儿往白简身上靠了靠："白简姐，冷。"

白简瞬间母性爆棚："哎哟，我的小可爱，来来来姐姐抱抱。"

旁边小张背着个登山包凑过来："白简姐，我也冷。"

白简："滚。"

小张哭唧唧。

从山脚到山上有索道，一行人说说笑笑走到山脚下索道缆车那儿又分了两拨，一拨嚷嚷着要呼吸清晨清新的空气遨游在天然氧吧，准备爬山上去，女生大多选择坐缆车。

孟婴宁是能坐着不会站着的，几乎没犹豫就上了缆车。

她跟白简、小张一趟缆车，草绿的缆车挂上索道缓慢向上，脚底掠过山体页岩和苍翠树尖，四面玻璃窗外是清晨幽静的林壑。

他们几个和后面几车一样坐索道缆车上来的是第一批到的，基本上是女生，放了东西以后出去转了两圈儿，又在大厅里等了一会儿，爬山的竟然还没到。

小张瘫在酒店前台的沙发里："我觉得吧，现在这帮男的在办公室坐太久了，这个身体素质实在是不咋地，爬个山咋还能爬这么久呢？也太菜了。"

白简习惯性呛他："你个跟着小姑娘坐缆车上来的好意思说别人？你更菜好吧？你还不如人家爬山的呢。"

同样坐缆车上来的坐在旁边单人沙发里跷着腿看杂志的郁和安抬起头来，微笑着看向她："嗯？"

郁主编看起来下一秒就要开始嘴炮了。

白简惊慌地看了孟婴宁一眼。

孟婴宁窝在沙发上困得睁不开眼，接到白简的绝望求救信号以后从毛衣里挣扎着伸出一只手来，岔开话题："主编，你看的是什么杂志？"

郁和安看了她一眼，翻开杂志封面略往她面前递了递。

是本运动杂志，孟婴宁有印象，实习的时候她在各个副刊线到处跑，记得这家算是运动周刊里的老大了。

孟婴宁侧着身子靠在沙发扶手上，上半身略倾过去歪着头翻看了两页："哦，这本，我记得 SINGO-SPORT 销量每次要被它压半头。"

郁和安没说话，甚至还拿着杂志往她那头倾了倾身，孟婴宁怀里抱着毛衣外套翻杂志，打着哈欠说："不过定位不一样，人家内容做得可比咱们潮多了。"

两人的沙发挨着，往前一凑肩膀几乎碰在一起聊了一会儿，距离特别近。

孟婴宁正困着，精神不太集中，也没注意，倒是郁和安，说着说着忽然停住了，话头一转，朝她侧前方抬了抬手："那人，你认识吗？"

孟婴宁茫然，跟着他指着的方向看过去，先看到了蒋格。

少年戴着顶鸭舌帽，嘴里叼着根白色的棒棒糖，倒着坐在椅子上，仰着头说话，陈妄靠墙垂着眼站在他面前，似乎是在听。

他们旁边还有几个人，看起来像是认识的，大概是蒋格之前说的那个找死小分队。

孟婴宁忍下心中涩意别开眼，转过头来："不认识。"

"哦，他刚刚一直盯着我，"郁和安温柔一笑，"那眼神，还让人怪害怕的。"

孟婴宁："……"

她一时间还真有点儿说不清郁和安和陈妄谁更让人害怕一点儿。

她垂头继续翻杂志，闷声道："那可能他是看上你了，眼神比较炽热。"

郁和安："……"

六

我 做 你 的 光

[26]

眼神确实是比较炽热，炽热得跟要杀了他似的。

还怪吓人的。

郁和安再一回头，男人刚好抬起头来再次看过来，两人的视线对上，那人黑沉的眼底有藏得很深的、几不可察的敌意。

郁和安挑眉，看了一眼旁边把头埋得深深的孟婴宁，若有所思地"嗯"了一声。

孟婴宁以为他又要发言了，抬起头来，恭敬地等着。

郁和安垂头，温柔地看着她。

孟婴宁被他盯得遍体生寒，犹豫地叫了他一声："主编？"

"喜欢？"郁和安说。

孟婴宁："……"

"喜欢就追啊，"郁和安恶趣味上来，悠悠道，"你不追，他怎么知道你喜欢他？"

"……"

她叹了口气："没想到您还挺关心下属的感情生活。"

"不是跟你说了吗？非工作状态时我其实是个挺好的聊天对象。"郁和安笑眯眯地说，"我在上一家杂志社工作时，助理以前跟他女朋友天天吵架，经常找我做军师。"

"啊，那他现在的感情路一定一帆风顺吧？"孟婴宁毫无诚意地狗腿子道。

"没，他分手了。"郁和安悠悠地说。

孟婴宁："……"

你是魔鬼吗？

三个小时后，呼吸天然氧吧的爬山大军终于吭哧吭哧地上来了，临近正午，众人分好房间放好了行李，准备吃饭。

孟婴宁补了一上午的觉，这会儿精力充沛，被叫去餐厅的时候还是没忍住走几步扫一圈儿。

知道了陈妄也在这儿，想不去想这件事儿是很难的。

更何况他还是跟着他的找死小分队一起来的。

孟婴宁又想起之前蒋格跟她说的那些话，现在回想起来其实是很夸张的，但是真实性肯定多多少少也还是有的，剔掉那些特别浮夸的，其实也能提取出很多东西。

他在玩些很危险的东西，也许是为了刺激，也许是在逃避些什么。

作息很差、三餐不规律、烟瘾重、喝很多酒，不在乎自己身体的好坏，似乎也……不在乎自己的死活。

孟婴宁捏着筷子杵在桌角，对着满桌的龙虾、刺身帝王蟹叹了口气。

他到底来这儿干什么？

孟婴宁犹豫片刻，身子往后侧了侧，抽出手机来，给林静年发了条微信："我参加公司团建活动碰见陈妄了。"

林静年秒回："？？？"

林静年："他没把你怎么样吧？！"

孟婴宁："……"

她开始怀疑陈妄小时候得罪过林静年。她咬了下筷子尖儿，放下，拿起手机艰难道："他连理都没理我。"

孟婴宁："虽然我们俩上一次见面是不太愉快，行吧，其实是每次都不太愉快，但是也和好了。"

孟婴宁："他竟然假装没看见我，话都没过来跟我说一句扭头就走了，这人是什么意思？"

孟婴宁有些心酸，还有些委屈，又有点儿生气。

林静年："那就好。"

孟婴宁："……"

孟婴宁不知道这种你明明很难过但是闺密替你松了口气的心情要怎么用语言表达。

过了十几秒，林静年又说："不过我怎么觉得你这个语气这么哀怨？"

孟婴宁："？"

林静年："像宫斗剧里失宠了的妃子。"

林静年："皇上选秀纳了新妃，每天歌舞升平、流连忘返，痴迷于酒池肉林，只闻新人笑，不见旧人哭，失宠了的冷宫皇妃嘤嘤地和娘家姐妹哭诉。"

孟婴宁听着她这个话怎么想怎么还是觉得有点儿不爽，没过脑啪啪打字："谁会失宠啊！而且我为什么非得是妃子？我不能是皇后吗？而且就算是皇上，他也不能有别的妃子！"

挺霸道。

林静年："……"

林静年："这个是重点？"

孟婴宁："……"

林静年最后总结："狐狸，你不对劲啊。"

孟婴宁手一抖，不敢回复了。

晚上安排了试胆大会，午饭后，下午的这段时间自由活动，那些爬山上来的一个个累成了狗，成群结队、吵吵嚷嚷去泡温泉。

每个房间里有独立池，但是人多其实去公共池更好玩一点儿，孟婴宁被白筒拉着过去的时候里面已经有不少人了，朦胧雾气中能看见人影和听见笑声。

温泉分室内和室外，室外露天泳场面积很大，男女混浴，穿泳衣进去。一眼望出去光池子就几十个，除了中间一个巨大的活水温泉以外还有什么红酒的、生姜的。

这温泉酒店老板还挺幽默，孟婴宁甚至在角落里看见一个可乐的、黑乎乎的池子，中间咕嘟咕嘟地冒着泡，看起来剧毒无比。

人几乎都聚在中间的两个大温泉池，白筒拉着孟婴宁走近了才有人影影绰绰地认出她们，走到池边有人吹了声悠长的流氓哨。

小张脸红了。

杂志社里漂亮姑娘多，在影棚里又偶尔会见到明星模特什么的，时间久了，眼光自然就高了，但老实说，孟婴宁刚来的那会儿也实实在在地让人惊艳了一把。

小姑娘雪肤红唇，五官漂亮得挑不出毛病来，脖颈纤细修长，长睫翘翘，穿了件嫩黄色的荷叶领衬衫，有点害羞地站在门口："大家好，我是孟婴宁，新来的实习生。"

声音软得让人骨头都发酥。

小张当时觉得自己恋爱了，就很喜欢，连眼睫毛的弧度都恰好戳在了他的点上。

是仙女啊！仙女啊！

仙女下凡了！

仙女还穿泳装！

仙女这会儿也不矫情，大大方方地顺着池边下了池子，水很热，她坐在旁边适应了一会儿，又拉着白简的手扶她下来。

　　有同事做"大"字状趴在池边笑道："我们部门的颜值担当也太能打了，你说你还在这儿熬什么，每天头发一把一把地掉？这颜值、这身材不如去当爱豆出道。"

　　"你忘了上次聚会在 KTV 的时候了吗？这丫头唱歌跑调啊！"

　　孟婴宁挺不服气的："我就是节奏感不好，五音还是全的！"

　　"《青藏高原》能跑成《月亮之上》的五音？"

　　"可以去演戏啊，颜值就是正义，长得好看就行了，到时候这大长腿一撩，还唱歌干什么？"

　　话音未落，旁边的一个男同事一脸嫌弃地拍开他的脸："我尽量不想把你当成一个猥琐痴汉，你不要让我为难。"

　　"哗啦"一声水响，坐在旁边的韩乔倏地站起身来，从池边拽了块浴巾裹上，沉着脸走了。

　　一帮钢铁直男根本没注意，又调笑了两句，凑到一起聊起了晚上试胆大会的事儿。

　　温泉的另一边，气氛是截然不同的凝重。

　　蒋格也不知道为啥，这温泉水明明烫得人皮肤都发红，他竟然还觉得有点儿冷。

　　池子很大，活水温泉雾气蒸腾缭绕，周身能见度低，只能隐约看见另一头池边边缘的轮廓和一堆人影。

　　那边儿应该是一群朋友来的，十分热闹，这会儿正在聊天，大概是哪个妹子过来了，一帮人在那儿狂吹彩虹屁。

　　中间有个姑娘说话，声音有点耳熟，好像在哪里听过，蒋格回忆了一下，但没想起来。

那边儿彩虹屁终于吹完了，开始说起什么试胆大会。

蒋格也放弃了纠结这把有点熟悉的嗓音，他是一个从不会被美色诱惑的少年，挺不屑地低声道："这帮男的是不是没见过女的？"

"还仙女下凡了，还出道去当爱豆，是长成花儿了啊？那爱豆还能是随便当的啊？心里能不能有点儿逼数呢？"蒋格说。

陈妄："……"

蒋格持续不断地作死，不想给自己一点儿活路，看得特别透彻地掰扯着："现在这女的啊，但凡长得好看点儿的，身后就一堆人天天仙女长仙女短地捧着，其实他们哪儿见过仙女。"

"我就不一样了，我见过，"蒋格老神伸出一根食指来，摇了摇，"真正的仙女是不能跟凡夫俗子相提并论的。"

半天没等到回应和肯定，蒋格不甘心地扭头，看向陈妄："你说是不是妄哥？"

陈妄跟没听见似的。

"哥，之前你带回来的那个小姐姐是真的好看，哪天再带出来吃个饭呗。"蒋格也习惯了，就算没人回应，他也能自顾自地说下去进入自嗨模式，"对了，他们刚刚说晚上要搞个什么玩意儿？试胆的？"

少年正是好玩的年纪，就喜欢这些，顿时有些兴奋："我们要不要也玩一个？"

陈妄仰着头靠在池边，毛巾盖在脸上半天没动，声音被温泉泡得有些哑，言简意赅："滚。"

蒋格："得嘞。"

晚上七点半，酒店门口。

孟婴宁也不知道公关部为什么会想出试胆大会这么弱智的活动，明明可以窝在榻榻米上打打牌，却偏偏要大晚上的凑到一块儿跑到外面来吹冷风。

孟婴宁十二万分地不想去，挣扎无效拒绝不成，磨磨蹭蹭地被白简半拖着拖出来了，美其名曰提高默契值、沟通感情，大家都得参加，一个都别想跑。

她体质偏寒，怕冷，晚上的山林间又阴凉，风刮过来一阵，让人就是一抖。

孟婴宁裹着薄毛衣外套在原地蹦了两下，看了一眼前面几个还穿着牛仔短裤的姑娘，顿时佩服得五体投地。

等了差不多十来分钟人才到齐，孟婴宁蹲在地上搓着发凉的指尖，听他们在前面讲规则："两人一组，抽签分，就从这儿到前面——今天下午去的那个凉亭，凉亭里有号码牌子，拿了回来就行。"

"两个人别走散啊，"小张提高了声音提醒，"千万跟队友凑好了。"

孟婴宁在后面抽的签，看了一眼——4号，转了一圈儿找"4号"，最后基本上大家都找到了队友，孟婴宁看见韩乔，韩乔手里拿着张字条看着她，脸色也不是太好。

孟婴宁过去，看了一眼她的号码，4号。

孟婴宁："……"

这还挺尴尬的。

找好了队友的几队已经出发了，就只剩下最后一组，韩乔翻了个白眼，一句话没说，径直往前走去。

孟婴宁欲哭无泪，把字条揣进兜里，只得跟着她。

初秋天黑得很快，七点半刚出来的时候还有点儿亮，不到半个小时天就已经黑下来了，好在这块属于旅游景点，开发得比较彻底，路面不算太难走。

韩乔走得很快，完全没有打算等她的意思，孟婴宁开了手机手电筒跟在后面，一边走一边回忆了一下。

最近惹她了吗？

没有啊。

陆语嫣的事儿也过去挺久了，那点破事儿至于记到现在吗？

也不至于吧。

既然是团建活动，大家就不能摒弃前嫌、和和气气地一起行动吗？

夜晚的山林间再安全也有危险性，其他组说话的声音也随着时间渐远，就这么走了十来分钟，孟婴宁把手机手电筒往前照了照，怂了。

她停下脚步来远远地、忍辱负重地喊了她一声："韩乔姐！"

韩乔没听见似的，漆黑的背影仿佛写着五个倔强的大字——"我要自己走"。

孟婴宁崩溃得都想不起来要发火儿了，心道：你难道就不害怕吗？！

这会儿其实也才八点半，但她是挺怕走夜路的人，主要是怕鬼，从小就胆儿小，到五六岁了看个动画片还能被比克大魔王吓哭的选手，长大了胆子也没有丝毫长进。

有的时候忙起来加班到十点才回家，她都会让出租车开到小区楼下，等电梯的时候也会给林静年或者孟母打个电话，一直聊到进家门。

四周一片漆黑，手机手电筒是唯一的光源，孟婴宁顾不得别的，小跑着快步往前追，跑得太急，在一个很低的小台阶那儿被绊了一跤。

孟婴宁的脚踝侧着崴了一下，上半身前倾，整个人往前趔趄了两步，她努力稳住了才没摔个狗吃屎，踝骨传来一阵刺痛。

孟婴宁吃痛地轻叫了一声，蹲下身来捏了捏踝骨靠下连着的那根筋。

她一碰，脚踝痉挛着发麻地疼。

她咬着嘴唇蹲在地上，缓了一会儿，抬起头来。

手机搁在地上，光源垂直着往上照，周围的环境被光线染亮了些许。

林深树密，根茎扎进土地里露出半截，黑乎乎的一片片盘虬交错缠绕在一起。

巨大的树干在黑夜里投下暗影，像蛰伏在黑暗中的巨兽。风刮着树叶窸窸窣窣地响，寒意顺着脚底板往上蹿。

孟婴宁蹲在地上，捡起手机，头都不敢回，她抖着手指滑开手机屏幕锁，打开通信录翻出白简的电话号码打过去。

也不知道是她这边没信号还是白简那边没有，这电话没打出去，无声无息地等了一会儿，屏幕上闪起了通话失败的提示。

孟婴宁快哭了。

她把额头抵住膝盖，抱着臂蹲在原地，竭力保持冷静。

她不知道前面的凉亭在哪儿，也不知道凉亭里有没有人，应该现在原路返回酒店快一些，或者在这里等着前面已经到过凉亭往回走的人回来。

但是不知道要等多久。

有冷风刮过，吹着她脖颈后的皮肤，像一双冰凉的手从她背后缓缓地伸过来。

孟婴宁浑身一颤，什么冷静、什么思考，顿时就全没有了，尖叫憋在嗓子眼儿里。

她呜咽了一声，哆哆嗦嗦地抬手，飞快地把扎着的马尾辫放下来，长发披散下来盖住后颈露在外面的皮肤。

她蜷成一团蹲着，不知道是过了几分钟还是几个小时，有脚步声渐近，掺在风声里，听起来像是幻觉。

孟婴宁泪眼婆娑地抬起头来，远远地看见有人影从黑暗里走过来。

朦胧的月光下，那人渐近，五官的轮廓熟悉，唇角垂着，眉眼在黑夜里落下暗影。

孟婴宁把手机丢在地上，忍着脚踝处尖锐的疼痛爬起来，踉踉跄跄地迎着他跑过去，细弱的哭腔里带着压抑不住的恐惧："陈妄……"

她不管不顾地扑进他怀里。

[27]

孟婴宁那点猫胆儿没有谁比陈妄更清楚了，小时候讲个鬼故事都能吓得小脸煞白哭得嗷嗷叫，刚上初中军训住宿那几天晚上上厕所都不敢一个人去。

附中初中部和高中部的宿舍挨在一起，林静年初中时跟他们不同校，孟婴宁身边又一个认识的人没有，那短短一个礼拜陈妄不知道陪她去了多少次厕所。

老宿舍楼厕所在一楼，陈妄每次都要半夜从高中部的新宿舍楼那边过来，到老楼女寝翻窗进来，站在女生厕所门口等着她从里面出来再把人送上楼，然后翻窗出去回寝室继续睡。

他站在门口等的时候还得跟她对话。

现在想想也不知道哪里来的那么好脾气，就耐着性子随着她折腾。

所以在听到那帮人说什么试胆大会的时候陈妄压根儿没觉得孟婴宁会去，就那小破胆儿和懒劲儿，估计只想留在房间里睡觉。

蒋格是个好凑热闹的，人家公司组织活动，他特地蹲在门口去围观了，过了一会儿屁颠颠地跑回来跟他说看见孟婴宁了。

陈妄诧异挑眉。

蒋格继续说，这妹子白着张脸，一脸心如死灰，哆哆嗦嗦的，看着好像还挺害怕。

陈妄没说话。

十分钟之后蒋格去厕所处理了一下个人问题再出来，陈妄已经不见了。

怀里的小姑娘用纤细的手臂环着他的腰，头深深地埋在他怀里，身体贴过来，隔着两层衣料能感受到挤压着的柔软触感。

陈妄僵了僵。

孟婴宁抱着他，整个人抖成一团，手臂收得很紧。

陈妄指节微动，半晌，缓慢抬手，在她背上轻轻拍了一下。

"不怕了。"他低声说。他声音压着，在潮冷的空气中震颤，像一把燃烧的焰火驱散了阴森凉意。

孟婴宁缓过神来，额头抵着他胸前的衬衫衣料，鼻尖有烟草和干净的肥皂味混在一起的味道，发涩。

男人的体温很高，温暖厚重。

孟婴宁觉得她大概再没有机会能这么明目张胆地、理所当然地抱着他。

她想再抱一会儿，可是又怕太明显。

她像只小狗似的吸吸鼻子嗅了嗅，很轻微的一点声音，被黑夜无限放大了。

陈妄笑了一声："闻什么？"

"没什么……"孟婴宁慢吞吞地撒开了手，后退了一步，清清嗓子开口，"你怎么在这儿？"

"……"

他顿了顿，说："我夜跑。"

"哦，"孟婴宁应了一声，又很快抬起头来，皱眉，不放心地看着他，"你是不是又干什么奇怪的事情去了？"

陈妄："……"

"我干什么奇怪的事儿了？"陈妄觉得好笑，"不是，蒋格那天晚上到底跟你说什么了？"

"没什么，"孟婴宁偏头，转身想去拿手机，腿动了动，脚踝又是一阵火辣辣地疼，"嗞"了一声，弯下腰去看了一眼脚踝。

四周太黑，看不清楚扭成什么样了，唯一的光源是远处放在地上的手机电筒。

孟婴宁内心那点儿跃跃欲试的小奢望又开始躁动。

她把指尖缩在毛衣外套里抠了抠，犹豫片刻，转过身，仰起头来，迟疑着叫了他一声："陈妄。"

"我脚崴到。"孟婴宁说。

陈妄："……"

"特别疼，"孟婴宁委屈地说，"我走不了路。"

陈妄："……"

月光下，姑娘仰着张小脸儿眼巴巴地看着他，嗓音柔软又可怜，撒娇似的。

陈妄最受不了她这样。

黑暗中，陈妄闭了闭眼，没说话，走过去转身，背对着她弯下腰。

孟婴宁眨眨眼，特别乖地爬到他背上趴着，两只手搭在他的肩上。

隔着薄薄的衬衫，能感受到男人的体温，孟婴宁的手指像被烫到了似的蜷了蜷。

心跳很快，胸腔里像是在上演万马奔腾，怦怦怦地几乎要跳出来，一声比一声清晰。

陈妄勾着她的腿弯直起身，把她背起来，往前走。

走了两步，孟婴宁舔了舔嘴唇，一只手捂着微微发烫的脸，另一只手抬起来拍他，尽量压着声音佯装若无其事："手机，我的手机！"

陈妄单手把着她，俯身半蹲把开着手电筒的手机捡起来，递给她继续往前走。

孟婴宁接过来，举着手机往前照，照亮前边的路，一本正经道："你负责往前走。"

陈妄哼笑了声："你负责趴着？"

孟婴宁晃了下手机，欢快地道："我做你的灯。"

陈妄一顿，脚步停了。

你往前走。

我做你的光。

四周漆黑，她握着唯一的一点光亮，柔和的光源随着她的动作一晃一晃的。

陈妄的唇角一点一点地上挑，然后喉间缓慢地溢出一声笑。

孟婴宁不明所以，晃荡了两下腿儿，催他："走呀，你站在这里笑什么？"

陈妄没回答，抬腿继续往前走。

黑夜朦胧清寂，林间幽静，夜色清明，陈妄步子很慢，不急不缓地往前。两个人都没说话。

孟婴宁趴在他宽阔的背上，弯起唇角，偷偷地、无声地笑了。

"陈妄。"她忍不住叫了他一声。

男人声音沉着，有低哑的磁性："嗯？"

孟婴宁其实也没想好要说什么，她就是脑子一抽，莫名其妙地想叫叫他。

孟婴宁努力地想了想，非常牵强地问："你为什么叫陈妄？"

陈妄："你这是什么问题？"

"好奇一下不行吗？"孟婴宁把下巴搁在他肩头，她现在整个人终于放松下来了，声音有点儿懒，"就像我的名字，是因为我出生的那天我妈正在看《聊斋》，看到《婴宁》那篇的时候突然开始肚子疼，就叫这个了。"

陈妄无声一哂："那还挺随便。"

孟婴宁撇撇嘴，没再说话。

树木沙沙作响，孟婴宁微侧了侧头，借着暗淡的光线从斜后方看他。

男人侧脸的轮廓凌厉，下颚到脖颈的线条流畅，唇角略牵起几不可查的弧度，黑色衬衫领口的两颗扣子很随意地散着，喉结近在咫尺。

孟婴宁的喉咙忽然有些痒，她忍住想要伸手去摸摸的欲望，鬼使神差地忽然又叫了他一声："陈妄。"

"嗯？"

孟婴宁舔舔嘴唇，侧头盯着他："我渴了。"

陈妄忽然侧头，看了她一眼。

孟婴宁猝不及防，就这么和他的视线直勾勾地对上，她还愣愣地看着他，没反应过来。

陈妄略挑眉："快到了。"

陈妄直接背着她原路折回了酒店，到酒店门口的时候没看见有别人回来，倒是郁和安拖把竹制椅子坐在出发的地方玩手机。

温泉酒店灯火通明，门口两边的石柱灯刷出笔直昏黄的光，郁和安余光扫见有人影回来，抬起头，看见来人愣了愣。

郁和安挑眉。

孟婴宁尴尬地低垂着头，恨不得把自己埋起来。

她是没想到郁和安会闲到跑这儿来坐着等他们回来，白天才说不认识的人，晚上就趴在人家背上被背回来了，这算什么事儿。

孟婴宁叹了口气，晃了晃腿，陈妄侧头："下来？"

"嗯。"孟婴宁应了一声。

陈妄走到路边，把她放下，低声问："能站吗？"

"没事。"这一路走过来其实疼痛感已经减轻了，孟婴宁扶着他的肩膀站住，抬脚看了一眼，倒没肿，稍微有点儿红。

陈妄撒手，人没走，后撤了两步匿进阴影里，点了根烟。

郁和安走过来："怎么了？"

"没事儿，崴了一下。"

"你队友呢？"郁和安问。

孟婴宁抬起头来，没回答，只问："从凉亭那边回来大概要多长时间啊？很远吗？"

郁和安看了下表："差不多快了。"又看了一眼她的脚踝，"你要不要先进去处理一下？让——"他眼一抬，看了一眼后面的陈妄，一笑，声音温柔和缓，"这位好心的陌生人陪你？"

陈妄咬着烟掀起眼皮子，冷淡地看了他一眼。

郁和安视线也不避，眉目含笑和他对视。

"主编……"孟婴宁抬手，打断了这两人的"深情"对望，"我在这儿跟你一起等吧。"

差不多十多分钟以后，第一组从林子里出来，是两个男的的一组，后面还跟着个韩乔。

三人一边说笑着一边走近，韩乔走过来，看见坐在旁边的孟婴宁，脸上的笑容有些僵硬。

孟婴宁撑着脑袋，好整以暇地看着她。

旁边的两个人看见旁边坐着的孟婴宁，表情一垮，也走了过来："我们不是第一个啊？紧赶着一路回来的，还以为能是第一个呢，"那人说，"不过你一个小姑娘胆儿很大啊，韩乔说你一进去走得特别快，她一抬眼就找不到你了。"

孟婴宁笑了一声，没说话，只侧头看向韩乔。

韩乔心虚地移开视线，含糊道："我们就是走散了。"

毕竟是同事，闹太僵对彼此都没好处，孟婴宁不想把两个人的矛盾摆在明面上说。

更何况郁和安还在这儿，没有一个领导会喜欢为了那么点儿鸡毛蒜皮的破事儿就像市井泼妇一样每天吵来吵去的下属。

她还不打算被发配到一楼对着马桶倾诉一下心事。

韩乔眼看着要走，孟婴宁喊了她一声："韩乔姐。"

韩乔脚步一顿，好半天，转过头来看着她。

孟婴宁依然坐在那儿没动，看着她也没说话，意思很明显——有话要说。韩乔看了一眼不远处的郁和安，不情不愿地走过去，站到她面前。孟婴宁还坐在凳子上没起来，只忽然冲着她抬起一只手臂来。

韩乔以为她毫无预兆就要动手，下意识地抬手想去挡。

孟婴宁手指擦着她的手腕穿过去，勾着她的脖子往下拉了拉，略微使力，站起身来。

她动作很轻柔，毫无攻击性，甚至有些亲昵。

韩乔愣了愣，一时间没反应过来，就这么任由她勾着她的后颈顺势往前带了带。

两人头靠着头，距离很近，孟婴宁的手臂还搭在她颈间，一副哥俩好的样子。

"韩乔姐，我这人脾气挺好的，一般不会发火儿，"孟婴宁勾着她，头凑过去，用只有两个人能听见的音量说，"同事之间肯定都会有矛盾，我上次在茶水间里也跟你说了，你如果是对我有什么意见，或者你觉得我哪儿让你不满了，你直接说。大家都是一个办公室的，以后还要一起工作，矛盾搁久了也不合适。咱俩之间哪儿不对，打算怎么解决，我肯定都配合。"

韩乔有些僵。

孟婴宁顿了顿，平静地继续说："但你要是不想明着解决，不愿意光明正大地聊，就想玩这种当面一套背后一套、两面三刀、不上道的恶心人的幼稚手段，现在跟我说一声，我也配合你。"

孟婴宁用手臂勾着她的脖颈，头略微往她那边侧了侧，凑到她耳边，声音刻意压低了，轻柔和缓："你看谁玩得过谁。"

[28]

无论是长相还是气质，孟婴宁都不是那种很有攻击性的类型，说话的时候语速不紧不慢，人和声音都软乎乎的，没什么脾气。

第一眼看起来很容易把她和"好欺负""蔫巴巴的没什么脾气""好像可以任意揉捏"之类的形容挂在一起。

茶水间里那次韩乔确信了，孟婴宁就是没什么脾气的类型。

都快要点名道姓骂到她头上了，这人还一脸温温吞吞的样子冲咖啡，好半天不痛不痒地问了句"你对我有什么意见吗"？

但现在看来，怎么好像跟她想象中的不太一样？

女生的指尖冰凉，勾着她的时候不经意触碰到脖颈处的皮肤，像块细小的冰贴着。

冷意顺着触碰到的那一点往上蹿，韩乔本来就因为确实扔下了孟婴宁觉得有些心虚，现在又变成了被动的一方，在气势上输掉了一截。

她梗着脖子强行嘴硬道："本来就是你自己跑得太快……"

"我走得太快，"孟婴宁点点头，"你觉得我有没有可能那时候录了个视频什么的？毕竟我当时是走在你后面的，好像还叫了你一声，不过你这么一说，到底是不是我丢下你的我还真记不清了，你要看看吗？"

韩乔不说话了。

远远看过去，两人搭在一起像聊天一样，像一对亲密无间的好姐妹，让人丝毫看不出血雨腥风的迹象。

孟婴宁心道：智障，手电筒开着的时候能录个屁的视频。

再说她当时哪儿有什么胆子录视频，吓都快被吓死了。

孟婴宁懒得再多说废话，脚踝还是疼，刚刚身上衣服又被冷汗浸了个彻底，之前还没发现，这会儿夜风吹过，后背微潮的衣服贴着皮肤，难受得她只想去泡暖暖的温泉然后睡觉。

她抽回手，慢吞吞地、小心地走到郁和安那边，眉眼一敛，老实巴交道："主编，我脚有点痛，就先回去了。"

"嗯，去吧。"郁和安说。

孟婴宁觉得只要不涉及工作上的事情，这人好像确实是温柔又透彻的。

"那位你不认识的在旁边等你挺久了。"郁和安微笑着继续道。

孟婴宁："……"

算了，当她没说。

孟婴宁抬头，看了陈妄一眼，男人站在后面的石柱灯旁，抬眸扫到她看过去，把手里燃至尽头的烟捻灭了，人没动，只看着她。

像是在等着她过去。

他一直在等着她。这个认知让孟婴宁有点高兴。

她腮帮子一鼓，把笑意憋回去了，走到他面前。

陈妄："好了？"

孟婴宁点点头："好了。"

陈妄垂眸，看了一眼她的脚踝，抬眼问："能走吗？"

这会儿郁和安和几个同事都在旁边，孟婴宁也不好意思还让陈妄背着她了，她单腿抬起，手指捏着脚踝揉了揉。

陈妄顺势把住她的手臂，让她能站得更稳点儿。

孟婴宁歪着脑袋看了看，又杵杵踝骨："好像没什么事，没肿，也不太疼了。"

"我看看。"陈妄拽着她的手，蹲下去，手指捏住她的脚踝往上抬了抬。

小姑娘的脚踝白皙，很瘦，握上去基本没什么肉。陈妄低垂着眼蹲在她面前，动作很轻，神情专注，手指有干燥的温度，像有一股火星从他捏着的地方，一点一点地向身体里蹿。

孟婴宁不自在地动了动脚，往后挣了下，别开眼："好了没啊……"

陈妄抬眸，人还蹲着，从下往上看了她一眼，垂手站起身来："没什么事儿，这几天注意点，走吧。"

孟婴宁转身往酒店里走，她走得慢，陈妄也不急，破天荒地不紧不慢地跟着她。

夜晚的日式庭院静谧，两人并排走在青石板铺成的蜿蜒小道上，竹管落下磕出叮咚清泠的水声，沿路砌成的小石灯笼光线昏黄，空气中有植物的潮湿清香。

男人的手揣在口袋里，步子有些懒散。

孟婴宁看了他一眼，又收回视线，一本正经："陈妄。"

陈妄懒声应道："嗯？"

"你退伍了的话，是不是就可以一直用手机了？"

"嗯。"

"那我教你用微信吧，"孟婴宁眨巴着眼看着他，"你知道吧？就是我上次给你截图看的那个，那个叫微信的。"

孟婴宁今天晚上心情可太好了，不等他回答，又忍不住问："你知道是干什么用的吗？"

陈妄："……"

孟婴宁耐心地说："那个是聊天用的。"

陈妄："……"

陈妄都服了。

他脚步一顿，侧头垂眸："你是故意的吧？"

孟婴宁特别大方地就承认了："是啊。"

陈妄："……"

陈妄抬手敲了下她的脑袋，懒声："不用，我要那东西干什么？又没人找我。"

孟婴宁想也没想就说："我会找你呀。"

陈妄一顿。

孟婴宁说完才反应过来，懊恼地用拇指掐了一下食指指尖，小声补充道："不然你不是太可怜了吗？微信里一个好友都没有。"

陈妄无声地笑笑。

明知道她没有那个意思，他偶尔还是会多想。只要是她说的，不经意的一句话对他来说都可以是蛊惑人心的撩拨。

人是特别容易满足的生物。

有一个常年关系十分兵荒马乱的暗恋对象的好处就在于，只要两人相安无事地相处上哪怕一天，都会让人觉得心情格外好。

没吵架！

她跟陈妄一整个晚上竟然都没吵架，不但没吵架，他在把她送到了房间门口以后，两人甚至还互相道了晚安。

她已经想不起来上次和陈妄这么相安无事地分别是什么时候了，重逢以后几乎每一次，两个人都是不欢而散。

这是里程碑式的进步！

夜深人静，白简侧身在一旁睡得很香，孟婴宁抱着被子趴在榻榻米上，不受控制地总会想到几个小时前。

暗淡的月光下，男人倚靠着门，勾唇低声对她说了晚安。

孟婴宁自我催眠似的总觉得自己在他声音里隐约听出了那么一丁点儿温柔来。

孟婴宁把头埋进枕头里抱着被子翻滚了两圈，又翻过身来，捂着脸骑自行车似的一阵狂乱蹬腿，心里像是种满了花的田野，大片大片的向日葵摇摇晃晃地开放。

她把枕头从脸上拽下来，看着和室暗淡的木制吊顶，唇角一点点地翘起来，眼睛亮亮的。

孟婴宁抬手，从旁边摸到手机，啪啪地打了半天字，然后发了一条朋友圈，仅对自己可见。

发完，她自己欣赏了一遍，看着下面那个小小的灰色的锁，有种隐秘的满足感。

欣赏完，她放下手机，准备睡觉。

刚放下，又拿起来。

孟婴宁忍不住想跟谁分享一下，随便谁。

她举着手机看了一眼时间，午夜零点，基本上应该熟悉的朋友都还没睡，除了林静年。

除了日常晚上十点钟准时上床、点上熏香、戴上眼罩、涂好护手霜和润唇膏、手机静音、闭上眼睛准备进入梦乡的精致 girl 林静年。

孟婴宁几乎没犹豫，手指点着手机屏幕往下滑了下，找到林静年的对话框，点开。

孟婴宁："呜呜呜呜呜……年年啊，呜呜呜……他今天背我了。"

孟婴宁："背我了！还抱抱了，特别温柔地拍着我的背说别怕。"

孟婴宁："还说了晚安，真的从头到尾脾气都好到让人毛骨悚然。"

孟婴宁："他是不是吃错药了？他脑白金喝多了吧？"

孟婴宁："好，我喜欢，吃错你就多吃点儿，我一会儿就去淘宝给他批发两箱脑白金寄过去。"

孟婴宁："吃！！！给我往死里吃！！！"

孟婴宁手速很快，噼里啪啦发了一长串，发完扫了一眼，心满意足，趁着撤回的时间限制还没过，从第一条开始，一条一条迅速地按撤回选项。

刚撤回到第三条，手指点在"他脑白金喝多了吧"上时，林静年："。"

孟婴宁："……"

孟婴宁："。"

林静年："。"

孟婴宁差点蹦起来："你怎么还没睡？"

林静年："晚上吃了点儿海鲜，拉肚子。"

孟婴宁："。"

孟婴宁："姐妹？"

孟婴宁："你这个肚子拉得真是时候。"

林静年："多亏了这个肚子，我有幸欣赏到了一出深夜情感大戏。"

林静年："你是恋爱了吗？"

孟婴宁："。"

林静年："不对，看着像是你单恋啊。"

林静年："暗恋啊？谁啊？"

孟婴宁手指一抖，回忆了一下刚刚发过去的内容里，好像没有出现过陈妄的名字。

孟婴宁："你快点闭麦吧，专心拉你的肚子不好吗？"

过了一会儿，林静年直接发了条语音消息过来，孟婴宁点开。

林静年："你看看你尿得这个德行，大半夜的不睡觉一个人自'嗨'就因为他今天背了你一下，不知道的人还以为是亲了你一口呢，'嗨'完了还撤回？你什么毛病？你现在有喜欢的人了竟然都不跟我说了。狐狸，你跟我有秘密了。"

孟婴宁："……"

孟婴宁心道：我跟你说了你不得把房子掀了。

林静年："真喜欢啊？"

林静年："追他！追他！"

孟婴宁手一抖。

孟婴宁头疼："你这跳得也太远了，他又不喜欢我。"

林静年："不喜欢你怎么了？他现在不喜欢你又不代表以后不会喜欢你，只要你主动，什么样的故事不能有？"

林静年继续说："而且你对人家难道真的没有什么非分之想吗？这人身材好吗？"

孟婴宁看着手机屏幕，咬了下指尖，不知怎么莫名想起陆之桓那句"但腹肌很硬"。

孟婴宁脸红了。

孟婴宁觉得又可以了。

她抱着被子又滚了两圈儿，大半张脸都埋进被子里，红着脸只露出一双眼睛，眨巴眨巴，然后做贼似的打字："呜呜呜呜特别好！"

林静年："那不就得了，狐狸，你长大了，该学会自己谈恋爱了，现在已经不流行纯纯的暗恋了，喜欢就上。"

林静年流氓二连："先让他沉醉，再让他痴迷。"

[29]

喜欢一个人可真是太神奇了。

几天前明明觉得感情道路一片灰暗，对天发誓这辈子都不会再理这个人了，喂了颗蜜枣以后瞬间就又能重新变得鲜活起来。

孟婴宁红着脸，整个脑袋埋在被子里，眼睛露在外面，看着林静年打过来的最后那行字，半天没动。

她呆呆地看着手机屏幕，一时间竟然隐隐还有些跃跃欲试。

不过这念头也就闪过了大概 0.1 秒。

孟婴宁有些郁闷地垂着眼："你冷静一下。"

林静年那边发了个表情包过来："我当然是开玩笑的，不过让你主动去追是真的，就你这么尿，你俩得什么时候才能成？"

孟婴宁慢吞吞地打字："我没想过跟他能成……"

林静年："。"

林静年似乎是难以置信："你到底是不是真的喜欢他？你不想跟他在一起？"

孟婴宁："怎么可能不想？"

孟婴宁：但是——

打了一半，她的手指动作一顿，就这么停住了。

孟婴宁不知道该怎么说。

如果说三个月能养成一个习惯，那名为陈妄的习惯大概已经深入骨髓。再多的发展，说没想过那是骗人的，但是确实没想过太多。就连不去期待或者奢望，也变成一种习惯了。

她没发完，林静年就懂了："明白，你就是傲娇，从小傲娇到大，有什么话能把自己憋死也不说。"

孟婴宁垂着眼，把没打完的两个字删了，好半天，有些艰难地打字："我就是觉得，他能好就行。"

林静年："他能好就行？"

林静年："他找了女朋友也行吗？他以后跟别的女人谈恋爱结婚，为别的女人哭，对别的女人笑，也行吗？再以后两人有了小孩，那小孩叫他爸爸，叫别人妈妈，你也行吗？你觉得这样和做不成朋友哪个更让人难以接受？"

孟婴宁的睫毛颤了颤。

林静年："狐狸，你要是真喜欢他，不可能会这么无私的。"

林静年："你一定会想要他只看着你。"

同龄的一帮人里，包括陆之桓和她自己，林静年一直是比他们成熟的那个。

孟婴宁觉得她说的话就像是被下了什么咒之类的，一整个晚上，都在脑海里不停地盘桓。

当天晚上，孟婴宁做了个梦。

海边的空气腥咸，丝带绑着成千上万朵白色玫瑰扎成巨大花架，沙滩上贝壳铺成的小路蜿蜒向前，陈妄手里牵着个穿着白色婚纱的女人，女人看起来优雅温柔，卷发垂至腰际、细长脖颈、尖下巴。

再往上，脸的位置是个 doge。

牧师站在两人中间，微笑着问："陈妄，你愿意取'哔'为妻，保证爱她保护她一辈子吗？"

陈妄露出了非常标准的，名为"八颗牙齿闪耀在阳光下灿烂到让人毛骨悚然版"的微笑，说"我愿意"。

孟婴宁被吓醒了。

她躺在床上，盯着天花板缓了会儿神，慢吞吞地摸到手机，看了一眼时间。

五点不到，天才蒙蒙亮。

孟婴宁点出短信界面来，翻到陈妄的名字，举着手机打字："陈妄。"

孟婴宁仰躺着，手机高举在眼前："我梦见你娶了个 doge。"

孟婴宁："你知道 doge 是什么吗？"

孟婴宁从微信表情包里翻出 doge 的表情包，保存到相册，然后发了彩信过去给他看。

孟婴宁："[图片] 就是这个玩意儿。"

孟婴宁惊魂未定："可把我吓得够呛。"

陈妄从浴室里出来，就看见手机在榻榻米上"嗡嗡"一会儿振一下，一会儿振一下，活跃得不行。

他随手把毛巾丢到一边，甩了下湿漉漉的头发，走过去弯腰把手机捡起来。

五六条短信，全来自一个人，中间还夹着张图。

一只黄色的大蠢狗，两个眼珠子往一个方向斜，狗嘴带着弧度，一脸迷之微笑意味深长地看着他。

陈妄："……"

陈妄第一次知道狗脸上还能出现如此人性化的表情。

最后一句话："欸，你能不能申请个微信啊？我现在给你发表情包还得发彩信，也太复古了吧。"

他拿着手机笑了一声，走到门边哗啦一声拉开和室拉门，窗外是幽静清晨，山林间鸟声悠长连绵。

陈妄靠着门坐在阳台上，盯着手机看了一会儿。

孟婴宁没再发什么。

陈妄的指尖在对话框里点了点，敲了一串号码给她，发过去。

陈妄："微信号。"

孟婴宁没回，陈妄看了眼时间，还早，估计她是又睡过去了。

小丫头特别喜欢睡懒觉，读书的时候每天早上上学都鸡飞狗跳，嘴里叼着面包片儿一蹦一跳地被孟母赶着出家门去学校。

因为睡过头了。

后来都是陈妄带着她。

陆之州那时候是学生会主席，每天早上都要早到校半个小时，有时候更早，要安排值日，站在校门口检查学生仪容仪表。

孟婴宁是怎么也不肯少那半个多小时的睡眠时间的，为了多睡一会儿甚至可以忍痛拒绝和陆之州同行，最后没办法，十分不乐意地答应早上跟他一起去学校。

少女忍辱负重地坐在自行车后座，缩着腿，手指指尖小心翼翼地捏着自行车后车座的边儿，连他半点儿衣边都不沾，就好像上面有什么病毒一样。

陈妄莫名不爽，骑到下坡的时候叫了她一声："孟婴宁。"

小姑娘闷闷的声音在身后慢吞吞地、不情不愿地响起："干吗呀？"

"坐稳了。"陈妄说。

孟婴宁还没明白过来他什么意思，陈妄突然加速，自行车嗖地直冲向下，孟婴宁猝不及防，嗓子眼里憋着一声很轻细的叫声，抬手匆忙搂住他的腰，整个人很依赖地贴上来，温温软软的一小只。

陈妄那时候也浑，挑着眉回头看了一眼紧紧抱着他的少女，笑得吊儿郎当的："抱这么紧干什么？这么喜欢我啊？"

孟婴宁面红耳赤地撒开手，到学校门口第一时间跳下自行车，飞快地跑进校门。

那之后孟婴宁再没迟到过，并且无论如何也不坐他的自行车了。

她还气到一个礼拜没跟他说过一句话，一看见他又开始掉头就跑。

孟母特别高兴地跟他道谢，说她怎么也扳不过来的臭毛病没想到一天就让他治好了，问他是用了什么法子能让孟婴宁再也不赖床，甚至每天早上早起半个小时去学校。

陈妄一时间心塞得都不知道说些什么好了。

自己作的死。

门口传来门被拉开的声音，蒋格困得迷迷糊糊地进来，半闭着眼拍了拍门："陈妄哥，起了没？杜哥让我上来叫你。"

陈妄侧头，最后看了一眼手机，揣进口袋站起身来："走吧。"

清晨四点多，天空灰暗，一行人爬上山顶，沿着山体天然形成的页岩峭壁往前走，看见等在那头的杜奇文。

杜少爷今天穿了一套骚粉色衣服，身上装备很齐全，看见他们过来，挥了挥手。

陈妄走过去。

"三点半就起床了!"杜奇文兴奋道,"啊,凌晨三点的空气永远是这么迷人,我现在感觉连毛孔都得到了净化。"

杜奇文扭头,看向蒋格,侧头刘海一甩:"有没有觉得我比昨晚更帅了?"

蒋格观察了他一会儿,认真地说:"好像白了点儿。"

"无知,"旁边另一个穿黑色冲锋衣的翻了个白眼,"你爹能把你养这么大没打死也是一大奇迹。"

"你别说,你说的这问题我也想过,直到现在都没想明白。"杜奇文不但没生气,反而朝他竖了竖大拇指,"他上次跟我吵架的时候还说我去跟那些富二代一起没事儿和女人鬼混都比玩这些强,也没法不是?从小就喜欢,小时候就想当个极限运动员、赛车手什么的,偶像是迈克尔·舒马赫。"

黑冲锋衣嘲讽道:"长大了发现就你这样好像当不了,只能开个俱乐部玩玩,没事儿来鸟不拉屎的地方玩个低空跳伞。"

杜奇文没搭理他,把主伞盖塞进容器里,背上拉紧背带,扭头看向陈妄:"怎么样?这个地儿不错吧?"

陈妄往下看了一眼,目测了一下高度。

这边背山,还没被开发出来,他们站着的这块是天然峭壁悬崖,下面河水很清,水流很急,正下方的河面上挂着两艘橘红色的橡皮船。

杜奇文跟着往下看了一眼,也有些紧张:"我还没玩过 base jump,这开伞稍微晚一点儿不得被直接拍到河底摔稀碎啊?"

低空跳伞的危险性远高于高空跳伞,高度有限,风速和风向的影响会更明显,再加上下坠的时间短,留给跳伞者思考和判断开伞的时间很短。

蒋格把背带和容器递过来,陈妄拉上背带,没说话走到悬崖边。

蒋格拿着头盔往前走了两步:"陈妄哥,这回必须得戴头盔了,不能再……"

陈妄看都没看他，一跃而下。

蒋格："……"

"我真是服了，"杜奇文跟着往下看，"我这兄弟是真不怕死啊。"

耳边是呼啸的风，清晨有潮湿雾气，眼前一片灰蒙蒙的绿冲进视野里，然后急速向上撤出。

人的下坠速度是每小时八十公里。

三秒钟后会下落大约八十米。

十二秒后是三百米。

河面在视野里慢慢放大，一点一点逼近到眼前，河水湍急，水流打在石块上掀起白色的浪花，混着风声清晰得像是近在咫尺。

很近了。

很远的上面隐约好像有人大吼着不断叫他的名字。

陈妄莫名其妙地想起他的手机还在裤子口袋里，刚刚忘记拿出来了。

不知道手机是不是已经掉出去了。

孟婴宁还没回他消息。这会儿她大概醒了，还跟他显摆陆之州的微信。

不就是个破微信嘛，他又不是没有。

陈妄闭了闭眼，开了伞包。

[30]

内啡肽水平升高，肾上腺素分泌呈现出增多状态，不断下坠时，身体里的每一个细胞都被打开，感官上带来的刺激能让人清晰地感受到自己还活着。

冰凉的河水打在腿上，陈妄上了橡皮艇，脚踩上去收伞的时候听见遥远的上方隐约传来了蒋格响彻山林的怒吼："陈妄！你他妈有病吗！！"

"有病吗——"

"病吗——"

"吗——"

还带回音。

陈妄笑了一声，抬起头来。

距离太远，岩壁又陡，从下往上只能看见嶙峋峭壁和凸起的石块，没法看到上面的人。

蒋格趴在地上，脸色煞白，举着手机的手指都在抖。

杜奇文被他刚刚那一声雷霆万钧的脏话镇住了，侧头看着他，咋舌："你这小子胆儿还挺大啊。"

蒋格这会儿后知后觉地开始害怕了："太气了，没反应过来，他怎么不等人被水拍碎了再开伞？"他哆哆嗦嗦地把手机收回来，一边捣鼓一边嘟哝，"陈妄哥一会儿能不能看在我为他鞠躬尽瘁的面子上留我个全尸？"

"那不知道，看你造化了，"杜奇文伸脑袋往他手机上瞄了一眼，看见他用微信发了个视频给谁，"吓成这样了还能想起来给录个视频呢？发给谁的？"

蒋格发完，收了手机，深吸一口气抹了把脸："没谁。"

杜奇文狐疑说："我刚刚可看见了啊，头像是个女的，还挺好看。你是不是去诈骗小姑娘了？把陈妄的视频和照片发给人家姑娘说是你自己？"

蒋格："……"

他真诚地问："杜哥，你真的是个富二代？"

"……"杜奇文表情收了，"你什么意思？"

"没什么意思，"蒋格说，"就觉得你有的时候纯真得不像个富二代。"

杜奇文："……"

孟婴宁和蒋格还是那天晚上在陈妄家里吃苹果派的时候加的微信，加了以后一直就没联系过，朋友圈点赞之交，甚至要不是因为蒋格没事儿会给她点个赞，孟婴宁都快忘了自己加过这么个好友。

蒋格的视频发过来的时候，孟婴宁刚睡醒爬起来。

四点多醒了一回以后她又迷迷糊糊地睡了两个多小时，这会儿早上七点多，白简已经醒了，正站在阳台上对着外面的风景一阵狂拍。

孟婴宁懒洋洋地倒在榻榻米上，捞过手机，先看见了陈妄回的短信。

这人原来有微信啊。

没怎么犹豫，她干脆地把那一串号码复制下来了，打开微信，点开右上角的小加号干脆地准备加好友。

微信号粘贴上去，一个名片跳出来，孟婴宁点开。

陈妄的头像是只猫。

孟婴宁有点意外，本来觉得这人的头像会更酷一点。

不过这头像也够酷了，她点开头像大图，那猫被一只明显是男人的手抱在怀里。男人的大手手指很长，骨节分明，手背上掌骨和青筋撑出的线条轮廓清晰，有淡青色的血管脉络。

是陈妄的手。

孟婴宁差点忘了，这人还养猫的。

那猫就这么被他抓着，一脸不情不愿的冷漠与嫌弃，耷拉着眼皮子不耐烦的样子简直跟他的主子一模一样。

果然物似主人型。

孟婴宁撇撇嘴，又仔细看了一眼，忽然觉得有点疑惑。

总觉得眼熟，好像在哪儿见过这猫。

可能是因为猫长得都差不多。

孟婴宁没太在意，加了好友退出来，等着通过的时候看了一眼微信消息。

蒋格的消息是第一条，就在几分钟前。

他发了一段儿视频过来。

这段视频很短，不过几十秒，最后以一声震耳欲聋的咆哮骂声收尾，然后戛然而止。

孟婴宁人都僵了。

一直听到最后蒋格那一嗓子人名吼出来，她才惊醒似的，心像悬在钢丝上，摇摇欲坠地吊在高空，然后啪叽一声落了地。

孟婴宁把手机扔在被子上，长长地松了口气。

她缓了一会儿，抿着唇重新捡起手机来，很平静地又看了一遍，确定他确实没事。

看完，她握着手机脱力似的整个人倒进被子里，强忍着没去找他。

阳台的木门开着，白简还在外面拍照，早晨的空气带着清新的山林味儿，第一缕阳光顺着榻榻米爬进房间。

孟婴宁呈"大"字形躺着，心里说不上来是什么滋味。

陈妄现在和那时候变化太大了，无论是性格还是行事风格，说的话以及做出的事情，都给人一种漠然到趋近于病态的无所谓。灵魂都已经寂静得像无声无息沉入大海。

孟婴宁不知道他这十年经历了什么，但是她不希望他这样。

她记忆里的那个少年，即使经过了岁月，经过了十年光阴，也不该是这样的。

林静年之前说的她当然想过，怎么可能真的没有欲望，又不是圣人。

但是，每次她小心翼翼露出试探的触角，陈妄给出的反应都冷漠干净得让她甚至来不及去思考下一步要怎么办才好。

每一次都狼狈地落荒而逃，就连逃避也变成了一种习惯。

初中的时候不懂，那时候有更多、更重要的事情要做，在那个年纪，似乎就连喜欢一个人都觉得罪无可赦，是不能为人知的秘密，只是一种很朦胧的感觉，连自己都不能确定。

等到终于意识到的时候已经是很久以后了。

孟婴宁又想起梦里那只穿着婚纱的 doge。

陈妄这只狗眼光可真是差。

孟婴宁郁闷地翻了个身，抱着被子一脸不开心地爬起来了。

白简刚好进来，拿着手机一边翻着刚刚拍的照片扫了她一眼："醒了，醒了，去洗漱吃个早饭？不知道他们这儿的早餐是什么样儿的。"

孟婴宁没说话。

白简抬头，看了她一眼，一看吓了一跳。

小姑娘盘腿抱被坐在榻榻米被褥上，黑发睡得弯弯曲曲地披散着，眼底还带着很明显的黑眼圈，一脸哀怨地看着她。

白简："……怎么了？"

"白简姐，你追过人吗？"孟婴宁问。

白简："啊？"

"……没，"孟婴宁一脸纠结、挣扎、期待、跃跃欲试混杂在一起的复杂表情。她恍惚地站起来，梦游似的走进洗手间："没啥，我就问问。"

团建两天一夜，结束以后公司派遣大巴再统一把人送回到公司门口，然后各回各家，休息一下午，第二天正常上班。

孟婴宁是一上车就开始困，前一天晚上又只睡了几个小时，回程的路上抱着空调毯迷迷糊糊地睡了一觉。

到公司门口下车，众人互相打了一圈儿招呼，孟婴宁打了车回家，到家洗了个澡换上睡衣，整个人埋进床里开始补觉。

这一觉直接睡到了晚上六点，她睁开眼睛的时候整个房间都是暗的。孟婴宁侧身躺在床上，困倦地揉了下眼，第一感觉就是肚子饿。

清醒了一会儿，伸手去够床头的手机，屏保上一排滑下来全是微信消息，孟婴宁点进去一一回复了，顺便看了一眼。

陈妄还没通过她的好友请求。

孟婴宁迟疑了一下，点进蒋格的微信，发了个表情包过去作为开场白。

蒋格秒回："小姐姐晚上好。"

孟婴宁从床上爬起来，翻身下地，一边往洗手间走一边打字："晚上好呀，你们还在津山吗？"

蒋格："不在了，早回来了。"

蒋格非常上道："陈妄哥也没事儿，在家睡觉呢，睡到现在了。小姐姐你干什么呢？你们也回来了吗？"

知道他确实没事，孟婴宁放下心来，用清水洗了把脸，进卧室换衣服："回来了，打算出去吃个晚饭。"

蒋格："我也还没吃！你吃火锅吗？我知道一家店特别好吃，要不咱俩一起吃个火锅？顺便聊聊。"

孟婴宁一想觉得也成，刚好她也有挺多问题想要仔细地问问蒋格。

蒋格订了六点半的桌，那家店离孟婴宁家近一些，她到的时候时间刚好，报了蒋格的名字以后服务生领着她上了二楼。

等了大概十分钟，蒋格到了。

少年先看见她，一边往这边走一边朝她招了招手，孟婴宁抬眼，刚笑着抬了下手，就看见后面跟着的陈妄。

陈妄看见她的时候也顿了下，估计也是不知道的。

孟婴宁："……"

孟婴宁看向蒋格，默默地给他递了个眼神：你怎么回事啊？说好的咱俩吃，陈妄在家睡觉呢？

蒋格一脸求表扬的表情：姐姐我棒吗？

孟婴宁有些发愁地看着他：你直接把本人带来了，我还怎么跟你打听他的事儿呢？

蒋格一脸求表扬的表情：姐姐夸我！

孟婴宁："……"

无法心有灵犀完成眼神交流，孟婴宁放弃了。

火锅和烧烤小龙虾可以齐名列入这辈子都吃不腻的食物TOP3，其中排序的话，孟婴宁愿意称火锅为王。

肚子空了一下午，孟婴宁饿得不行，等到锅和肉上来以后也顾不上考虑别的，一会儿一筷子，羊肉、肥牛、虾滑、猪脑，吃得特别专注而快乐。

陈妄坐在她对面，也不紧不慢地吃着，蒋格一边活跃气氛跟孟婴宁聊天，一边抽空给陈妄递了无数个眼神过去，这人都一副没看见的样子。

蒋格干着急。

真是皇帝不急太监急。

蒋格不明白自己为什么年纪轻轻就要操这种老妈子级别的心。

蒋格叹了口气，忧郁地从青菜拼里拣了把茼蒿出来，就要往锅里丢。

陈妄筷子一拦。

蒋格抬头："咋了？"

陈妄朝着孟婴宁抬抬下巴："过敏。"

孟婴宁嘴巴里咬着肥牛卷儿抬起头来，腮帮子鼓着："嗯？"

陈妄收回筷子："没什么。"

蒋格把青菜拼里的茼蒿全都丢进了旁边的空盘子里，笑嘻嘻地放下筷子站起来："我去个洗手间啊。"

他一走，活跃气氛的没了，一时间没人说话。

孟婴宁这会儿吃了不少肉，肚子垫了个半饱，速度也慢下来，夹了片肥牛涮了涮，掀起眼皮悄悄看了陈妄一眼。

填饱了肚子，就有精力开始思考别的事儿了。

有些事情吧，想是一回事，真的有这方面的想法终于蠢蠢欲动芽芽冒出破土而出的时候，心里其实怪害怕的，还挺茫然，根本不知道要怎么办好。

直接眼睛一闭，大喝一声：大兄弟，搞对象不？

你不喜欢也没事儿，要不咱俩先试试？没准儿搞着搞着就动心了呢？

这么说陈妄会不会打她？

……还是循序渐进吧。

孟婴宁皱了皱眉，夹着肥牛涮了涮，扎进蘸料里蘸了下麻酱，觉得有点儿无从下手。

她叹了口气，把肥牛塞进嘴里，听见隔壁桌一对情侣在说话。

女孩子的声音很好听："老公，我想吃一个香菇菇。"

男生也很体贴："好的老婆，老公给你夹一个。"

孟婴宁又夹了一片肥牛塞进锅里，眼睛偷偷地斜过去一点，悄咪咪地暗中观察。

"不嘛，我不要自己吃，"女生把筷子往桌上一撂，不高兴地噘着嘴巴，肩膀前后左右不开心地晃着，"我要你喂我！"

男生的神情顿时变得宠溺又温柔："哎哟，我老婆撒起娇来真可爱，"男生夹起香菇来送到她嘴边，"来，老婆张嘴，啊——"

女生吃了，一脸甜蜜："老公，我这样你会不会觉得我很作啊？"

男生拿起桌面上的纸巾，帮她擦了擦嘴角："不会啊，我觉得你这样特别可爱。"

孟婴宁："……"

孟婴宁呆呆的，觉得常识被刷新。

原来女生这样男生会觉得，特别可爱吗？

孟婴宁看得叹为观止，匆忙收回视线，把煮得已经有些老了的肥牛捞出来吃了，又若无其事地涮了好几筷子，掩饰般低头猛吃。

陈妄抬眸，就看着小姑娘跟被饿了三个月似的一筷子接一筷子地狼吞虎咽，从坐这儿开始，盘子里除了肉也没见她涮过别的。

眼睫低垂，腮帮子跟小仓鼠似的一鼓一鼓的，速度很快，像怕别人抢她的食物似的。

特别可爱，又有点好笑。

陈妄敛下笑意，用公筷从锅里夹了点青菜放到她盘子里："别只吃肉。"

孟婴宁捏着筷子，看着突然出现在眼前的绿色蔬菜，抬起头来，迟疑地看着他，眼底的挣扎很明显。

她特别不爱吃青菜。

陈妄以为她是不想吃，也不跟她商量："不想吃也得吃。"

孟婴宁："……"

孟婴宁又看了一眼隔壁桌的那对情侣，男生神情专注地看着女生，眼底有藏都藏不住的浓烈爱意。

是真的很喜欢。

再看看对面这只狗，凶巴巴的。

孟婴宁酸了。

孟婴宁可太嫉妒了。

孟婴宁扭过头来不再看他们，犹豫了几秒，慢吞吞地放下了筷子，脸很不明显地红了。

"我不想这么吃。"孟婴宁小声说。

陈妄挑眉："那怎么吃？"

孟婴宁根本不好意思也不敢看他，低头垂着眼，盯着自己盘子里的那两根青菜，磕磕巴巴地说："要……要你喂我。"

[31]

火锅店里人声鼎沸。

孟婴宁在这句话脱口而出的时候再次狠咬了一下自己的舌尖。

太明显了。

实在太明显了。

如果性别转换一下，她是男的，现在看起来大概像个试图骚扰小姑娘的痴汉。

但是孟婴宁实在不知道该怎么追人，她以这些年看过的小说为基础知识回忆复习了一遍，发现小说是小说，现实是现实，真的碰上了，想要照本宣科还是有点儿难。

要不要主动，要不要挑明，要不要循序渐进，要不要欲拒还迎？

什么时候，什么地点，什么样的节奏比较合适？

全不知道。

孟婴宁努力回忆了一下她学生时代的被表白史，是因为做了些什么或者说了什么话才会被喜欢，未果，有些甚至她见都没见过，对方莫名其妙就喜欢她喜欢得不行了。

她甚至今天上午才刚刚动了"追就追，大不了被甩了，彻彻底底失个恋也好过忍受着陈妄几年后娶个 doge 回来，天天在她面前秀恩爱，完了还不能说，每天憋屈得要死，最后没准儿还会因为求而不得得个抑郁症什么的"的念头。

还没想好到底要不要实施，或者究竟要怎么开始实施，蒋格就马不停蹄地给她来了一次神助攻。

而第二个蹿入脑海中的念头是——陈妄不喜欢可爱的。

他喜欢成熟大波浪。

脑子里面百转千回一堆乱七八糟的念头和想法掠过，最后只剩下这么一个。

孟婴宁心里莫名有点不爽。

小时候想要变成别的样子的蠢事做过，卷发棒烫得手指起泡，破了以后流出水，那种火烧火燎的疼像是能蔓延到心脏的最深处。那感觉到现在她还清晰地记得，并且记忆犹新。

就像是在提醒着她什么。

咕噜噜的火锅蒸汽后，小姑娘低垂着眼盯着盘子里的青菜。

为了吃火锅的时候方便，她跟服务生要了根皮筋，把长发在后面简单地扎起来，碎发别至耳后，露出了白嫩嫩的柔软耳郭。

一片绯红。

陈妄把筷子尖抵在锅边，盯着她几秒，笑了，有些不可思议："要我怎么着？"

"没什么，我自己吃，"孟婴宁的头垂得更低，重新捏起筷子把他夹过来的青菜塞进嘴里，她撇了撇嘴，"我自己吃。"

陈妄依然盯着她，半晌，缓慢地眯了下眼。

他没说话。

孟婴宁慢吞吞地把他夹的那几根青菜都吃完了，筷子一撂，表情很忍辱负重："行了吧。"

陈妄的表情已经恢复了平淡："让你吃几根菜可委屈死你了。"

孟婴宁不想解释她这不是委屈的，是憋屈。

这狗男人到底怎么追？

她看了一眼陈妄捏着筷子的手，手指修长，手背上的骨骼和血管的纹路分明，微信头像上确实是他的手。

而一想到之前陆之桓说过的话，他的猫在他去部队的时候是个紫色头发的小姐姐在养，孟婴宁更觉得憋屈。

孟嬰宁准备从眼前的问题开始着手解决，筷子一抬："我加了你微信，"她幽幽地看着他，"你没加我。"

"嗯？"陈妄涮着黄喉片，一只手伸下去从裤袋里摸出手机来，推给她，"手机坏了，没看到。"

孟嬰宁接过来："那这个？"

"刚买的。"

孟嬰宁滑开看了一眼，还真是，连锁都没有，里面也没任何东西，只有手机刚买回来自带的那些 App 和软件。

孟嬰宁点开了微信的图标，又还给他。

陈妄慢悠悠地登录，登录完递回去。

孟嬰宁接过来，悄悄地瞥了一眼陈妄，见他并没有看着自己，微微地把手里的手机立起来一点，偷偷点到他的通信录里快速地扫了一眼。

乍一眼看过去没有女人，应该说这人的微信里根本就没有几个人，拉一下就能见到底。

孟嬰宁的手指刚滑了一下，陈妄忽然开口："自己加。"

孟嬰宁做贼心虚，手指一抖，放弃了继续往下滑的念头，老老实实地把他的手机放在桌面上，点了右上角的小加号，加了自己的微信。

又抽出自己的手机来，通过了好友申请。

在通过的下一秒，孟嬰宁点开了微信的资料界面，孟嬰宁的微信头像是她本人，还是刚毕业那年毕业旅行和林静年去京都玩的时候拍的照片。

她犹豫了一下，没改，只给自己改了个微信名。

改完以后，她才把陈妄的手机递还给他。

陈妄接过来，看了一眼。

好友申请已经通过了，弹出来了和她的对话框。

上面昵称的地方显示了四个字："你的嬰宁"。

陈妄手指一顿，舌尖抵着牙齿，细细地品了一遍这四个字——"你的婴宁"。

孟婴宁没来得及填备注，她的微信名就叫这个。

陈妄又看了一眼她的头像。

聊天界面的头像有点小，只能看到一个从背面拍的她回头时的侧脸。陈妄点进了那个头像进入好友名片界面，然后点开了大图。

小姑娘穿着件红色的和服，上面有大朵鹅黄色的花，背景是模糊的、人声鼎沸的花火大会。

黑色的长发从发根开始挑出两绺来编成辫子，然后跟着其余的发丝一起在脑后卷成一个丸子头，巴掌大小的脸白嫩，长睫扬起，笑容明媚，比她身后夜空中的烟花还要灿烂。

陈妄的指尖在屏幕上轻点了一下，退出去回到聊天界面。

这边刚加上好友，孟婴宁那边发了个表情包过来，是只小柯基，倒弄着四条小短腿噌噌噌地从远处跑过来，然后摇头晃脑地往前一趴，亲昵地冲着他摇尾巴。

你的婴宁："小哥哥，晚上好呀。"

你的婴宁："你想吃什么？我来给你涮一个呀。"

陈妄抬头，看了一眼对面的小姑娘。

反正只要是借助短信、微信之类的工具说话，她就开始嘚瑟，还带些乱七八糟的语气词。

陈妄把手机放下，抬头："吃饱了？"

孟婴宁也从手机上抬起头来："你是在问我是不是吃饱了撑的吗？"嘴巴鼓了鼓，像只小金鱼似的瞪着他。

陈妄好笑："我是单纯在问你吃饱了没有。"

"噢，"孟婴宁抬手挠了下下巴，"差不多了，太晚了，吃特别饱也不舒服。"

陈妄看了眼时间，快八点了，她明天早上还要上班。

他点点头："那走吗？"

"走吧，"孟婴宁起身要走才想起来，四下看了一圈儿，"蒋格呢？"

"谁知道？"陈妄说，"掉里面了吧。"

孟婴宁点点头，顺势坐回去了："那等一会儿吧。"

"不用管他，"陈妄无情地说，"他出来自己就回去了。"

打一进了火锅店门看见孟婴宁一个人坐在那里等着的时候他就明白过来蒋格今儿晚上打的什么主意，陈妄本来还纳闷儿这小子今天怎么拼死拼活地非得把他叫出来。

这个洗手间估计蒋格要上到世界末日，今晚都不会再出现了。

陈妄起身往外走，孟婴宁还是觉得把蒋格一个人扔这儿先走不太好，坐在那儿没动，于是男人走过的时候抬手，指尖轻杵了下她的脑袋："走了，发什么呆？"

孟婴宁揉了揉头发站起来，拿着包跟在他后面，抱怨道："你别总敲我脑袋呀。"

软软的嗓音里带着点儿娇嗔的味道。

还不乐意了。

陈妄往前走："以前少敲了？"

"以前是以前，现在是现在，以前我不是年纪小嘛。"孟婴宁跟在他后头下楼，像条小尾巴一样一边跟着一边叽叽喳喳的，"现在我都多大了，又不是小孩儿了。"

蒋格不知道什么时候已经买过单了，两个人直接出了门，孟婴宁跟在他屁股后面，语气挺严肃地重复道："陈妄，我现在跟以前不一样了，我长大了，已经是成熟的职业女性了。"

我也长大了，再不是你眼中那个幼稚的，会因为一个小游戏机哭鼻子的小孩儿。

孟婴宁想让他明白这个。

陈妄停下脚步，转过头来。

孟婴宁也跟着停住了脚步。

夜晚外面的街道灯火通明，孟婴宁站在火锅店门口三级台阶之上没下来，陈妄站在下边，视线能跟她齐平。

火锅店外挂着两串通红的灯笼，孟婴宁站在灯笼下执着地看着他，也不知道在执着些什么。

她穿了件吊带长裙，外面套着薄针织外套，宽松随意地搭在肩头垂下来，裙长至脚踝往上，露出一截白嫩的脚踝，踩着双小皮鞋。

看着确实还挺像那么回事儿。

就是有时候哭唧唧不开心的娇气包样儿和小时候半点区别都没有。

"行，成熟。"陈妄掏出车钥匙，开车锁，"成熟的职业女性，上车吧，送你回家。"

成熟职业女性走下台阶到车前，顿了顿，放弃了后座绕过车尾巴，走到副驾驶座，然后迟疑了一下，拉开了副驾驶车门，坐上去，哐当一声关上车门。

孟婴宁心里勇敢地叭叭了起来。

有什么不能坐的？不就是个副驾驶座吗？

副驾驶座都不敢坐还追什么男朋友？

以后她不只要坐副驾驶座，还要让这个地方只有她能坐。孟小孔雀霸道地想。

火锅店离她家不远，十几分钟后，车子驶进小区，孟婴宁懒懒地窝在座位里，有点不想动。

陈妄熟门熟路地开到她家楼下，停了车，侧头，刚好看见她打了个哈欠。

小姑娘抬手，抹了一下眼角打哈欠打出来的眼泪，慢吞吞地直起身来，手伸下去，不知道在捣鼓些什么。

陈妄垂眸看了一眼。

这丫头不知道什么时候把鞋子脱了，只两只脚脚尖踩在鞋里。

孟婴宁食指勾着皮鞋鞋跟，脚踩进去，指尖往上一拉，穿好一只。

穿另一只的时候注意到陈妄的视线，她侧过身去，朝他眨了眨眼，指尖勾着鞋跟提上来，直起身。

陈妄扬了扬下巴：“去吧。”

孟婴宁没动，欲言又止地看着他。

陈妄也没说话，耐心地等着她。

孟婴宁纠结地安静了一会儿，忽然撑着座椅、扬着下巴靠过去。

靠近得突如其来，陈妄有些错愕，视线没来得及转，就这么很近距离地看着她。

她刚刚俯身穿鞋的时候身上针织外套左边肩膀的领口微微滑下去了一点，这会儿长裙的肩带和外套之间大片白皙细嫩的肌肤裸露，肩线连着锁骨，挺翘漂亮。

“陈妄。”月光混着小区昏暗的路灯灯光照进车里，映得她杏眼水亮亮的，一眨不眨。

“就……”孟婴宁眼眸飘忽了一下，眼睫低垂又抬起，舔了下嘴唇，声音轻轻软软的，带着一点点小心翼翼的紧张试探，“你想跟我说声晚安吗？”

她说着身子又无意识地微微往前倾了倾。

吊带裙胸口边缘处的布料随着她的动作柔软地垂坠，胸口的皮肤白得像瓷片，从领口隐约透出危险又暧昧的风景。

抿着唇看着他时眼底却有很纯净的期待，稚嫩又性感。

陈妄眼皮一跳，身子往后靠了靠，眸光有些暗。

真的是只狐狸。

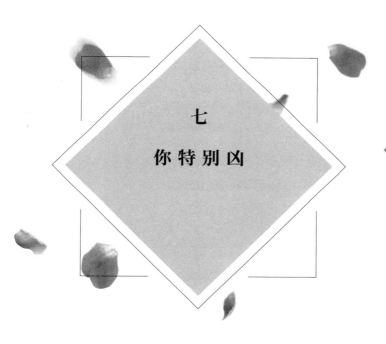

七

你 特 别 凶

[32]

这个世界上最有效的勾引，大概是勾人而不自知。

纤细的腰、柔软的胸、纯净又期待的眼神，不染脂粉的蔷薇色唇瓣配上一把甜软的嗓子，这些建立在"这个人是孟婴宁"这个事实上时，杀伤力像滚雪球似的成百上千倍直线增长。

陈妄的视线扫过她的裙边，淡淡地移开。

他莫名想到了她之前执着地要告诉他的话：我长大了。

确实是长大了。

还大了不少。

大概是雄性本能，男人脑子里的那些龌龊想法只要有一点阴暗就能像细菌在培养器皿里一样疯狂生长，陈妄靠坐在驾驶座上，昏暗中闭了闭眼，再开口时声音有点哑："白色？"

孟婴宁最开始还没反应过来。

陈妄轻声提醒她："走光了。"

然后看着她的脸瞬间红了个透彻，整个人像屁股上安了弹簧似的蹦起来老高，后撤，一声闷响，后背狠狠地撞上车门。

那一声，陈妄听着都觉得怪疼的。

她侧身面对着他坐，一只手拽着长裙胸口的布料高高拉上去，快到下巴了才又扯下去一点儿，一张脸涨得通红，连着耳朵尖儿和露出来的脖颈都红了。

她反应特别大，陈妄看着觉得有趣，挑眉逗她："挡什么？又没什么可看的。"

"你能不能闭嘴？你是变态吗？"孟婴宁一脸崩溃，闭着眼不想看他，"再说我怎么就没什么可看的？我也有……"

C的。

也许还接近 D。

毕竟最近稍微胖了点儿，今天穿内衣的时候感觉有点紧了。

话到一半，戛然而止。

孟婴宁把剩下的话硬生生地吞了回去，在意识到自己在想些什么的时候，脸比刚刚更红了。

陈妄悠悠地问："有什么？"

"关你屁事！"

"自己不注意还发起火来了，小姑娘脾气是大，"陈妄懒洋洋地哼笑了声，"下次还穿这么低的领子啊？"

孟婴宁狠狠瞪了他一眼，像只炸毛的小动物，眼睛因为羞耻和愤怒看起来湿润又明亮："闭嘴，你闭上嘴！"

看她生气，陈妄心情反而好了："行，我闭嘴。"

孟婴宁气呼呼地看着他。

"上去吧，"陈妄直了直身子，摸出烟盒，取了一根递到唇边，"明天不是还要上班？"

孟婴宁不用他提醒，飞快地打开车门抱着包跳下车子，兔子似的蹿出去了。

刚跑出去没两步，陈妄在后面叫了她一声。

孟婴宁犹豫了一下，还是转过头去了。

陈妄单手撑在副驾驶的车窗框上，身子倾过来顺着车窗看她，鼻梁往上的半张脸虚虚地隐进黑暗里，唇边带着很浅的一点笑："晚安。"

孟婴宁愣了愣。

陈妄略扬了扬眉："傻愣着干什么？不是想听这个吗？"

"啊。"孟婴宁应了一声，刚刚那点羞愤没了踪影，抿着嘴笑了起来。

最开始只有很小的弧度，后来像是压抑不住了，扯开很灿烂的笑，眼睛弯弯地站在离车两三米远的地方朝他挥了挥手："晚安！"

活像个小傻子。

看着她蹦蹦跳跳地跑进楼，白色的小小背影，长发绑成马尾在身后晃荡，他将烟咬在嘴里，没点。

没一会儿，面前一户灯光亮起。

又等了几十秒，客厅落地窗的窗纱被人拉起来，小姑娘两只手拽着窗纱，只露出一颗脑袋来往外瞧。

看了两眼，她的脑袋缩回去了，窗纱被重新拉好。

手机在裤袋里振动了一下。

陈妄抽出手机，滑开看了一眼，是条微信。

你的婴宁："你怎么还没走呀？"

特别没营养的问题。

而这么没营养的问题，陈妄也不知道自己为什么会回答："抽根烟。"

你的婴宁："陈妄，你的肺会烂掉的，再过两年它就会变得跟你的心一样黑了。"

陈妄："……"

陈妄："？"

陈妄："谁心黑？"

孟婴宁不回复了。

陈妄冷笑一声，抬头看了一眼亮着的房子，将手机扔到副驾驶座上，发动了车子，顿了顿，抬手摘了嘴里咬着的还没点燃的烟。

他以前没什么烟瘾，也就最近几年抽得凶了。

孟婴宁家这边的小区虽然环境不错，但地段有些偏，白天看上去倒是环境清幽交通便利，到了晚上路上基本没什么人，车也少，一路开过去都没见着几辆。

路灯一盏盏地立在路边，莫名有些荒凉和寂寥。

陈妄脑子里掠过的第一个念头是，这地方晚上看着不太安全。

太偏了。

他略皱了下眉，虽然知道完全没有必要，偏是偏了点儿但也算是在环内，但还是伸手把手机捞过来，非常多此一举地重新点开了孟婴宁的微信，打字："锁好门。"

陈妄觉得也许是今天的孟婴宁过于莫名其妙，导致他自己也变得有些莫名其妙。

心情前所未有地轻松，以及愉悦。

他都没想过自己有一天还能和这两个词沾上关系。

孟婴宁那边秒回了："好的！[图片]"

还附带了一个很乖巧的表情包。

陈妄减慢了车速，垂眼看了两秒，勾起唇角，无声笑了笑。

余光扫见侧面有车灯亮起，陈妄抬了抬眼，侧头。明晃晃的白在黑夜里有些刺目，一辆白色皮卡从侧面直直地急速开过来，距离已经很近了，在眼前无限放大。

陈妄低声骂了句，反应极快，猛地打了下方向盘，长腿伸着，另一只手死死卡住方向盘，低下头。

"哐"的一声巨响，皮卡车头热情地一猛子扎上来，车身伴随着这一声剧烈晃动翻了个个儿，在刺耳的刺啦声中侧着飞出去砸在路面上，车窗和挡风玻璃被撞得粉碎，安全气囊砰的一声弹出来。

玻璃碎碴掉了满身，陈妄抬起头来，眯眼，模糊地瞥见那辆同样翻了的白色皮卡驾驶座车门被打开，然后从里面艰难地爬出来一个人。

目测一米七出头，身量普通，短发，穿一件蓝色 Polo 衫，趔趔撞撞地往前跑。

车门被卡住，陈妄撑着车窗框从驾驶座里面出来，侧身用手肘彻底击碎前挡风玻璃，手伸出来抓住车的前支柱，长腿一跨，动作干净利落地翻出车外，撒手落地。

与此同时，那人已经跑到了街口，一辆黑色轿车从路口冲出来猛刹在面前，车门弹开，那人一闪，汽车绝尘而去。

陈妄面无表情地站着，黏稠潮湿的某种液体顺着额头向下淌，流过眼睛，顺着挺直的鼻梁滴落。

刚刚那一下冲击巨大，到这会儿耳膜还嗡嗡地响，眼前的路灯和地面都像是在跟着晃动。

陈妄侧身，靠着车头缓了几秒，心念微动，忽然毫无预兆地抬起头来，看向眼前那辆翻倒的皮卡。

他缓慢地直起身来，直直地看了几秒，眸光倏地一沉，在脑子还没反应过来的时候，身体率先动了。

几秒钟后，白色皮卡爆炸，巨大的火光掀起强烈的气流和灼人的热浪。

陈妄当时的念头只有一个，还好已经把她送回家了。

晚上 11 点，警察局大厅，陆之州沉着脸大步走进来。

陈妄靠坐在塑料椅子上，懒洋洋地抬了抬眼皮，没动。

一个穿着警服的人迎上去，陆之州神情严肃，两人低声说了一会儿，陆之州抬手拍了拍他的肩，朝陈妄走过来，半蹲下："怎么样？"

"没看见脸，很普通，"陈妄长腿伸着，嗓音嘶哑，"就那种一百个人里八十个看起来都那样的普通。"

陆之州拧着眉："我是问你怎么样！"

"没事儿，"陈妄懒散地说，"我说怎么这么急着跑，也没补个刀，闹了半天车里备好了。"

陆之州最见不得他这副轻描淡写的样子，压着火上上下下扫了他一遍，除了一些伤口已经做了简单处理，人看起来确实没什么大碍。

陆之州深吸一口气，倏地站起来，垂眼看着他："陈妄，多余的话我不想说，你明白我是什么意思，这半夜三更黑灯瞎火的你自己瞎出去跑什么？扫街？"

"九点，"陈妄觉得有必要纠正一下他对半夜三更的定义，又回忆了一下孟婴宁那条微信发过来的时间，补充，"还不到。"

陆之州："你自己上那边干什么去了？"

陈妄笑了笑："过了啊，陆队，我还不能出门了？我怎么知道这什么时候会找过来？"

陆之州没说话。

陈妄唇边的笑缓慢地收了，眸色很深："我知道你在想什么，有人拿着把刀来，我自己上赶着往刀尖上送？"他轻声说，"我还不至于。"

他说完，两个人都没再说话，半晌，陆之州忽然肩膀一塌，走到他旁边坐下，有些疲惫地说："等会儿送你去医院看看，以防万一，保守一百来克 TNT，车都他妈快炸光了，也亏你当时能反应过来，陈队真是宝刀未老。"

陈妄扯了扯嘴角，漫不经心地说："是啊，厉害吗？"

陆之州："……"

陆之州被他气笑了："厉害。"

陆之州服了，都不知道说什么好，摸出盒烟，递给他一根，自己也抽了一根出来。

两个大龄单身男人在深夜将近零点，坐在警局角落里沉默着，忧郁地吞云吐雾。

231

吐了一会儿，陈妄忽然说："孟婴宁的电话，有吗？"

他这个问题和今晚发生的事情以及刚刚讨论的话题跨度都过大，八竿子打不到一块儿去，陆之州一时间有点没反应过来："有，怎么了？"

陈妄指间夹着烟，垂手："给她打个电话。"

陆之州："……"

陆之州瞪着他："陈妄你是不是有病？半夜了，你一男人在午夜零点，给人家小姑娘打什么电话？"

"那条街，孟婴宁家门口，"陈妄说，"我今天晚上是送她回去的。"

不太放心。

陆之州明白过来："你是怕她……"

陈妄没说话。

陆之州掏出手机来，调出孟婴宁的电话号码，递给他。

陈妄看了一眼："你打，不用说别的，她没事儿就行。"

"……"陆之州压着嗓子，一言难尽地看着他，"为什么我打？"

陈妄把烟掐了，懒洋洋地说："你不是说了吗？我一男的，半夜给小姑娘打电话，不合适。"

陆之州："……"

陆之州心道：难道我就是个女的？我打就合适了？

你自己放心不下，为什么要我遭受这种折磨？

陆之州看了一眼男人此时浑身是血、惨不忍睹、让人想垂泪的造型，这口气还是忍下来了，把电话拨过去，按了免提，手机举到两人面前。

刚按下去，动作一顿。

听着那边还没接起来的忙音，陆之州又有难处了，匆匆低声问："这都几点了？人肯定都睡了，我找个什么理由？"

"想她了。"陈妄随口胡扯。

陆之州崩溃："……"

他话没说出来，电话被接起来了。

陆之州闭嘴了。

那边也一片安静，几秒钟后，小姑娘带着困倦睡意的软糯嗓音响起："喂……"

尾音拉得很长，沙哑黏腻。陈妄一顿，听到她这种状态下的这副嗓子，忽然有些后悔让陆之州打这通电话。

陆之州看了他一眼，试探着开口："那个，婴宁？"

电话那头有窸窸窣窣的轻微声响，像布料摩擦的声音，孟婴宁打了个哈欠，带着鼻音，听起来黏黏糊糊的："之州哥？怎么了吗？"

确认了小姑娘声音听起来没事，陆之州放下心来，他又看了陈妄一眼，清了清嗓子，缓慢开口："我现在跟陈妄在一起。"

陈妄："……"

陈妄侧头，面无表情地看着他，深黑的眼里全是"你找死吗"的危险情绪。

孟婴宁迷迷糊糊地哼唧了一声，音调上扬，表示疑惑和茫然。

陆之州对身边的死亡警告视若无睹，意味深长地说："陈妄刚刚让我跟你说，想你了。"

陈妄："……"

孟婴宁："……"

[33]

陆之州在这句话说出口的时候，陈妄特别平静地看着他，那眼神像是看着什么没生命的物件，蕴藏着五个字和一个标点符号——"你已经死了。"

233

要不是陈妄现在还像个被扎破了的装满红色颜料的气球似的，满身狼藉地伸着腿瘫在塑料椅子上，陆之州估计他这个眼神里饱含的内容会变成现实。

跟陈妄打，他就没赢过，反正也不是一个兵种，不纠结这个。

陆之州忍着笑等了一会儿，电话那头，小姑娘突然安静了，不仅动的声音没了，连呼吸声都听不见了。

陆之州："婴宁？"

"……"孟婴宁磕磕巴巴的声音传过来，"啊，啊？"

"其实是阿桓让我问问你下周有没有空，想找你出来，"陆之州随口拉陆之桓出来当枪使，"他平时这个时候都还没睡，我也没注意时间，吵醒你了吧。"

他的语气特别像邻家大哥哥。

孟婴宁又是好半天没出声，等了一会儿，才低声应了："哦，"小姑娘大概被人吵起来还困着，声音听起来有些蔫巴巴的，"没事，那你也没跟陈妄在一起吗？"

陆之州侧头，看了旁边的男人一眼："嗯。"

陆之州说："没有。"

陈妄："……"

陆之州："那明天再说，你先睡吧。"

孟婴宁那边应了一声，迷迷糊糊地把电话挂了。

陆之州打完，把手机往兜里一揣，摊手，看向负伤人士："行了吗？"

负伤人士很不文雅地爆了粗，看着他："你也想提前退伍？我现在就可以成全你，让你后半辈子坐着轮椅领退休金颐养天年，还能补一笔伤残费。"

陆之州也不生气，笑了："又怎么了？不是你说的吗？想她了，我原话转告一下怎么了？"

陈妄嗤笑了声："我是不是还得谢谢你？"

他刚刚意思很明显，想让陆之州以自己的名义问问，陈妄这个名字不用出现。

显然，陆之州也理解了。

就是闲得慌。

陆之州的笑容敛了敛："阿妄，我跟你认识十几年了，你那点儿心思，只有婴宁那个小傻丫头看不出来，年年从小就跟防贼似的天天防着你，你以为是因为什么？"

现在谁提起来都说孟婴宁从小就跟他关系最好，但陆之州清楚地知道，那会儿孟婴宁和陈妄的交集远比和他要多得多。

虽然两个人只要凑一块儿，要么是孟婴宁看见他扭头就跑，要么是一路鸡飞狗跳最后不欢而散，但就像无形中有一种什么特殊的磁场，这两个人就连在吵架的时候其实第三个人也很难能插进去。

陈妄大概到现在也没察觉，很多时候孟婴宁有什么事情，第一反应其实是找他，而不是陆之州。

陆之州不明白自己是不是真的闲得慌，被骂一顿以后还得在这儿像个老妈子似的操心。

毕竟是十几年的兄弟。

陆之州叹了口气："阿妄，女孩子不追，会被别的男人拐跑的。"

他这话说完，陈妄沉默了半天，然后笑："追？"

陈妄从旁边的椅边拿起烟，取了一根出来送到嘴边，点燃，漫不经心地叫了他一声："州哥。"

陆之州抬了抬眼。

他比陈妄大一岁，然而这么多年，陈妄这么叫他的次数一只手都能数得过来，仔细想想甚至还只需要两根手指头。

上一次这么叫他是两个人离开 B 市准备去军校的前一天。

18岁的少年，高考结束，拿着高分成绩单站在人生的分岔路口，意气风发地做出抉择。那晚陈妄第一次喝醉酒，凌晨三点两人坐在街边十字路口的路灯下，陈妄靠着电线杆哑着嗓子叫了他一声，醉酒后看着他的眼神带着不打算遮挡的锋利敌意。

"无论现在她有多喜欢你，等她长大，老子回来，她就只能喜欢我。"

十年前，那个穿着黑色 T 恤的少年是这么对他说的，冷漠而嚣张，仿佛这是理所当然的事情。

而现在，昏暗的大厅中，陈妄坐在角落彩色的塑料椅子上，整个人鲜血淋漓，声音嘶哑，满身尘埃。

"你不能怂恿我祸害人啊，还是个从小看着长大的小妹妹。"陈妄说。

"找个好男人，爱她，能护着她，对她好，有一份正经工作，不用太有钱，"陈妄说到这儿顿了下，有点疲惫地笑了笑，"不过脾气得好，太他妈爱哭了，哄起来累人。"

陆之州没说话，心里说不出是什么滋味，就像有一团东西哽在那儿不上不下地堵着。

"漂亮姑娘就该有个漂亮的人生，她应该过这样的日子，有个好未来。"陈妄咬着烟往后靠了靠，在朦胧烟雾中平静地说，"跟我牵扯到一起能有什么好下场？"

陆之州不是糊涂人，陈妄这一番话说得明白，他也没再说什么，警局这边解决得差不多了又把人送进医院，从头到脚彻彻底底地做了个检查。

然后发现这个酒当水喝、烟当饭抽、三餐从来不按时吃、作息不规律得很抽象的作死教教主，除了皮外伤、轻微脑震荡以及胃快烂了以外竟然没什么大问题。

在医院等着的工夫，陆之州没忘给陆之桓打了个电话，跟他串了下台词，省得孟婴宁之后去问露了馅儿。

陆之桓从小到大都是"哥哥说的都对""哥哥说的话我就无条件服

从"，凌晨三点被吵醒半句怨言都没有，二话不说应下来，问道："那你现在在哪儿呢？怎么这么晚还没睡？"

陆之州："在医院。"

陆之桓顿时就紧张了，扑腾着从床上坐起来："你跑医院干什么去了？你怎么了？"

"我没事儿，陪你陈安哥来的。"

"啊，"陆之桓愣了愣，"陈安哥咋了？"

"胃病，老毛病，没什么事儿。"陆之州不想多说，"行了，睡吧，反正婴宁来问你你别说漏了就行。"

陆之桓应下来，挂了电话。

一顿折腾下来天都亮了，出医院门的时候天边泛着鱼肚白，陆之州把陈安送到家门口，看着略显破旧的老式居民楼小区，打趣道："陈队，最值钱的车没了，心疼不心疼？"

陈安心道：老子最值钱的是我的手机。

那里面还存了孟婴宁的微信头像照片，刚保存的，躺在手机相册里没一个小时，炸了个一干二净。

他耷拉着眼皮开门下车："走了。"

陈安上楼，开门，进屋，回家。

屋子里有些乱，之前几天没回来，乍一进去还有一点灰尘味儿。

陈安进了洗手间，单手解皮带扣，扯开，另一只手拽下毛巾，无视身上裹着纱布的窟窿走进浴室，打开花洒冲了个澡。

花洒水流冲刷下来，淡淡的血腥味道弥漫，水流过身体，很尖锐的痛感陆陆续续地传来，一跳一跳的，让人分不清到底是疼在哪儿。

陈安的手撑着浴室瓷砖墙面，垂眸，想起跟陆之州说的话。

"找个好男人，爱她，能护着她，对她好。"

他嘲讽地扯扯唇角——虚伪。

嘴上说着推开她，实际上却在贪恋她的好。

每次逼着自己远离她一点儿，又忍不住再次靠近。

她太亮了。

是他这么多年来在心底安静燃烧的一簇火，散发着温暖的光，让人不断地想要近一点儿，汲取她的温度。

陈妄没办法想象，如果有一天，孟婴宁身边真的出现了那么一个男人，自己会是什么样。

想让她只属于他。

让她只因为他哭，看着他笑。

陈妄抬头，关掉了花洒，转身抓着浴巾围在腰间走出浴室，又拽了条毛巾在头发上随便揉了两把，丢到一边。

他走到卧室门口，推开门，整个人砸到床上，压到伤口，"嘶"了一声。

清晨的空气很静，卧室的窗开着个小缝，鸟鸣声叽叽喳喳，初秋的风带着慵懒的凉意。

陈妄闭上眼睛。

还是那个梦。

"滴答""滴答"的声响连绵不绝，仓库厂房空旷安静，墙漆斑驳，屋顶铁皮脱落，天光冷漠地渗透进来。

水泥地面上一摊液体不断向脚边漫延，染上鞋尖，渗透鞋底。

被钉在墙上的男人抬起头来，空洞的眼眶看着他："你不行。"

他笑着说："你还不明白？她想要的你给不了，没有你她才能过得好，你只会害她，就像我，像我们一样。

"你保护不了她。"

他轻声说："陈妄，你什么都不是。"

画面一转，静谧的夜空下，孟婴宁坐在车里，白嫩的脚踩着副驾驶边缘，笑得眉眼弯弯，摇头晃脑地哼着不知道是什么调子的歌，哼了一段，忽然侧头靠近过来，跟他说话。

她模糊地说了些什么，陈妄听见自己笑了一声，然后抬起手来，指尖落在她脸颊旁的碎发上，勾起。

小姑娘仰头看着他，唇角翘着，杏眼乌亮清澈，有漂亮的光。

下一秒，白色皮卡毫无预兆地撞上来，孟婴宁尖叫出声，紧跟着车身砰地翻倒着砸过去，车窗和挡风玻璃应声而碎，眼前的画面随着剧烈的撞击猛地一荡。

火光漫天，女孩子无声无息地躺在副驾驶座上，那双上一秒还笑意盈盈地看着他的眼此时安静地闭着，陈妄颤抖着将她抱过来，掌心触摸到的柔软身体有潮湿的触感，大片嫣红渗透长裙绽开，是她的血。

她在他的怀里一点一点变冷。

陈妄猛地睁开眼。

胸腔剧烈起伏，心脏在以不正常的频率急速跳动，冷汗洇湿了床单和被单，潮乎乎地黏在身上，像毒舌的芯子裹上来，带着阴森黏稠的冷意。

卧室里一片昏暗，陈妄闭眼抬手，手背搭在眉骨上，手臂连着指尖都在抖。

"……陈妄？"

安静的房子里，有小姑娘的熟悉声音突兀地响起，带着迟疑很轻地叫了他一声。

陈妄唰地放下手臂，抬眼循着声音扫过去，沉黑的眸里有大片来不及收回的浓郁阴影，暴戾冰冷，纯粹而深不见底。

孟婴宁被他这一眼盯得头皮发麻，下意识地后退了一步，有些害怕地看着他。

陈妄缓了缓神。

窗外漆黑一片，卧室外客厅里透着暖色灯光，小姑娘怀里抱着包，脚上踩着他的拖鞋，手足无措地站在他卧室门口窄窄的门缝处："你怎么了？"

孟婴宁小心翼翼地看着他，小声问："你是做噩梦了吗？"

陈妄看着他，没说话，似乎是在判断孟婴宁会出现在这里的可能性。

结论是没有。

梦里的人出现在根本不可能会出现的地方，鲜活地、俏生生地站在他面前，刚刚的画面还在脑海里一帧一帧乱七八糟地闪过，陈妄脑子一时间一片混沌，有点分不清现在到底是梦还是现实。

他直挺挺地躺在床上缓了一会儿，手臂撑着床面直起身来，靠在床头。

黑暗中，陈妄坐在床上看着她，半晌，喉结滚了滚，很艰涩地开口："……过来。"

孟婴宁站在门口没动，怔怔愣愣的，有点呆："什么？"

陈妄的嗓音哑得厉害，带着一点不易察觉的颤抖，哑声重复："过来，让我看看你。"

[34]

晚上七点，夜风鼓着窗帘在安静的卧室里涌动，隔壁不知道哪家邻居大概在烧饭，有浓郁的香气混着米饭糯糯的味道飘散进来。

孟婴宁站在门口，看着坐在床上的人，好半天都没反应过来。

男人倚靠着床头坐在床上，身上的深色被单随着动作滑落掩在腰间，露出朦胧模糊的一片精壮胸膛，昏暗中借着客厅的光线隐约看得见肌理线条的轮廓。

即使看不太清楚，但那也是……

孟婴宁甚至都没反应过来这人现在可能是光着身子就叫她过去。

而她大概需要脸红。

五秒钟后，她从耳朵到脑门儿全红了，整个人像一只煮熟了的虾，手里的包啪的一声丢在地上，抬手死死地捂住了眼睛，声音羞恼："你倒是把衣服穿上呀！你这样——"

陈妄默了默。

如果是梦，也太真实了。

他开口，声音还是哑："我这样怎么了？"

孟婴宁慢吞吞地、小心翼翼把手指往下移了移，指尖依然挡在眼睛的位置，食指慢吞吞地往旁边张了张，从指缝里看着他。

小姑娘杏眼乌黑，因为害羞在黑暗中看起来明亮湿润，她吞吞吐吐地说："你这样有伤风化。"

陈妄听着她的声音，紧绷的身体缓慢地平复下来，心跳跟着平缓。

生动的她，完好无损地站在他面前。

梦里那种黏稠又压抑的窒息感一点一点地退去，陈妄吐出一口气，彻底放松地靠上床头，头后仰，唇角几不可察地略牵起一点："我又不是小姑娘，怎么了？你没见过菜市场卖鱼的这样？"

孟婴宁一时间都不知道该说什么好。

她又不喜欢卖鱼的。

和看见喜欢的人这样怎么比？

"那不一样，"孟婴宁顿了顿，勉为其难道，"那你身材不是还挺好……"

"你那什么不情不愿的语气？"陈妄说。

"就是很违心的语气，你听不出来吗？"

孟婴宁说着看了他一眼，又像做贼似的急匆匆地瞥开视线，若无其事一秒，眼珠子又没忍住慢吞吞地转回来，从指缝里偷偷摸摸地看他。

她背着光，卧室又暗，陈妄应该也发现不了她在偷偷地看他。

光线暗归暗，看也看不太清楚，但从轮廓上来说，身材确实是……

孟婴宁开始相信了陆之桓的那句"腹肌很硬"。

不仅相信了，而且还有些跃跃欲试。

想摸摸。

想亲一下……

在这个念头出来的一瞬间，孟婴宁猛然反应过来，脑海中不断蹿出充满了路边按摩店暧昧粉红色灯光的少儿不宜不可说画面。

孟婴宁心虚得不行。

移开视线刚要说话，就听见陈妄靠在床头凉凉地说："想看就大大方方地看，又没不让你看，像个耗子似的在那儿偷偷摸摸地乱瞄什么？嗯？"

耍流氓被抓包，孟婴宁差点原地跳起来，她啪的一声再次死死地捂住眼睛，羞愤得想要直接夺门而出，恼羞成怒道："谁想了！你闭嘴！你能不能现在从床上爬起来滚下地然后穿上衣服！！"

陈妄沉默了一下，平静道："提醒你一下，我裤子也没穿。"

孟婴宁："……"

孟婴宁觉得自己好像听见了脑子里有很轻的热水壶烧开的声音，然后砰的一下，水壶盖子——她的脑瓜顶，被水蒸气崩开了。

如果现在面前有一面镜子，她一定会过去看看自己头上有没有开始冒烟。

下一秒，卧室房门被"嘭"的一声摔上，门口只留下一只女包孤零零地躺在地上，小姑娘的声音从门板后方传来："穿衣服！！"

陈妄盯着那扇门，舌尖抵着牙齿笑了笑。

他抬手掀开被子，昨晚围着的浴巾早就散开滑下去了，他走到衣柜前打开柜门，随手扯了件白色的 T 恤出来。

动作间牵扯到肩胛骨上面的一处伤口，想起昨天洗完澡以后这伤还没来得及处理。

陈妄顿了顿，将白色的那件扔到一边，拿了件黑衬衫。

出房间前看了一眼墙上指向晚上七点半的挂钟。

一觉从清晨睡到了晚上。

五分钟后，男人穿着黑衣黑裤打开卧室门走进客厅，发现刚刚闻到的米饭味道和饭菜的香气原来并不是从哪个邻居家传过来的，而是他家。

他走到厨房门口，看见孟婴宁像模像样地套着个小围裙，站在流理台前，背对着门，不知道在忙活些什么。

陈妄没说话，就这么靠站在门口，从侧后方安静地看着她的背影，目光很静。

她把长发扎成低马尾，平时很灵的一个小姑娘因为这个发型多了几分温柔的味道，后颈处的皮肤白得细腻，垂头时，几绺发丝跟着错过去。

孟婴宁往旁边走了两步，抬手从吊柜上拿下来两个盘子。

然后陈妄看见了面前刚刚被她挡住的东西，两个外卖盒。

陈妄："……"

陈妄不明白她弄个外卖为什么还要给自己套个围裙，整得真像那么回事儿似的，他还真以为这满屋子香味是出自她手。

孟婴宁将装外卖的盒子打开，把一份水煮肉片倒进大瓷碗里，另一个麻婆豆腐装盘，香气浓郁。

她端着两道菜转身往外走，一抬头看见他站在门口，吓了一跳。

孟婴宁眨巴了两下眼："你走路没声音的吗？"

陈妄懒洋洋地靠着厨房门框站着，没说话，只慢吞吞地直了直身，伸手过去把她手里的菜接过来，放在餐桌上。

餐桌也被简单地收拾过了，门口两个装得满满的塑料袋子，里面应该全是垃圾。

孟婴宁还是亲自煮了米饭的，从电饭煲里盛了两碗端过来，坐在餐桌前，拍拍桌角，仰起头来："不吃饭呀？"

陈妄垂眸看了她一眼，在她对面坐下，扫了一眼桌上的两个辣菜，捏起筷子，缓慢开口："你怎么来了？"

孟婴宁没说话，抽出手机来一滑，举到他面前。

微信聊天界面，只能看见右边从上到下满满的全是绿色的小气泡。

"因为我给你发了三万条微信，你一条也没回我，"孟婴宁说着，鼓了鼓腮帮子，有些哀怨地看着他，"你为什么不回我？"

她自己都没发现，她说这句话的时候语气里带着娇嗔和亲昵。

陈妄拿着筷子的手顿了顿，眼皮子掀起，没答，漫不经心地问："怎么进来的？"

"我给蒋格发了条微信，他来帮我开了门。"孟婴宁把手机收回来，放在桌上，然后低着头锲而不舍地、很凶地小声嘟哝，"狗陈妄在家睡觉，却不回我微信。"

陈妄听见了，挑眉："胆儿肥了？"

孟婴宁装作没听见。

"你就因为这个大晚上不回家跑过来？"

他把身子往后靠了靠，椅背金属的尖儿戳到伤口，动作一顿。

孟婴宁注意到："怎么了？"

"没，"陈妄的身子往前挪了挪，"怎么？怕我出事了？"

他笑了笑，有点痞，不是很正经地说："这么担心我啊？"

他以为她会从椅子上跳起来否认，顺便再骂他一顿。

"怕。"孟婴宁没犹豫地说。

陈妄愣了一下。

"我昨晚就给你发了，真的发了好多条，你一直都没回，今天还是不回，"干净的杏眼有些委屈地看着他，孟婴宁第三次问，"你为什么不回我？"

陈妄的黑眸有些怔愣地看着她，喉咙动了动，没说出话来。

半响，他垂眼："没有为什么。"

孟婴宁觉得自己听懂了他的下半句话。

没有为什么，就只是不想而已。

她也不知道自己为什么要锲而不舍地问，就好像听到他一句答案是一种交代似的。

非要干这种自取其辱的事儿，听着他亲口说，然后再难过一次。

她又想退缩了，想跑，想缩回心思能够安全地不为人知的壳里。

但她不能，她得勇敢一点。

孟婴宁好半天没说话，也没动，陈妄捏着筷子抬起头来，正对上她的视线。

小姑娘抿着唇看着他，眼睛湿漉漉的，像受了天大的委屈。

真的很爱哭。

陈妄叹了口气，放低了声音："逗你的，我手机丢了。"

孟婴宁眨巴了下眼，声音里带着一点点小鼻音，黏糊糊的："真的吗？你不是刚买的手机吗？开车回家下车就到家门口了还能丢哪儿去？不想回就不想回，你怎么还骗人？"

她越说越难过，把筷子一放，仰着脑袋，一脸要哭了的样子，带着哭腔特别可怜地说："你不想理我就拉黑我好了，干什么还骗我！"

陈妄："……"

她什么样儿是真的难过、什么样儿是娇气得开始要小脾气陈妄可太了解了，于是把筷子一抬，面无表情看着她："孟婴宁，收回去。"

小姑娘哭哭唧唧的声音戛然而止。

孟婴宁抬手蹭了下眼睛，哭腔也没了："你手机真的丢了吗？"

"嗯。"

"你怎么天天丢手机？蒋格还跟我说你平时都不吃饭，你是喝风过日子吗？我看你肺没被烟熏黑胃都要先黑掉了，"孟婴宁心情恢复愉悦，一边絮絮叨叨地说着，一边拿起筷子给他夹了片水煮肉片，筷子一顿，刚想起来什么似的，又抬头，皱起眉，"你的胃吃辣行吗？你没有胃病什么的吧？我忘了这个，给你点个清淡一点的？"

陈妄以前就挺喜欢吃辣的，孟婴宁也喜欢，两个人性格不怎么合，在口味上当时倒是很一致。

"不用，没事。"陈妄垂眸，盯着她夹过来的那片水煮肉片看了两秒，然后夹起来吃了。

中途，孟婴宁起身去了趟厕所。

陈妄家面积不大，厕所很窄，贴着黑色的瓷砖，里面的玻璃隔断后是浴室。孟婴宁进去回手关上门，一回头，就看见浴室那边黑色的地砖上扔着几块白色的东西。

白色长条状的，上面血红一片，中间深，边缘被水浸得很浅。

定睛两秒，孟婴宁才看出来，是纱布。

用过的纱布，边缘还粘着白色的医用胶带，上面有干涸又被水浸湿的血迹，一大片洇开，将整块医用纱布染得通红。

孟婴宁僵硬地走过去，蹲下，捡起来，起身开门出了卫生间。

她拿着那块染着血的医用纱布走到餐桌前，陈妄刚好抬起头来。

看见她手里的东西，他顿了顿。

"你怎么了？"孟婴宁开口，声音有点哑。

陈妄嗓音冷淡："没怎么。"

孟婴宁笑了："跟我没关系是吧。"

陈妄没说话，抗拒的态度很明显。

他不想说的话，她可以不问。

他不想告诉她的事情，她就假装不知道。

即使她看了蒋格发来的视频，也知道陈妄现在有哪里不对劲以后，每天提心吊胆，联系不上他她就担心他又去干什么了，一下班就打车过来了，她都没有想刨根问底地问问他发生过什么，他心里藏着什么，他有什么顾虑的、难过的事情。

每个人的心里都是有秘密的。

他暂时还不喜欢她，不想告诉她也是很正常的事情。

她可以等他，可以慢慢来的。

等他什么时候觉得好像有点喜欢她了，觉得她是可以相信或者依靠的人了，等他愿意信任她，把什么都告诉她。

但那是在没有切实看到他已经受到伤害的基础上。

孟婴宁想起他刚刚坐下靠到椅背上时一瞬间的僵硬和不自然收回的手臂，深吸了一口气，声音竟然还异常地平静："脱衣服。"

陈妄慢吞吞地掀了掀眼皮，没动。

孟婴宁没再说话，直接把手里的医用纱布扔在地上，走到陈妄面前抵着餐桌往前推了推，桌子腿磨着地面发出"刺啦"一声，孟婴宁已经站到了他和餐桌之间的空隙处，单膝跪在他坐的那张椅子边上，俯身压下来，抬手去解他的衬衫扣子。

她捏着金属扣子的手指在抖，第一颗解开了，柔软冰凉的指尖擦过男人温热的胸口。

陈妄身体绷了绷，整个人僵住。

孟婴宁解开了第二颗，随着她的动作暴露出一片赤裸的胸膛。

陈妄一把捏住了她还要往下滑的手腕，拽着往上抬了抬，扯开她的手止住她的动作，咬着后槽牙哑声警告道："孟婴宁。"

他力气特别大，这会儿没怎么控制，捏得她手腕很疼了。

孟婴宁的睫毛颤了颤，红着眼睛抬起头来。

"你现在不得了，大晚上就敢这么脱男人的衣服？"陈妄的唇角勾着笑，深黑的眼看着她，眼神很冷，"用不用我直接让你坐在我腿上脱？"

[35]

手腕被人捏着提起来，疼得像是骨头断掉了。

陈妄冷漠地看着她，神情以及略带嘲讽的语气都让她觉得无地自容。孟婴宁分不清到底是心疼和担心多一些，还是羞耻和难堪更多。

如果是一个月前，甚至一周前，她可能会夺门而出，会跟他冷战吵架，会在心里第一百次发誓不要再理他了。

但是现在。

"我看看，"孟婴宁忍着泪，咬紧牙、红着眼睛很坚持地看着他，声音低低的，"让我看看。"

陈妄的唇角垂下来，手没松开，也没说话，看着她的眼神冷漠得让人心里一缩。

他真的太冷了。

又凶。

讲话特别伤人。

孟婴宁觉得自己像个倒贴上去，然后被一次次毫不留情地推开的脸皮很厚的女人。

她突然觉得她可能一辈子也焐不热他了。

喜欢一个人真的太苦了。

喜欢一个人为什么会是这么卑微又难过的事情？

她有些憋不住了，死死咬着嘴唇，始终含在眼眶里的泪一串串咕噜噜地往下滚。

吧嗒一声，温热的泪珠砸在男人的胸膛上。

孟婴宁的眼睫急慌慌地低垂下去，跪在他面前的身子无力地往下塌了塌，被抓着的手臂跟着往上提了提，眼泪掉得安静又无声："我疼……"

她被他抓着的手很小幅度地挣扎了一下，她哽咽着小声地、委屈地说："疼，你别拽着我……"

陈妄一顿，触电似的撒开手。

小姑娘纤细的手腕上被捏出了红色的印子，她皮肤很白，几道红痕印在上面，看起来有些触目惊心。

陈妄垂眸看了一眼，唇线平直，抬手握住她的手腕拉到面前，动作很轻。

孟婴宁一把把他的手甩开，声音里带着忍不住的哭腔："我又不问你，我什么都不问你，你不想告诉我我都不问了，我知道你嫌我烦，觉得我多管闲事，我贱得慌，但是……"

"但是你流了那么多血，"她泪水噼里啪啦地往下滚，崩溃似的哭着闭上眼睛，含混地重复，"那么多血，我就看看你，我想看看，你干什么那么凶……"

声音难过得让人的心揪在一起。

陈妄的喉咙滚了滚，脊背紧绷，手指一根根蜷起，又展开，指节都泛白了。

沉默两秒，陈妄闭了闭眼，下颌骨微动，叹了口气。

他抬起手来，手臂从她身侧穿过，勾住了她的背，往下按。

孟婴宁本就单膝跪在椅子边上，站得并不稳，这时猝不及防地跌进他怀里。

孟婴宁的哭声戛然而止。

陈妄一只手环着她，另一只手抬起按在她脑后，将她的一颗小脑袋往自己肩膀上按了按，声音有些无奈："怎么就有那么多眼泪要流？你是个小水龙头吗？"

他在抱她，很温柔地抱着她。

孟婴宁的下巴抵着他的肩，睫毛上挂着泪，有些恍惚。

她刚刚哭得凶，这会儿身子还在反射性地抖，柔软小小的一团缩在他怀里抽噎着，止不住，下巴尖儿上挂着的泪珠蹭到他脖颈那块儿，触感湿凉。

陈妄以为她还在哭。

他的手指穿过她柔软的发丝，动作很轻地揉着她的头发，叹息似的："不哭了，宁宁听话。"

孟婴宁被他叫得心上一颤。

他声音很沉，咬出她名字那两个字的时候暧昧又勾人，有着说不出的亲昵感。

孟婴宁不敢动，总觉得动一下就会像梦似的醒了，任由他抱着，只有脑袋小心翼翼地往他颈间埋了埋。

陈妄用指尖一下下地梳着她的头发，声音低沉："没觉得你烦，也没嫌你多管闲事，在那儿一个人乱七八糟瞎说些什么？"

"你特别凶，"她吸着鼻子，声音哭得有些黏糊沙哑，"还瞪我，用那种眼神看着我，你还捏我，跟我说那样的话。"

孟婴宁这会儿胆子大起来，小声骂他："王八蛋都没你浑蛋。"

陈妄笑了："你这是跟我告状呢？告谁？嗯？"

孟婴宁觉得自己实在是太好哄了，他抱抱她，摸摸她的头发，叫她一声，她那点气和委屈就全没有了。

也太没出息了。

她泄愤似的咬了他肩膀一下，也不知道是在气他还是气自己。

肌肉硬邦邦的，硌得门牙有点儿疼。

孟婴宁更气了。

柔软的唇隔着衬衫布料贴上来，牙齿不痛不痒地对着肩膀上的肌肉轻轻咬了咬，又咬了咬。

陈妄揉着她头发的动作倏地停住了。

孟婴宁以为是被她咬得疼了，赶紧抬起头来。

被他这么抱着，孟婴宁觉得有点儿不舒服，她觉得自己整个人都快掉下来了，想起来，又舍不得推开他，人像只小虫子一样，试图寻找一个舒服一点儿的姿势。

她压着椅子像只小蜗牛似的一点一点地挪动。

陈妄"啧"了一声，提溜着把她从自己怀里抓起来，眯眼："老实一会儿。"

小姑娘被他拎起来，眼睛哭得通红，眼皮稍微有点儿肿，睫毛上还挂着泪，湿漉漉的眼看着他，唇瓣微张，似乎是还完全没有反应过来。

孟婴宁茫然地看着他。

过了差不多十秒，孟婴宁张了张嘴，又闭上，又张了张，那张挂满了泪痕的小脸瞬间红了。

孟婴宁呆滞又惊恐地看着他，人下意识地往后躲了躲。

陈妄的牙都要咬碎了。

喜欢的姑娘就在怀里，跟只小狗似的蹭来蹭去。

他能有什么办法？

孟婴宁不敢看他，抬手捂住眼睛，又觉得太刻意了，手指一点一点地滑下去，红着脸不知所措："我……对不起，我要不要先站起来？"

"……闭嘴。"陈妄用牙缝里挤出来似的声音说。

孟婴宁闭嘴了，腿小幅度地、慢吞吞地、自以为神不知鬼不觉地从椅子上收回去，踩到地上，人往后蹭了两步，站在他面前。

陈妄："……"

孟婴宁也不敢看他，只垂着头，抬手，食指指尖轻轻挠了挠通红的

251

下巴尖儿。

她手一抬，陈妄看见她手腕上被捏出来的印子。

这会儿已经有点青了。

陈妄唇角绷直，手指抬了抬，想动，又生生忍住了。他低声骂了句脏话，拧着眉看着她手腕上淡青的印子："豆腐做的吗？"

他当时都没敢使劲儿，还控制着力道了。

孟婴宁还沉浸在自己的世界里自顾自地羞耻着，迷迷瞪瞪抬眼："什么豆腐？"

"没什么。"陈妄说。

孟婴宁"哦"了一声，也没往下问，看着他，眨巴了两下眼，抬抬手，指尖指着他。

陈妄："干什么？"

"那我还能看看吗？"孟婴宁指着他敞开的衬衫领子，吞吞吐吐地小声说，"都，一半了……"

陈妄："……"

她还惦记着这事儿。

陈妄妥协般地叹了口气，抬手，解扣子。

伤口在后背，靠近肩胛骨的地方，当时爆炸的时候离得太近，就算他反应再快也来不及，其实背上也有，但陈妄不想让她看见。

但是很快孟婴宁就顾不上害羞了，他解到一半，顿住，但敞着的领口隐约露出一点点暗红的边缘。

孟婴宁抿着唇走过去，抬手，用手指捏着他的衬衫衣领，往下扯了扯。

男人的肩膀和背脊露出来了。

他肩胛处有一道很长的伤口，明显是新伤，缝了好多针，黑色的线蜿蜒埋进鲜红的皮肉里，边缘的肉像是被泡得有些发白，伤口末端线头撑开，看起来有些撕裂，血肉模糊地翻出来。

有黏稠的血从伤口里一点一点缓慢地渗出来，衬衫这一块的布料也有点潮，因为是黑色的，所以刚刚她根本没看出来。

孟婴宁的手指不受控制地抖，她指尖小心地碰了碰他伤口边缘肩胛处的皮肤，滚烫的。

陈妄见她眼圈又变得通红，有些无奈："别又哭啊，老子真哄不动你。"

孟婴宁没说话。

半晌，她才开口，声音很哑："什么时候弄的？昨天？"

陈妄看着她，"嗯"了一声，想起她刚刚哭得天崩地裂的样子。

他顿了顿，说："昨天车撞了，手机也是那个时候丢的，没故意不回你。"

孟婴宁难受地吸了吸鼻子："伤了就好好换药注意一点儿，别压着扯着，让它好快一些。纱布也不包什么都不弄，吃辣也不说，最好就这么等着它感染然后你一个人死在家里是吧？"

她语速很快，声音压抑着，却没哭："既然这样你还装模作样缝什么针？就干脆这么晾着它好了，死得更快。"

快气死了。

他那伤裂成那样，想也不用想都知道他有多不注意，或者说根本就不在意，在浴室里就把纱布扯了，还沾了水。

孟婴宁现在气得想打他。

她没好气地抵着他的肩膀，动作小心地推了推，后退一步，硬邦邦地说："药呢？"

陈妄鼻音低低，有些漫不经心："嗯？"

孟婴宁又想骂他了："医院开的药！你昨天去缝针的时候医院没给你开吗？消炎消毒的、内服外用的！"

明明是很软绵绵毫无杀伤力的嗓子，尖起毛来语气却特别凶。

陈妄没忍住勾了下唇角，老实道："在门口的塑料袋子里。"

孟婴宁气鼓鼓地走过去，拎了袋子又走回来，走到沙发旁，开了旁边的落地灯，远远地瞪着他："过来呀！"

陈妄就起身走过去，在旁边的沙发上坐下。

孟婴宁坐在他旁边，白色的袋子放在腿上，将里面的纱布、棉签、医用胶带、碘伏都拿出来，还有几盒乱七八糟陈妄不知道是什么玩意儿的东西。

她一样一样仔仔细细地看过，把医用脱脂棉塞进碘伏瓶子里浸湿，捏出来，侧身趴在他背上。

灯光下看着更吓人，孟婴宁用指尖碰了碰边缘："都发烫了。"

她说着，用冰凉的药棉轻轻地沾上伤口，一下一下很轻地点。

陈妄的手肘搭在腿上前倾着身，侧头抬眼看她。

小姑娘皱眉抿着唇，长长的睫毛低垂着，神情专注又小心，很仔细地一点一点蘸药擦拭。

陈妄心念微动，心像化掉了。

注意到他的视线，她侧过头来，动作停住了，满脸紧张地问他："疼吗？"

陈妄还没说话，孟婴宁的指尖搭着他的肩膀，头已经凑过去，对着他的伤口轻轻吹了吹。

陈妄的眸光暗了暗。

孟婴宁将那块脏了的棉花丢进垃圾桶里，又换了一块干净的，轻轻地拭掉伤口边缘干涸的血迹说："你自己注意，洗澡的时候不能碰到这块，别沾水，辣的和海鲜也不能吃，还有酒。

"药也要换，三餐正常吃，不能不吃的，也别总熬夜了，我今天七点来你都还在睡，你过的是哪国时间啊？"

孟婴宁像个老妈子似的说了一堆，又觉得他其实不会听的，想了想，放弃了："算了，晚上我来吃晚饭，顺便帮你换药好了，从明天开始我每天晚上都过来。"

她说完好半天，陈妄都没说话。

孟婴宁等了半天没等到回应，把手上的动作停了停，抬起头来，脸一扭正对上他的视线。

陈妄沉默地盯着她，眼神幽深："每天晚上都过来？"

孟婴宁被他盯得有点发毛，大眼睛看着他眨巴了两下，跟点头似的。陈妄笑了一声，懒洋洋地直起身来，缓声说："那来了还走吗？"

[36]

他说这话的时候语调很平，淡淡的，尾音轻飘飘地滑过去，带着点儿漫不经心。

夜风温柔，窗帘被暧昧的风声鼓起。

孟婴宁一只手捏着药棉，另一只手指尖还搭在他裸着的肩头，眨巴着眼脱口而出："还能不走吗？"

隐隐还有些小期待。

陈妄眉梢略一挑，看着她，意味深长。

孟婴宁回过味儿来，闭上嘴，耳根滚烫。

她瞪着他，好半天才憋出来一句话："当然走的！"

陈妄看了她好几秒，才一扯唇角，懒洋洋地说："车送去修了，没法儿送你，自己能走吗？"

他说话的时候始终看着她。

孟婴宁被他那个眼神盯得心里莫名发虚。

这话乍一听起来是很成人向、很容易让人多想的，但陈妄看着她的那双眼完全不是那么回事。

不知道是她本身心里有小算盘，还是什么别的原因，孟婴宁总觉得他的眼神里带着某种探究，或者审视。

孟婴宁有种整个人被他看得透透彻彻的感觉。

那些小心思像是被摆在了日光下的玻璃罐子里，被他看得透透彻彻，无所遁形。

"有什么不能走的？我又不会很晚回去，这个点还有地铁呢。"孟婴宁越说心越虚，匆匆别开眼，不知道为什么，好像无论说点儿什么自己总是比他弱势一点儿。

孟婴宁不开心地鼓了鼓腮帮子，扭过头去捏着药棉蹭了蹭他伤口上的血痂，沾上，蹭掉，动作不是那么温柔了。

陈妄肩胛处的肌肉很不明显地绷了一瞬，没说疼，甚至还沉声笑了笑："又耍什么性子？"

他真的很能忍。

孟婴宁看着那一条从肩头一直蜿蜒到接近肩胛末端的长而深的口子，只看着都觉得指尖发麻，自己背上那一块儿也跟着隐隐作痛似的，不敢想这么长的口子得有多疼。

她抿着唇放轻了动作。

孟婴宁不太会弄这些，清理完之后的步骤她就不会了，拿着手机暗暗地点开搜索引擎的时候被陈妄抓了个正着。

小姑娘半天没声音，坐在他后头安安静静地，偶尔窸窸窣窣地动。

陈妄回头，看她拿着手机抬起头来。

陈妄："你干什么呢？"

孟婴宁把手机屏幕举给他——外伤缝针如何包扎伤口。

孟婴宁说："我查查。"

陈妄叹了口气："弄个外卖戴围裙，随便包个伤口还得靠百度，你还能干什么？"

最后还是陈妄耐着性子教她，药怎么上，纱布怎么剪、怎么缠。

她有点儿笨手笨脚地弄好了，医用胶带贴得歪歪扭扭的，还翘着边，但外表什么样不重要，反正效果都一样，上面包成一朵玫瑰花难道就能好得快吗？总比他就那么大大咧咧地晾着不管强。

孟婴宁对着成品看了一会儿，还挺满意的，她盘腿坐在沙发上，身子往后靠了靠，问："还有哪儿吗？"

"没了。"陈妄说。

"可是我在浴室里看见了好几块纱布。"孟婴宁很不善解人意地说，"还有几块小的。"

陈妄沉默了一下，转过身来看着她，轻声问："要看？"

"看啊，"孟婴宁已经拿好新的医用脱脂棉了，特别干脆地说，"来！"

陈妄眯了下眼，哼笑一声，然后站起身来。

孟婴宁坐在沙发上，不明所以地看着他不紧不慢地站起来，修长的手指搭上皮带金属扣，咔嗒一声，解开。

孟婴宁："……"

孟婴宁傻眼了。

陈妄懒洋洋地把皮带扯开，手又搭上裤腰，作势就要脱。

孟婴宁："……"

孟婴宁手里攥着干净的脱脂棉，一脸惊恐、屁滚尿流地从沙发上爬起来，手脚并用噔噔噔地爬到另一头，远远地跪坐在沙发尽头，面红耳赤："你干吗呀！"

陈妄撩了撩眼皮子："不是你说的要看？"

"不看了！不看！"孟婴宁闭着眼，将手里攥成一团的脱脂棉胡乱朝他丢过去，崩溃着嚷道，"你自己弄！我要回家！"

孟婴宁到家的时候不到十点，陈妄虽然问她能不能自己走了，最后还是把她送到了家门口，看着她进了楼。

孟婴宁上去，照常趴在窗边往楼下看，找他，这次没找到人。

走得倒快，孟婴宁撇撇嘴。

楼上那颗小脑袋消失了，窗帘重新被拉上。

时间一分一秒地过去了。

不知道过了多久，楼上落地窗前晃过一个小小的影子，晃了两圈，然后客厅的灯被关掉了。

陈妄这才叼着烟不紧不慢地从阴影里走出来，刚刚站过的地上全是烟头。

他仰头，看着隔着窗纱透出来的暖黄色的光线，心里的躁意不断地涌出来。

今晚有太多事情超出他的预料。不该管她，不该说话。

可是看着她就那么跪在他面前哭，哭得委屈又难过，哭得一抽一噎的、身子一点点地无力往下沉的时候，他所谓的自制力就像被放了气，没得一干二净。

小姑娘现在厉害得很，跟前段时间完全不一样，无论他说什么，也不走，就这么又倔又犟地堵在他眼前，抓着他的命门一遍又一遍地磨。

见不得。

没法就看着她这么哭下去。

想抱抱她、亲亲她，吻掉她眼里含着的泪，堵住那张带着哭腔不断吐出一些乱七八糟话的柔软嘴唇。

陈妄很烦躁地"啧"了一声，将手里的烟蒂丢在地上，踩灭，转身离开。

孟婴宁洗了把澡，关灯以后回了卧室，躺在床上翻来覆去好半天也没能睡着。

她平躺在床上，睁着眼睛看着昏暗的天花板，眨巴了两下，发了一会儿呆，忽然扑腾着翻了个身，趴在床上把手机从床头摸过来。

她点开微信，两条小腿抬起又落下，脚背一下一下地拍打着床单。

安静的卧室里发出很轻的声音，孟婴宁噼里啪啦地打字，发了个朋友圈，还是仅对自己可见。

发完，她对着那条朋友圈信息看了一会儿，脑袋一下扎进柔软的枕头里。

抱她了。

主动抱她了。

还……

孟婴宁用鼻尖蹭着枕头布料，在黑暗中红了红脸。

她扑腾着抬起头来，又扯过手机看了眼时间，不到 11 点，林静年很大概率已经睡了。

她点进林静年的微信界面，先发了个看起来春心荡漾，还荡漾得有点猥琐的表情包过去。

孟婴宁："嘿嘿。"

等了一会儿，林静年："……"

孟婴宁实在不知道跟谁说，以前彻底不说再加上跟陈妄又没有过联系，倒也还好，上次开了一次口，这倾诉欲就像开了闸门的洪水一样倾泻而出，憋都憋不住。

孟婴宁："年年！他今天抱我了！"

林静年："……你俩上次不就抱上了吗？"

孟婴宁兴高采烈地说："那不一样！上次是我抱他，而且是特殊情况，这次他主动抱我了！还哄我了！"

孟婴宁脸红了："还叫了我的小名。"

手机那头的林静年："……"

林静年对她感到挺迷茫的，也不知道她这个等同于原地踏步的进展到底有什么好开心的。

正茫然着，就看见孟婴宁又打过来一行字："而且他好像有反应了。"

隔着屏幕都能看出来她的小心翼翼。

孟婴宁："所以说，他是不是也有点喜欢我？"

林静年差点儿被口水呛着："？？"

林静年："你干了点儿什么人家就有反应了？？"

孟婴宁："就，他抱我的时候，我咬了他几下……"

林静年直接给她发了通视频通话过去。

孟婴宁接了，两人都准备睡了，黑乎乎的一片，林静年问："你咬他哪儿了？"

语气严肃，像个老妈子。

"脖子那块儿，还有肩……"孟婴宁小声说。

林静年默然。都快25岁的人了，她这个闺密为什么能这么纯？

林静年叹了口气，思考了一下该怎么组织措辞，说："狐狸，男人不是只有喜欢一个女人的时候才会有这种反应的，你在一个成年男人的怀里，抱着人家，咬人家脖子，你都不用咬，就你这个胸往上一压，生理功能正常的男人都不会一点反应都没有。"

她顿了顿，补充："无论他喜不喜欢你。"

孟婴宁不说话了。

林静年赶紧说："我不是给你泼冷水啊，也不是说他不喜欢你的意思，我的意思是，你用这个来判断他对你有没有意思，不太准，毕竟男人嘛……"

"我知道你的意思，"孟婴宁那边顿了顿，"但是他会这样，至少说明他是把我当女人的？就是，我在他看来也是有一点女性的那种，吸引力的吧？"

林静年都惊了："你他妈到底是看上了个什么样的神仙男人，能让你不自信成这样？你给我拉出来，拉出来我看看，让我长长见识。"

孟婴宁："……"

孟婴宁可不敢让林静年长长见识，这见识真长了是要出人命的。

可是她又不能解释太多。

她跟陈妄从小一起长大，青梅竹马这个东西有些时候其实是很难说的。

比如她跟陆之桓、陆之州，还有二胖他们，有些时候孟婴宁是不太会把他们当成异性来看待的。

彼此太过熟悉，性别会有一定程度的模糊。就像陆之桓，女朋友一个接一个地换，不知道多少小姑娘前赴后继地就是喜欢他，可孟婴宁完全不能理解，不知道他吸引人在哪里。

怎么看还不就是那么张脸，还是个缺心眼儿的，孟婴宁很难用看待一个异性的眼光和角度去看他。

她好半天没说话，林静年以为她是情绪低落了，有些后悔自己刚刚说了那些话："真的，狐狸，我觉得你真喜欢，想追一点问题都没有，你追起人来我是真的想不到被拒绝是什么样，你自信一点儿就行了，你平时皮起来胆儿不是挺大的吗？"

孟婴宁被她说得一愣一愣的："那不一样吧？"

"怎么不一样？哪儿不一样了？"林静年理所当然地说，"我们宝贝狐狸就算找个世界首富霸道总裁长得无敌帅的都是他高攀，这个世界上没有男人能配得上你，喜欢你就撩他，也别告白什么的，撩他就行，我就不信了，男人还能有撩不动的？"

孟婴宁："……"

孟婴宁挺认真地考虑了一下林静年的话，刚开始还有点儿恍惚，后来觉得还挺有道理。

孟婴宁又有点儿蠢蠢欲动了。

第二天下班，她去超市买了一些弄起来很简单的，她会做的蔬菜，又买了块牛肉，到陈安家。

到的时候六点多，她敲了门等了一会儿，门开了。

陈安随意地套了一身衬衣、长裤，懒洋洋地站在门口，看见她，侧了侧身。

他只扫了她一眼，眼神很平淡。

孟婴宁的脚步顿了顿，有点莫名其妙地看了他一眼。

昨天明明还挺好的，怎么一晚上过去，这人又变回了以前那种冷冰冰的样子？

孟婴宁进屋，回手关上防盗门，陈安手里拎着拖鞋丢到她脚边。

还是他的，她第一次来穿的那双。

孟婴宁拎着超市的袋子进了厨房，牛肉是切好的，用开水烫了一下以后放进高压锅里，加清水炖汤。

别的菜都比较快，她洗好了蔬菜放在厨房案板上，洗了手，走出厨房。

陈安坐在沙发上看书。

他竟然在看书。

不过他以前学习好像确实还挺好的……

听见声音，陈安抬起头来，看向她："忙活什么？"

"炖个牛肉汤，"孟婴宁扳着手指头算，"一个番茄炒蛋，一个秋葵山药。"

陈安挑眉："秋葵还能和山药一起吃？"

孟婴宁眨巴眼："那你吃不吃？"

"吃。"陈妄合上书，放到一边。

孟婴宁颠颠地跑过来，在他旁边坐下，又从他面前倾身过去够旁边矮桌上放的装纱布的袋子。

矮桌在沙发扶手旁边，陈妄靠着边坐，她这么往前一靠，身子倾过来，上半身压在他腿上。

软，带着香味儿。

陈妄垂眸。

她今天穿了条白色的吊带裙，外套一脱，露出细嫩的肩、修长的颈，柔软的长发半落下来，漂亮的背部线条就出来了，蝴蝶骨瘦削，像两片薄薄的蝶翼展翅欲飞。

孟婴宁终于把袋子拿过来，慢吞吞地直起身来，把纱布什么的都拿出来："汤和饭都要等一会儿才能好，先换药，换完再吃饭。"

她抬头："脱衣服呀。"

陈妄没动。

孟婴宁眨了眨眼："要我给你脱吗？"

他还没说话，孟婴宁已经动了。

小姑娘很轻地吸了一口气，像下定了什么决心似的，把手里的纱布和装碘伏的瓶子往旁边一放，脱掉拖鞋跪在沙发上，指尖软软地攀着他的肩，长腿一跨，坐到他腿上。

孟婴宁想起林静年昨天晚上说的话，闭了闭眼，狠狠地咬了一下舌尖。

不就是撩吗？谁怕谁啊！

她跨坐在他身上，裙摆随着动作往上翻，露出细白的小腿，柔韧的大腿带着温度贴上来，抬手去碰他的衬衫扣子。

和昨天一样的动作，却带着和昨天截然不同的、很赤裸又明显的意味。

陈妄看着她咬了咬嘴唇，低垂着的、长长的睫毛很明显地颤了颤，耳尖羞耻得通红，一直蔓延到耳根，手指在抖。

也许是因为紧张，她把大腿往里收了收，夹在他腿侧，贴着粗糙的裤子，用很柔软的力度压过来。

陈妄眸光一寸一寸拉暗，呼吸屏住两拍，然后有些重了起来，肩线连着背肌绷紧，喉尖跟着滚了滚。

原本因为对象是她，所以她的亲近，或者偶尔逾越的举动，他不太会往乱七八糟的方向想。

但他又不是傻子。

无论他再怎么不去多想，所有的迹象，孟婴宁这几天的所作所为，尤其是此时此刻她完全出格的、匪夷所思的行为——都在向他说明一个再不可能也不得不承认的事实。

陈妄垂眸盯着她，缓慢地眯了眯眼。

这小姑娘，在勾引他。

[37]

陈妄不是没见过女人的 18 岁小少年，这么多年明里暗里跟他表露过好感的其实不少，艳丽的、清纯的，明目张胆的、欲擒故纵的，之前还在队里的时候，有小孩儿调侃他，多美的女人都凡心不动，看着像个和尚似的，前女友怕不是个大和抚子仙女下凡？

陈妄当时脑海里浮现出一张哭唧唧的脸。

少女乌溜溜的眼含着泪，挺翘的鼻尖通红，眼皮也被她揉得有点红肿，自以为很凶地瞪着他，委委屈屈地骂他王八蛋。

实在是和"大和抚子"这四个字半点边都沾不上。

那时候文工团还没解散，有个姑娘对他特别执着，是很明媚娇艳的性子，追人追得轰轰烈烈，身段漂亮得用男人私下里的诨话说，跟个小葫芦似的，苏妲己转世了。

简单总结，是那种是个男人都抵挡不住的类型。

那段时间，陈妄手底下带着的那帮小孩儿一度非常怀疑，他们老大是不是有什么难以启齿的某方面障碍。

陈妄后来听陆之州笑得前仰后合地跟他提过，他当时没怎么在意。

倒不真的是什么清心寡欲柳下惠，只是心里太早占着那个没良心的，别的再想入眼，是件很困难的事情。

而这个小没良心的此时正坐在他腿上，人不知道在想些什么，拙劣又稚嫩地挑逗。

这才是苏妲己。

陈妄感觉自己整个人被分成了两半，一半跟随着她，和邪念一点一点往下沉，另一半克制地浮在半空中不断发出警告。

他不动，没反应，孟婴宁就更紧张。

小姑娘的动作越来越慢，耳朵越来越红，贴着沙发的小腿紧张得不自觉地向里收了收，贴着裤线蹭了蹭。

陈妄人一僵，猛地抬起手来，一把抓住她的手。

孟婴宁被他抓着，整个人都瑟缩了一下，然后慢吞吞地抬起眼来，心虚地看他。

男人眸光幽深，眼底有危险而锐利的光，像野兽看着猎物。那样的眼神，她是第一次见。

孟婴宁抿着唇看着他，手指不安地蜷了蜷。

半晌，陈妄上半身前倾，抬手扶着她靠近：“想干什么？”

掌心干燥，温度很高，隔着薄薄的裙子布料贴上来有很陌生的触感，孟婴宁的声音有点儿抖：“就……换个药。”

“换个药？”陈妄缓声重复，似乎觉得有些好笑，“你知不知道你现在是在我家？”

低哑的嗓音钻进耳朵，磨得人耳根发麻。

孟婴宁没说话，牙齿咬了咬下唇。

"说话。"

"知道……"孟婴宁小声说。

"知道？"

陈妄眯眼看着她，声音低得近乎耳语："那知道这药现在就这么让你换完，男人会想干点儿什么？"

他的手虚虚地扶着她，掌心温度很高。

然后他清晰地感受到腿上的人一颤，睫毛抖着抬起眼来，湿漉漉的眼软软地看了他一眼，声音轻细，小得几乎听不见："知道……"

她低声重复："我知道的。"

陈妄扣住她腰的手指瞬间收紧，哑声说了句脏话。

他倏地放开手，人往后靠在沙发背上，后槽牙紧咬，深黑的眼死死地盯着她。

咬牙切齿。

如果眼神能吃人，她现在应该已经被消化干净了，可能连骨头渣子都不剩，孟婴宁想。

好半天，陈妄才又开口，沉沉地叫了她："孟婴宁，我不管你想玩什么成人游戏，别找上我，我不奉陪，听明白了？"

孟婴宁狠狠地咬了一下舌尖，口腔里有一点点腥味蔓延，她忍下难堪硬着头皮说："我要是真的想玩什么，不用我自己主动，有的是人。"

"那不是正好吗，"陈妄略一勾唇，"换个人，省时省力，你不喜欢？"

"不喜欢。"孟婴宁说。

陈妄的表情冷下来。

"我不喜欢，我不想换，"孟婴宁说，"我就是想要你。"

陈妄沉默地看着她。

她破罐子破摔了。

反正都已经这样了，都已经说到这种程度了，还有什么好藏的，有什么好躲的，有什么好纠结的，有什么好遮掩的？

喜欢一个人应该是光明正大的事，她又没做什么坏事，她就是喜欢他而已。

小时候最开始一看见他就躲，后来躲着躲着就会忍不住找他，看他在哪儿。

不知道是什么时候变了味儿，想看见他，想跟他待在一块儿。

就算是吵吵架也是好的，她喜欢他沉着脸，用不耐烦又无可奈何的样子看着她，问她想不想吃个苹果派。

每当这个时候，孟婴宁总是觉得，他也是很在乎她的。

他是在哄她的。

客厅里很静，孟婴宁的手撑在他腿上，低垂下头，努力抛开了全部羞耻心："我知道这样会发生什么，也不是知道，就是，就算真的要……也可以。"

孟婴宁自己都不知道自己在说什么，只不管不顾地胡乱地往下说："你十年没见过我，十年是很长的，我不是什么都不懂，也不是小孩子了，而且我现在还挺好看的，身材也……没那么差，你应该也不吃亏。"

她咬着嘴唇，很固执地、委屈地说："陈妄，我长大了。"

我长大了，你能不能看看我？

她说完好半天，陈妄都没说话。

孟婴宁不知道过了几分钟，像是过了一个世纪，她听见他很轻地叹息了一声。

陈妄抬手，轻轻地揉了揉她的头发，他的手很大，掌心干燥温暖。

"宁宁。"

"以后不能说这样的话，"陈妄看着她，低声说，"女孩子要爱惜自己。"

他的声音里有压抑的疲惫，也有很沙哑的温柔。

男人眼底是影影绰绰的，她读不懂的情绪。

他是这么说的。

视野一片模糊。

孟婴宁才意识到她不知道什么时候哭了。

陈妄早就看出来了。

她的喜欢，他其实全看出来了，所以他最近偶尔会用那种探究的、很复杂的眼神看她。

他什么都知道。

这么显而易见的事情，她这段时间都做得这么明显了，看不出来才不正常。

一直以来都没点破，甚至今天所谓的成人游戏，所谓的要她换个人，不过都是拒绝的意思而已。

偏偏她还不死心，非要不撞南墙不回头，非要不知好歹地要问出个结果来。

她把坚持了这么多年的自尊摔在地上，把小心翼翼藏着的心思摆出来，把一颗心脏剖出来捧到他面前，她想告诉他。

你看，它为你而跳动。

它可以是你的。

我也可以。

他却不要。

他说她不爱惜自己。

他一定认为她是那种很随便的女人，随随便便就往男人身上贴，没有羞耻心，连从小一起长大的青梅竹马都不放过。

孟婴宁难堪地低着头，死死地咬住嘴唇，很压抑地哭。

她不敢抬头去看他的表情。

她踉踉跄跄地从他身上爬下去，动作慌乱得毫无章法，一阵哗啦啦的声响，沙发上的塑料袋子和碘伏瓶子全被扫到地上。

孟婴宁蹲下身，手忙脚乱地把袋子里的东西一样一样地捡起来："对不起。"

她的眼泪落在地板上，吧嗒吧嗒的，砸出一个个小小的圆形水渍："对不起……"

孟婴宁低垂着头捡掉在地上的棉签："你自己换药吧，汤应该快好了，米饭也在锅里……"

她忍着哭腔，语速很快地说："别的菜不会烧就先放着，汤要记得喝，那个牛肉好贵，你不要又不吃……"

孟婴宁说完站起来，快步走到门口，拽过外套和包，埋头穿鞋。

防盗门被压着推开，然后重新关上。

她没再看他一眼。

陈妄靠坐在沙发上，眼神很空。

一片寂静里，他闭了闭眼，又睁开，人站起来，走到门口开门跟出去。

空荡荡的老楼楼道里有鞋跟踩在台阶上的声音，然后一声轻响，再次恢复平静。

陈妄下了楼，出来的时候孟婴宁刚好走到小区门口。

夜风很静，她把外套抓在手里，没穿，长长的腰带拖在地上，她像是完全没发现，低垂着头，慢吞吞地往前走。

陈妄保持着一点儿距离，无声无息跟在她后面。

他看着她出了小区，拐上人行道，时间不算晚，偶尔有两三个行人和她擦肩而过。

她沿着昏黄的路灯往前走，走过了公交车站，又过了地铁站。

再往前走是一所中学，这会儿大概是高年级的学生刚下晚自习，穿着校服的少年少女笑嘻嘻地往外走，学校门口有小商贩推着推车卖小吃，油炸食品的香味四散在夜色里。

有个扎着马尾辫的少女蹦蹦跳跳地出了校门，她身边跟着个高大的少年，女孩指着一个小吃车，扬起小脸说："我想吃这个鸡排。"

少年看都没看："不行，垃圾食品。"

女孩子不高兴，皱眉瞪他："我要吃！我又不总吃，你怎么天天这个不让干那个也不让干？你好烦人！"

少年被她吵得烦了，抬手弹了弹她的额头，没好气地说："就知道吃。"

他说着，一脸不耐烦地走到小吃推车前，买了一份鸡排。

孟婴宁忽然停下脚步，站在路边看了一会儿。

那女孩吃到鸡排，嘴巴里咬着，被坏脾气的少年扯着手拉走了。

学生渐渐散了，校门被保安唰地拉上，四周恢复安静。

孟婴宁慢慢地蹲下了身，把手里的包和外套都丢在地上，手臂环着膝盖抱住，头埋下去，然后纤细的肩膀不受控制地颤抖。

陈妄听见很低的啜泣声隐隐约约地传过来，刚开始只是细微的，像受伤的小动物，然后一点一点变高，女孩子止不住的哭声在安静的夜色中响起。

她像是终于找到了情绪的宣泄口，蹲在路边，把头深深地埋在臂弯里，崩溃般地号啕大哭。

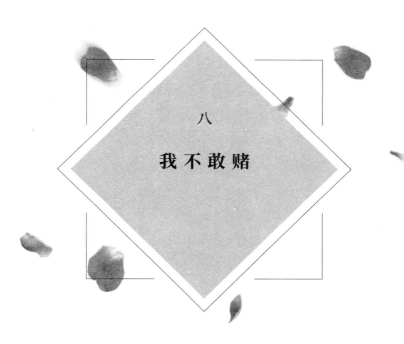

八

我不敢赌

[38]

孟婴宁不知道自己哭了多久。

四周渐渐地从偶尔有人声响起，到后来整条街道一片安静，路灯发出微弱的刺刺啦啦的声音，秋初零星顽强的小飞虫绕着灯柱在头顶盘旋。

孟婴宁抬起头来，眼睛哭得有点肿，视线模糊，嗓子火烧火燎地疼。

她抬手抹了一把眼泪，然后抓起地上的包和外套，想站起来。

脚和腿发麻，脚底板像被细细密密的小针扎着，说不上来的酸疼让她趔趄了一下，然后整个人跌坐在地上。

她安静地在地上坐了一会儿，看着眼前夜里的街道，有些茫然。

所以她这算是，失恋了。

她的喜欢终于通过这种狼狈不堪的方式倾诉出来，然后被理所当然地拒绝了。

她抹干净脸上的泪痕，手指捏着脚踝缓了一会儿，慢吞吞地从地上站起来。

纤细小小的身体晃了晃，然后站稳。

不远处校门口那些卖小吃的商贩全都走了，只有那个卖鸡排的小推车还停在那儿，车棚顶挂着个圆形的灯泡，老板借着微弱的光一张一张地数着零钱。

孟婴宁顿了顿，走过去："要一份鸡排。"

小贩看了她一眼，答应得痛快，咔嗒一声拧开了油锅，又掀开旁边铁盘子上的塑料袋，夹出一块鸡排，下锅。

等着的工夫，孟婴宁说："您还不走呀？"

小贩咧嘴笑了笑，带着口音很实在地说："等高三一会儿下了晚自习再走，还能再挣点儿。"

孟婴宁笑了笑："辛苦了。"

小贩看了她一眼。

很漂亮的小姑娘，穿得看着也挺好，就是眼睛红红肿肿的，鼻子也通红，嘴角牵起来的时候笑得很勉强。看她刚刚蹲在那儿哭得那么伤心，也不知道是因为什么。

原来看着这么漂亮光鲜的人也有自己烦恼的事儿。小贩想了想，把正在炸的那块鸡排拨弄到一边，又从铁盘子里夹了一块大的下锅，笑着说："给你换块肉多的，不高兴的时候就吃肉，吃饱了回家好好睡一觉，明天醒来什么事儿都过去啦。"

孟婴宁怔了怔，垂头说了声谢谢。

鸡排炸好装进小纸袋里，孟婴宁给钱又道了声谢，然后接过来。

炸得酥软，触感滚烫，因为觉得太烫，她垫了两张纸巾，热度隔着白色纸巾熨着指腹。

她其实也没有很想吃。只不过在那刚刚买了鸡排以后扯着女孩子往前走的坏脾气少年身上，她总觉得隐约看到了谁的影子。

蒋格是第二天中午回来的。

少年身上穿着件牛仔外套，上面金属的链子随着他的动作丁零当啷地响，里面黑 T 恤上印着只张牙舞爪的青龙，裤子破洞大到几乎只有裤腰和脚踝连着牛仔布料，走路带风，看起来非常朋克，顶一头橘黄色"杀马特"发型也完全不会让人觉得违和的那种。

防盗门刚一开，蒋格发现这屋里尼古丁规格有点儿超标，云雾缭绕像个仙境。

他嘴里叼着棒棒糖，哼着歌，手里拎着一堆吃的脱鞋进屋，第一件事儿就是直冲窗前，开窗通风。

再一回头，看见沙发上横躺着个人。

蒋格给吓得一哆嗦，走过去，侧着头，仔仔细细地端详了一会儿。

陈妄闭着眼躺在那儿，眼底有很重的淡青阴影，手边沙发前的地上全是烟头，人一动不动，跟死了似的。

蒋格脑子一抽，抬手，食指往他鼻尖下搭了搭，探了探鼻息。

手刚伸过去，陈妄倏地睁开眼，一把抓住。

"欸欸欸疼疼，哥，是我！"蒋格叫唤着。

陈妄看了他一眼，放开手。

"这又是咋了？昨天还好好的，今天心情又不好了？"蒋格后退了两步，把手里的袋子放在茶几上，说，"婴宁姐说昨天来，我估计家里应该有吃的，只买了点儿水果，还有这个。"

蒋格从口袋里掏出一个手机盒递给他："严格遵照你的要求买的，卡办好了，还是之前那个号。"

陈妄的要求其实就是随便买一个，能发微信就行。

蒋格当时没忍心告诉这个古董，现在不能发微信的手机有点儿难找，除非老人机。

陈妄坐起身接过来，打开盒子，拆卡，装进手机里，开机。

他对着空白的微信界面看了一会儿，然后锁屏，把手机丢到茶几上，人重新躺回沙发上。

之前想着要有个微信是因为孟婴宁那天因他没回微信的事儿不高兴。

现在看来也没什么用了。

蒋格看了他一眼，凑过来，很贱地问："哥，你被甩了啊？"

陈妄漠然。

蒋格啧啧："真被甩了啊？为啥啊？婴宁姐是不是嫌你穷，住破房子，还没个工作啊？"

陈妄没搭理他。

"但是哥，你开路虎啊！你七位数的路虎呢？没给小姐姐介绍介绍？"蒋格苦口婆心，"虽然真爱不看这个，但是追人咱也不能太不注重这些物质上的东西，你得让人家知道，咱家里也不是没有条件，咱只是过于低调。"

他啰啰唆唆磨叽了半天，陈妄跟没听见似的，蒋格看着陈妄这副样子，有点儿不忍心，还要说什么，茶几上的手机响起。

陈妄慢吞吞地睁开眼，抬手摸过来，接起。

"手机买好了？还挺快，醒着睡着？"陆之州问。

"怎么？"陈妄开口，说了今天第一句话，声音嘶哑，听得蒋格直接愣了愣。

陆之州也顿了顿："见面说吧，我半个小时到你家楼下。"

陆之州没到20分钟就到了，来的时候蒋格已经走了，陈妄简单地冲了个澡下楼，车停在楼下。

陈妄上车，陆之州方向盘一转，开出小区："你那事儿交给刑警队了，挺巧，负责人你也认识，林贺然，听说出事的是你还让我跟你传达一下，没死成他表示遗憾。"

陈妄仰头靠着椅背，哼笑了声。

陆之州："是谁心里有数了？"

陈妄"嗯"了一声，脑海里闪过男人淬了毒似的眼，那双眼睛里有燃烧着的滔天恨意。

"差不多，"陈妄说，"汤严那个弟弟。"

陆之州诧异："汤城？他没死？"

陈妄笑了："我都还活着，他怎么甘心死？"

陆之州表情沉了沉，没再开口。

过了一会儿，陆之州才岔开话题问："对了，你跟婴宁吵架了？"

陈妄："……"

陈妄面无表情地侧过头来。

"别这么瘆人地看着我，"陆之州笑了笑，"阿桓说昨天晚上给她打电话了，感觉不太对劲儿，好像哭来着。"

陈妄的唇平直地抿着。

陆之州幽幽地说："说是哭得很伤心，嗓子哑得都快听不出来在说什么了。"

陆之州看了他一眼，叹气："这丫头其实从小就是，也就看着娇气，骨子里挺倔的，掉两滴眼泪过得也快，这次也不知道是被谁怎么给欺负的，这么伤心。"

陈妄不接他的话。

陆之州这个愁啊。

前面十字路口亮起红灯，陆之州把车停下，也不拐弯抹角了，干脆说道："你到底跟婴宁说什么了，人姑娘能委屈成那样？"

陈妄淡淡道："那你去安慰安慰。"

"不是，"陆之州无奈道，"我发现你这人真是越来越气人，你平时就这么跟婴宁说话的？"

陆之州真心实意地问："她为什么还没打死你？你是真的到现在都还没发现、不知道婴宁喜欢的到底是谁，还是不想让自己知道？"

陈妄沉默了下，说："之前不知道。"

陆之州挑眉："现在呢？"

"现在不能知道，"陈妄露出了一个很短暂的、茫然的表情，"她以前喜欢的是你。"

陆之州差点被他气笑了："她以前喜欢我？她喜欢我会一见到你就脸红？会有什么事儿第一个想起来去找你？会刚跟你吵完架你带着去吃个甜品就好了？"陆之州说，"女孩子的想法跟男人不一样的，你不能用你自己那种直接的思考方式去理解小姑娘的行为。"

陆之州继续说："而且，以前的那些过去了就过去了，都不说，现在你不是想明白了吗？怎么着，把人拒绝了？"

陈妄没说话。

孟婴宁是什么脾气秉性他很了解，也清楚地知道她不是随便找谁玩玩的人。

从那天在火锅店开始，她简单而直白的眼神和表达方式都太明显了，她就像一只不谙世事的小狐狸，伸出爪子来挠他一下，又怯生生地缩回去，眼神里全是期待和犹豫，想让他看出来，又怕他看出来。

青涩又赤裸，热情又胆怯。

勾人且动人。

很难让人不多想。

但陈妄不能想。

一旦确定了她的心意，他就不得不主动拉开距离，他不能招惹她。而在这个自我欺骗和挣扎的过程中，陈妄清晰地感觉到，他正在一点一点沦陷，他在向她妥协。

陈妄以为自己在和孟婴宁之间筑起的铜墙铁壁可以刀枪不入，可以无坚不摧，结果不是。只要她叫他一声，他可以心甘情愿地为她打开每一扇门。她开口，他就臣服。

十字路口的红绿灯闪了闪，然后再度亮起，车子平缓地向前行驶。

就在陆之州以为陈妄不会再说话的时候，听见他低声说："我就是希望她能好，她不能出事。"

陆之州愣了愣，侧过头来。

"万一我保护不好她，万一又像以前……"

陈妄仰头靠着副驾驶座椅背，眼睛直直地看着前面，眸光深而沉，声音有些哑："我不敢赌。"

陆之州不知道该说些什么好。

他从来没想过有一天，会听见陈妄说出"不敢"这样的话。

一片安静，一时间两个人都没说话。

手机铃声很突兀地响起，打破了空气。

陈妄从裤子口袋里抽出手机来，扫了一眼，是一个陌生的号码，无归属地。

陈妄盯着那串数字几秒，接起来。

他没说话。

对方也没说话，安静几秒，手机那头传来一声笑。

"中午好，想找你可真是不容易，费了我不少力气，"男人轻快地说，"前几天送你的礼物喜欢吗？"

陈妄一顿，眯起眼，身子缓慢地直起来。

"喜欢啊，"他嘲讽地开口，"我以为你特地找了个人来给我挠挠痒痒，几年没见，你就这点儿本事？"

陈妄说着看了陆之州一眼。

陆之州神色一沉，把车子拐进一条安静的街道，停在路边。

电话那头男人笑了笑："你也说了，几年没见，这不是先给你送份见面礼？贵在心意，你喜欢就行了。"

陈妄略漫不经心地说："所以下一步是什么？见面礼送完了来找我叙旧聊天儿？"

"我是挺想跟你好好聊聊，不过今天有别的事儿，改天吧，"男人的声音阴柔、温和，而愉悦，"昨天那个，是你女人？"

陈妄一顿，唇角一点点地垂下去。

"惹嫂子生气了吗？"男人语气愉悦，"就这么看着自己的女人一个人哭那么久多不好，就算你跟着她把她送回家她又不知道，不如上去哄哄。"

空气像是凝固了。

陈妄捏着手机的手指收紧，声音里听不出情绪："汤城。"

汤城像是被他的反应取悦了，笑了起来："这就急了？"

"陈妄，"他声音里的笑意消失得一干二净，"我说过了，你身边所有跟你有瓜葛的人、你在乎的人、你爱的人，我一个都不会放过，我体会过的，我都要让你也尝一遍。"

男人呢喃似的低声道："我跟你说过了，是不是？"

他说完，很耐心地等了一会儿。

陈妄缓声说："我也跟你说过，你有本事就弄死我。"

他眼底一片死寂，声音很低，压抑着冰冷的暴戾："要么你现在弄死我，我活着一天，你敢碰她一下，我就送你到下面跟你哥团聚。"

[39]

陈妄挂了电话以后没犹豫，直接给孟婴宁打了个电话。

陆之州在旁边坐着看着他一个电话拨过去，没说话。

车子被停在巷口，再往里面拐是老四合院，红砖墙边停了一排掉了皮的旧自行车，跟高楼大厦隔绝开，像两个世界，车流声远远地从另一个空间传过来。

电话那边响了好半天，然后被挂了。

"……"陈妄侧头，"给孟婴宁打个电话。"

陆之州二话没说，抽出手机来，把电话拨过去。

响过几秒钟后，对方接了，孟婴宁安静了一下，犹犹豫豫地开口：

"之州哥？怎么了？"

听到声音的瞬间，陈妄紧绷的神经放松。

他捏着手机的手垂下去，然后脱力似的靠上椅背，长长地出了口气。

他整个人像是放空了，隐约听见陆之州在旁边和孟婴宁说话。

"现在在哪儿？"

"在公司？"

"最近忙吗？有没有什么高兴的事儿？周末一个人无聊的话可以找阿桓出去玩玩。"

孟婴宁很乖地一一回答了，声音听起来和平时没什么不同。

那边有人叫了她一声，大概是工作上的事情，孟婴宁提高了一点声音，应声，然后挂了电话。

陆之州放下电话，看了他一眼："在公司，去看看？"

"先不了，"陈妄神情恹恹，"走吧。"

陆之州重新发动了车子。

驶出巷子时，他忽然说："我其实没什么立场说什么，你跟宁宁对我来说跟阿桓没什么差别，我也不想让婴宁真的受伤，但她也不是小孩儿了。"

陈妄有些时候很服陆之州这点，这人是个彻头彻尾的老妈子，从小就能用一种好像大你 20 岁的语气苦口婆心，开头一定是"你的事情我不会管，但是你看啊……"

最烦的是他往往说得还挺有狗屁道理的。

陈妄其实也明白他想说什么。

汤城出现得很突然，销声匿迹几年半点风声也没有的人忽然出现，上来就送了陈妄一份大礼。

而这份礼物送到他手里的十几分钟前，他在跟孟婴宁说晚安。

那时候他心里对她不是没有半点想法的。

而汤城就像是掐着时间特地来提醒他，不要有奢望。

陈妄合了合眼："我不该回来。"

陆之州皱眉："说什么屁话？消失了几年的人，谁知道他会在这个时候突然冒出来？我都以为他死了。"

"其实我也不是不能理解你的想法，如果是我，我应该也会像你这样，"陆之州叹了口气，"让她以为你对她没别的想法和心思，可能会有点伤心，但是难过一段时间，或者说几年吧，找个新男朋友也就过去了，哪儿有什么过不去的？如果不这么跟她说……"

陆之州顿了顿："不这么说我也不知道会怎么样，我也不明白小姑娘的心思不一样在哪儿。"

"你没机会像我这样，"陈妄说，"她又不喜欢你。"

陆之州有点无奈："这是重点？"

"难道不是？"陈妄说。

"是，这就是重点，"陆之州被他噎住了，"你可算是知道她喜欢的是你了。"

陈妄扫了他一眼："你不是也挺喜欢吗？"

陆之州怎么听怎么都觉得哪儿有点怪怪的。

他很快明白过来陈妄这句话里的宾语指的是谁："唉，我说实话，说以前对她从来没起过一点儿心思那是骗人的，毕竟小姑娘确实讨人喜欢。"

陆之州笑着说："不过我很快就回头是岸了，现在也就真没了。"

"哦，"陈妄说，"有也没用，她也不喜欢你。"

陆之州强忍着没把他踹下车。真是服了，也不知道他在炫耀点儿什么，明明人家现在连他电话都不接了。

刑侦支队。

陈妄站在门口，漠然地看着一片狼藉，文件、白纸遍地飞的办公室。

林贺然手里正端着个茶水杯，哼着忧郁的蓝调爵士乐穿梭在一堆废纸里："街口和附近几条街的监控都调了，五菱宏光那个车牌是假的，后来那辆倒是真的，我让人从开发区桥洞里拖回来了，路面监控没看见有人上去或者下来，提前安排了人在桥底换了车走的。"

林贺然食指一抬："对了，你说那人是谁来着？"

陈妄回手拉上办公室的玻璃门，靠站在门边说："汤城。"

林贺然脸上吊儿郎当的笑敛了敛，把茶水杯放在办公桌上："哦，他。"

两人现在不在一个系统，也有几年没见了，但林贺然转业之前和陈妄很熟，是睡上下铺有过命交情的战友。

那会儿林贺然无论什么都要被陈妄压着一头，陈妄是正的，他就是副的，他被陈妄都快烦死了。

现在两人形成鲜明对比，一个转业、一个失业，一个风生水起、一个无业游民。

林贺然唇角再次快乐地提起，虽然他心里其实并不见得有多愉悦，甚至看了一眼这人现在这样儿还有点想揍他："汤城这几年太消停了，一下子蹦出来找你叙旧我还有点儿不适应，行，我回头查查，你就老老实实地在家里待着，别天天在外面瞎折腾跟我抢活儿干了，他还给你打了电话？"

陈妄轻声道："他既然敢打，就说明这通电话找不着他。"

"那还真是让人怪害怕的，"林贺然嘲讽他，"用不用我找两个人随身保护你，陈小娇娇？"

"嗯，"陈妄看了他一眼，半点情绪波动都没有，平静地说，"有个人，你帮我看着点儿。"

林贺然叫了汉堡外卖，两个男人蹲在像破烂市场一样的办公室边聊边啃，陈妄啃完后把汉堡包装纸随手丢进垃圾桶站起来说："走了。"

林贺然把自己那个汉堡包装纸也团吧团吧朝他扔过去："陈妄你要点儿脸吧，两个破汉堡的便宜你也占，说好的 AA 制呢！倒是给钱啊！"

陈妄从警局出来的时候是下午三点，伸手招了辆出租车，到 SINGO 总部。

他下车，没马上进去，在门口站了一会儿。最开始陈妄根本没觉得她会对他动什么心思。

等意识到的时候已经出了事儿，这小姑娘偏偏跟打了鸡血似的在他眼前蹦跶，被他凶得眼圈通红哭得稀里哗啦的，却再不像之前那样转头就走了。

如果没牵扯上她，他不会告诉她。

没有今天汤城的那通电话，他和孟婴宁昨天晚上应该就是结局，不再接近，不再和她牵扯上关系，趁着一切都还没开始，趁着她应该还没多喜欢他。

但现在已经这样了。

抛开其他的事情不提，陈妄没办法明知道她处于什么样的情况和危险中却不提醒她，她应该有自己的判断，也有了解现在自身处境的权利。

这会儿是下午四点半，孟婴宁五点下班，陈妄走到一楼休息区，陷在柔软的沙发里，沉沉地垂着眼等。

五点十五分。

大堂里传出说话声，高跟鞋踏上大理石地面的声音清脆，陆陆续续有人从电梯间里出来。

等了大概五分钟，陈妄看见了孟婴宁。

她一边往门口走，一边跟别人说话，杏眼明澈，唇边弯起很自然的弧度，天生带笑似的，表情很乖，老老实实的样子，眼睛却咕噜噜地转。

她身边，男人一身西装笔挺，略垂着眼侧头听她说，眉眼温润、笑容柔和。

是之前在津山温泉酒店遇到的那个男人。

陈安看着他们慢慢地走过来，孟婴宁侧着脸说话，不经意抬眸，看见了他。

陈安靠在沙发背上，直直地看着她。

孟婴宁的视线猝不及防地对上他的目光，然后掠过。

孟婴宁眼神轻飘飘地扫过去，像什么都没看见似的，目光流转，重新看回身边的男人，说了些什么。

小姑娘轻快微扬的尾音融化在空气中，然后被旋转的玻璃门隔绝。

戛然而止。

孟婴宁出了公司门停住脚步，站在门口有些恍神。

"那我先走了，刚刚跟你说的事情别忘了，明天影棚你给我亲自去盯，出了问题知道自己归宿在哪儿吗？"郁和安抬手看了眼时间说。

"啊，"孟婴宁恍惚回神，试探道，"一楼女厕所马桶间？"

郁和安温柔一笑："到时候整栋楼的女厕所马桶都是你的了。"

"好的，主编再见。"孟婴宁乖巧地说，恨不得给他鞠一个九十度的躬。

郁和安没说什么，回头看了一眼身后的旋转门，扬眉调侃："不跟你的'不认识'打声招呼？"

"不认识还打什么招呼？"孟婴宁抿了抿唇，低垂下眼去，声音也跟着低了低，无精打采地说，"主编路上小心。"

郁和安走了。

孟婴宁抬手，摸了摸眼皮，软软的。

她今天早上起来的时候眼睛肿得都快睁不开了，从冰箱里拿了两盒冰激凌敷了好久，又拿煮鸡蛋滚，最后画了个眼妆才不太看得出来，不知道刚刚陈妄看见她的时候眼睛是不是肿的。

虽然失恋了，被拒绝得好惨，但她还是想看起来有志气一点儿，洒脱一些。

可别看着哭唧唧像是伤心欲绝恋恋不舍似的，那样子多难看。

孟婴宁没去想他来这里是干什么的，就像中午的那通电话。她昨天一猛子扎在了南墙上，结结实实撞了个头破血流，撞得五脏六腑跟着震得疼。在他说了那些话后，就连看见他都让她难堪得想要落荒而逃。

自作多情的事情再不敢想了。

她深吸一口气，晃了晃脑袋，往街口走。

走到一半，陆之桓的电话打过来："狐狸！我到了！下班了没？"

"已经出来了，你在街口等我。"

陆之桓这人平时看着缺心眼儿，做朋友还是相当细致靠谱没的说的，昨天电话打过来察觉到她不对，半个小时后人已经到她家楼下了。

一进门看见孟婴宁肿得跟核桃似的眼睛吓了一跳，当即炸毛。

不过孟婴宁不说，他也没刨根问底，只说明天等她下班带她出去玩。

孟婴宁也不想一个人待着。

她想起之前答应陈妄的，他伤好前这段时间要每天去他家里帮他换药，一时间又想提醒他要记得。

想法刚飘过去，又被她拽回来，孟婴宁使劲儿咬了一下自己的舌尖，提醒自己心里有点数。

太长久的喜欢，想要一朝一夕彻底抛弃掉是很难的事情。

还是之前的那家酒吧，二楼尽头倒数第二个包厢，孟婴宁和陆之桓到的时候里面已经有不少人了。

有几个熟面孔，还有一个是上次那位聊得挺开心的"粉衬衫"，叫易什么的，孟婴宁忘了。

一看见她进来，"粉衬衫"眼睛亮了亮，跟她打招呼。

酒过三巡，孟婴宁也来了兴致，不至于醉，却明显感觉到脑神经活跃起来，人比平时要兴奋一些。

都说酒是好东西，孟婴宁这会儿觉得真的挺有道理的，至少那些难过的、不堪的情绪被酒精刺激着，短暂地麻痹掉了。

像是有人递过来了一把钥匙，拧开了锁，那些忍耐着装作若无其事被藏在深处的东西一股脑儿地从牢笼里逃脱了，叫嚣着往脑海里钻。

不想思考，也不想压抑。

她单手撑着桌边站起来，倾身过去拿放在那头的伏特加酒瓶子，拿回来以后发现已经空了。

她皱着眉转过头来，不满地嚷嚷："陆之桓！我要酒！"

陆之桓拍桌："要！要的！"

服务生拿着酒推门进来，孟婴宁从沙发上站起来跑到门口，开开心心地接过来。

她回到沙发那边坐下，看着"粉衬衫"把酒倒满。

他拿了两个杯子，一个大一个小，两个里面装了不同的酒，把伏特加倒进炸弹杯，男人手指捏着杯口，悬在大一圈儿的那杯啤酒上方，松了手。

吧嗒一声响被周围轰隆隆的背景音掩盖，酒液混合在一起，然后沿着杯口溢出来，哗啦啦地淌在桌面上。

孟婴宁单手撑着脑袋，歪着头，迷蒙着眼好奇地问："这是什么？"

"深水炸弹，""粉衬衫"侧头，酒杯往她面前推了推，"尝尝味道？"

孟婴宁来了兴致，接过来喝了两口。

冰凉的酒液在口腔里漫延，滑过喉管，刺激得舌尖发麻，脑袋都有点儿热。

她又喝了两口，被陆之桓拦了拦："狐狸，这个尝尝味儿就行了。"

孟婴宁被拦住了，抬起头来慢吞吞地看了他一眼，不撒手："我要喝这个。"

陆之桓叹了口气，把酒杯递给她："行，喝，我陪你喝。"

"我不要你陪我，男人都是王八蛋，我要年年，"孟婴宁不开心地说，"我要年年陪我。"

"我他妈哪儿敢叫她，她看见你这样不得杀了我，"陆之桓无奈地说，"我管不了你，我让陈妄哥来了。"

孟婴宁咬着玻璃杯杯沿，那上面转圈儿有一层砂糖，甜甜的。

"我不要他，"她扫他一眼，眼神很无情，"你是很该死。"

陆之桓："……"

陆之桓原本的想法挺简单的，心情不好，出来喝一顿就好了，人生在世有什么是一顿酒过不去的，如果有那就两顿。

但是从刚刚开始，他觉得孟婴宁的状态看起来不太对劲。

小姑娘咕咚咕咚把手里一杯酒全喝了，动作豪迈得让陆之桓胆战心惊，她刚刚已经喝了不少，这会儿眼角发红，抿着唇看了他一会儿，然后重新靠回到沙发背上。

耳边的音乐声和骰子声混到一起，有人在唱很吵的歌，震得太阳穴一跳一跳地疼。

她晚上没吃东西，酒精烧得胃特别热，包厢里空调开得足，手臂又有些冷。

孟婴宁站起身来，推门出去，沿着走廊熟门熟路地摸到洗手台，打开水龙头洗了把脸。

冰凉的水浇上来，热度降了不少，孟婴宁单手撑着池边，另一只手掌心捧着水，一下一下地往眼睛上拍。

水流冰凉，进眼睛里的感觉很涩，冷冷的。

然后有另一股温热的液体顺着眼角溢出来，她吸了吸鼻子，不断地捧起水来冲洗。

她想把它洗掉，却怎么也洗不掉。

烦。

真的很烦。

孟婴宁缓慢地垂下手去，蹲下身，额头抵着冰凉的大理石池边，水珠滚下来，顺着下巴尖儿往下滴。

身体里面热，皮肤又觉得冷。

她蹲在墙角，忽冷忽热的矛盾感觉让她不断地打着哆嗦，脑子转得很慢，眼皮有点沉。

混沌间有人叫她。

声音沉沉的，几乎散在空气里，远远地传过来似的。

孟婴宁抬起头来，坐在地上仰着脑袋，看了三秒。

"我做梦了。"她看着他，肯定地说，"不然我为什么会看见陈妄那个王八蛋？"

陈妄居高临下地看着她："起来。"

孟婴宁低声嘟哝："走开。"

陈妄在她面前蹲下。

她在哭，不知道哭了多久，眼睛全是红的，泪珠顺着眼角往下滚，裙子膝盖那里的布料全都湿了，身上全是浓烈的酒气，人在抖。

就这么醉着坐在走廊的洗手台前，真被路过的什么乱七八糟的人弄走了她可能都不知道发生了什么。

陈妄压着火，早晚得揍陆之桓一顿，叫人出来又看不住。

他低声跟她商量："先站起来，自己能站吗？"

孟婴宁看着他，跟没听见似的，眼里像蒙了层雾，目光没聚焦，脸上也没什么表情，只有眼泪机械地、不停地往下掉。

陈妄抿着唇，抬手，指尖抹掉她眼下的泪："不哭了。"

288

孟婴宁怔怔地看了他几秒，然后整个人被他这句话瞬间点燃唤醒。

"凭什么？你凭什么管我？"她声音哭得沙哑，含含糊糊地咬字，开始发脾气，"我都不能管你，不能问你，不能喜欢你，也不能哭。"

她哭得开始有点儿凶了，发泄似的重复："我什么都不能干，我都已经失恋了，我被甩了，我现在连哭都不能哭……"

走廊安静空旷，水龙头没关，水哗啦啦地流着。

她的声音低下来，藏在水流声里："你还那样说我……"

孟婴宁不知道该怎么形容那种心情。她认真又忐忑地、满心期待地、紧张地把自己的心意这样告诉了心上人。

是她在意了很多年的人，少女时代是秘密，长大以后是喜欢。

他前一天才抱过她，怀抱有很温柔的温暖力度。那时候孟婴宁一厢情愿地以为，他其实也不是完全对她不感兴趣的。

他却觉得她不自爱。

他大概觉得她的感情随便又廉价。

是真的很伤心，伤心到孟婴宁觉得自己永远永远都不会再对任何人说出这样的话了。

她通红的眼看着他，眼神里有浓浓的悲伤和委屈："你怎么能那样说我？我没有想跟你玩什么……什么游戏，我没有不自爱……"

陈妄始终没说话，直到她说到最后这句，他手指动作一顿，低眸，喉尖滚了滚。

"我没有，"孟婴宁闭上眼睛，很难过地哭，抽噎着，断断续续、语无伦次地说，"我就是……因为是你才这样的，我不是随便的女人，没有乱搞，也没有……"

她的话没有说完。

下巴蓦地被捏住，抬起，紧跟着温热的手指滑过柔软的耳郭，扶在她耳后。

孟婴宁只来得及睁开眼。

陈妄脖颈一低，吻上她的唇。

[40]

哽咽着的胡言乱语瞬间消音，孟婴宁安静了，没说完的话全都被严严实实地堵在了唇齿间。

陈妄的手指扶在她耳后，亲了亲她的唇，然后把指尖探进发丝里轻缓地摩擦，另一只手拦腰直接把她抱进怀里站起来，抵在墙上。

他低头垂眸，托着她的脸往上抬了抬，小心翼翼地碰了碰她的唇，分开，又碰了碰。

陈妄压抑着想要深入这个吻的欲望，抬起头来，嗓音沙哑，叹息似的："早就想这么干了。"

不想放开。

滋味太好，让人舍不得就这么浅尝辄止。

小姑娘的唇柔软滚烫，带着很浓郁的酒气，她完全呆住了，眼泪含在眼睛里，呆呆地看着他，嫣红的唇瓣微张着，隐约看得见藏在里面的小小舌尖，像是无声的邀请。

陈妄眸光暗了暗，克制地拉开了一点距离："你这小脑子里一天天都在想什么？"

孟婴宁唇瓣轻动，没发出声音。

陈妄："嗯？"

孟婴宁脑子还蒙着，有些恍惚地看着他，歪了下头，问："你刚才亲我了吗？"

水龙头哗啦啦的有些吵，陈妄随手关了："嗯。"

他这边话音刚落，孟婴宁没犹豫，抬手直接给了他一巴掌。

她喝了太多酒，其实浑身都软绵绵的，根本使不上什么力气，但是胜在声势浩大，而且毫无预兆，这一巴掌甩上去，"啪"的一声脆响，陈妄的头还是很轻微地偏了一下。

陈妄："……"

陈妄有点儿蒙。

孟婴宁被他抱在怀里，红着眼睛骂他："王八蛋。"

陈妄侧过头来。

"这是我的初吻，是初吻，"孟婴宁肝肠寸断地说，"我以前！连狗都没亲过！"

陈妄："……"

孟婴宁说话的时候舌头发直，人还抽噎着，身子软绵绵地往下沉，又开始哭了："连我家狗都没亲过我！"她绝望地重复了一遍，说完又瞪他，"谁让你亲我的！"

陈妄空出手来，拇指指尖蹭了一下发麻的唇角，抱着她往上颠了颠："不想我亲？"

孟婴宁思考了一下，然后老老实实地说："想。"

"想亲，"她说着抬起手臂，主动勾着他的脖子，人贴上去，小脑袋也跟着凑上去，眨巴着眼看着他，乖巧地说，"那你再亲亲我。"

声音软软的，睫毛上还挂着泪，吐息间酒气喷洒在他唇角。

陈妄哑声问："再亲还打吗？"

"肯定要打的。"孟婴宁很认真地看着他，毫不犹豫地说。

陈妄："……"

孟婴宁条理清晰、思维缜密："你之前还说不要我的，现在又亲我，你这不是流氓吗？你干了这么不要脸的事儿，我怎么还能不打你？"

陈妄听着她那句"你之前还说不要我的"，身体里的某处像被硬生生地撕扯了一下。

他轻轻地牵了下唇角："嗯，你说得对。"

孟婴宁不依不饶，湿漉漉的眼眨巴眨巴的，执着地看着他问："那你为什么亲我？"

陈妄垂眸，看着她："没忍住。"

因为实在太心疼了。

她说的那些话，那些带着哭腔的卑微到让人听不下去的每句话、每个字都像刀似的，身体里的肋骨随着她的话在一寸寸收紧，然后勒住心脏。

那一瞬间，他切实地感受到了孟婴宁受到的伤害。

而这样的伤害，是因为他。

是他造成的。

他以为这样做对她是最好的，即使两人从此再不会有任何交集，他也只是想让她平平安安地长大、变老，百岁无忧。

却让她那么难过。

陈妄叹了口气，然后抬指，刮掉了她眼角还挂着的泪珠："要不要回家？"

孟婴宁趴上了他的肩膀，人懒洋洋的，她哭得累了，脑子又沉，因为酒精的作用指尖和嘴唇都发麻，鼻息喷洒在他侧颈，有点儿烫。

她点了点头："我想睡觉。"

陈妄抱着她往外走："那回家。"

他折回包厢拿了包和外套，下楼。

酒吧门口停着辆白色轿车，驾驶座车窗降下来，林贺然坐在里面摆弄着打火机。

看见他怀里抱着个姑娘出来，林贺然眉一扬："嗬，您这捡艳遇去了？"

陈妄把孟婴宁放进车后座，人跟着上去，没搭理他。

林贺然头凑过来，吊儿郎当道："就她啊？你死活非要调我十万天兵天将来给当保镖的那个？

"行啊陈队，几年没见媳妇儿都有了，"林贺然笑了笑，"这妹子是怎么眼瞎看上你的？我都没法想象和你谈恋爱得是多无聊的事儿，毫无情趣。"

陈妄没搭理他，倾身过去抬手把后座两边车门锁了。

孟婴宁缩在旁边，眉皱着，看起来不太舒服的样子。

陈妄低问："怎么了？"

"难受。"孟婴宁含含糊糊地说，她这会儿开始恶心了。

陈妄："想吐吗？"

孟婴宁摇了摇头，也说不出来是哪里难受，又觉得浑身哪儿都难受。

她闭着眼，眼角又渗出泪来，安安静静地哭着，小声说："我难受，手疼，手指疼。"

陈妄皱了皱眉，之前喝醉，她也是这么说。

陈妄低垂下头，问她："为什么手疼？"

孟婴宁闭着眼睛吸了吸鼻子，摇了摇头，不说话。

陈妄抿唇，将她抱过来，哄小孩似的捋着她的背，又拉过她的手："那睡一会儿，起来就好了。"

林贺然没忍住从后视镜看过去一眼，看见陈妄垂眸，一边拍着怀里姑娘的背，一边食指和拇指捏着她的手指一下一下地揉，说不出地耐心。

那个陈妄，吓得林贺然打了个哆嗦。

林贺然没忍住低声爆了个粗口，恍惚道："我真是见鬼了，你是陈妄啊？你别是被陆之州魂穿了吧？"

陈妄抬头。

林贺然从后视镜看着他："真是你媳妇儿？"

陈妄沉默了下，说："不是。"

293

"就是喜欢呗，"林贺然点点头，懂了，"那你还跟我要什么人帮你看着，你直接给人绑身边自己护着不比谁都强？"

陈妄侧头看着窗外，孟婴宁无意识地难受地哼唧了一声，他抬手，摸了摸她的头发。

林贺然继续给他出馊主意："你看，你就把这个做由头，然后把人往家里面一塞，金屋藏娇，既能近水楼台高效率追人，又能护着她，这不挺好吗？"

林贺然说得正兴起，一时间嘴巴上也没个把门儿的："到时候晚上睡觉的时候，那也不能一个人一个屋，自己一个房间睡多危险哪，指不定哪天半夜汤城一时兴起就从窗户外头蹦进来了。"

陈妄："……"

陈妄也不知道自己是不是脑子进水了，一时间竟然还觉得有点儿心动。

陈妄转过头来，从后视镜里看了林贺然一眼："舌头不想要了可以直说。"

林贺然："……"

孟婴宁是被手机的闹铃吵醒的，工作日每天早上七点半准时响起，隔三分钟一次，她一共定了四次，响到七点四十五。

她睁开眼睛的时候茫然半晌，慢吞吞地回神，隐约地回忆了一下昨天晚上都发生了些什么，基本上都还记得，只是到后面，有点模糊。

躺着的是床，身上盖着被子，身边没人，并没有什么标准的酒后乱性一夜情的场景出现。

孟婴宁单手撑着床面，坐起身来，就这么直勾勾地盯着墙面坐了几分钟，然后低垂下头，单手捂住了脸。

内心在崩溃地咆哮，脑子里"啥情况啊""这是真实发生过的吗""是做梦的吧""真的是真实发生过的吗"诸如此类的弹幕疯狂刷过。

孟婴宁垂手，一脸呆滞，也不知道是在自我安慰还是自我催眠："我已经饥渴到做春梦了。"

只是这个春梦未免也太纯情了。

就那么……碰了碰？

孟婴宁梦游似的掀开被子下床，身上穿着的还是昨天的那条裙子，头发上和身上全是未散的酒味混着烟味儿，嗓子干得疼，她光着脚走到卧室门口，开门。

客厅里安安静静的，纱窗关着，春梦对象此时正坐在正对着卧室门的客厅沙发上，长腿前伸，黑眸沉沉，淡淡地看着她，一动不动。

穿的也还是春梦里的那件衣服。

孟婴宁和他对视了三秒，然后后退两步，淡定地关上了卧室门。

手指在抖。

腿也发软。

所以是亲了。

孟婴宁背靠着门板，迷迷糊糊地回忆了一下当时的感觉。

手指应该是烫的，触摸到皮肤却感觉冰凉。

唇瓣意料之外地很软，跟他整个人给人的冷硬感完全不一样。

很温柔，像他的怀抱。

孟婴宁靠着门坐在地上，有些茫然。

她觉得这事儿太魔幻了，超出了她的理解范围。

他前一天才拒绝了她，明明不喜欢，却又亲了她。

她都已经差不多想要放弃了，想着初恋总是苦涩的，每个人都要经历的，没有失恋的人生不是完整的人生，要么就算了。

孟婴宁慢吞吞地从地上爬起来，摸到床边去拿手机，又蹭回到门口，给林静年发了微信："年总！"

林静年："曰。"

孟婴宁抿着唇，慢吞吞地打字："其实我之前，跟那个人，就算是说了一下我对他的那个非分之想。"

林静年："嗯，然后呢？"

孟婴宁咬了下嘴唇，不太开心的样子："然后他拒绝我了。"

林静年："……"

林静年："？"

孟婴宁继续："但是他第二天又亲了我，亲了我一下。"

孟婴宁："不对，不是一下，亲了好像两三下。"

林静年："……？？？"

林静年："他拒绝你了，然后又亲你。他以为自己是汤姆·克鲁斯还是马龙·白兰度吗？帅到惨绝人寰有这么大魅力呢？这不就是个典型大渣男吗！你还纠结这个干什么？扇他一顿就完事儿了。"

孟婴宁："……"

哦，那好像已经扇过了。

林静年看起来确实挺暴怒的："扇他都不解气，这狗男人叫什么名字？你把他约出来，你马上给他打电话，老娘要杀了他。"

孟婴宁："……"

这个要求实在是让孟婴宁觉得为难。

她正思考着该怎么说的时候，卧室门忽然被敲了一下，陈妄的声音隔着门板传过来："孟婴宁，我们谈谈。"

孟婴宁下意识地屏了屏呼吸，没说话。

陈妄很有耐心地敲门，边敲边平静地说："躲什么？出来。"

孟婴宁不出声，紧张地干咽了下口水，垂头打字寻求场外救援："他现在站在卧室门口敲我的门，说让我出去谈谈，我怎么说？我要出去吗？"

林静年那边这回没有秒回。

等了十几秒，她发了一条语音消息过来。

孟婴宁用指尖按着给点开了，然后把手机凑到了耳边。

她本来以为她手机微信开的是听筒模式，但是下一秒，女人难以置信的尖叫声在整个房间里清晰地响起，林静年气得嗓门儿高到破音了："孟婴宁！现在是早上七点半！他这个点儿为什么会站在你的卧室门口？！亲亲就算了，你还跟他上床了？！？"

敲门声戛然而止，门外一片死寂。

孟婴宁："……"

孟婴宁举着手机，面无表情，生无可恋。

[41]

微信提示音嘀嘀地响，林静年又连着发了好几条语音过来，都是好长一段的话。

孟婴宁没敢再点开听，手忙脚乱地改成听筒模式，还没等点开，手机经过一整晚的折磨电量告罄，响了两声以后不堪重负，屏幕非常巧合地黑了。

孟婴宁连昨天晚上自己是怎么回来的都记不清楚了，当然不可能给手机充电，就这么看着它恰到好处地关机，留下她一个人孤独地面对此时这个一言难尽的局面。

孟婴宁把黑屏的手机放在地上，坐着没动，整个人陷入了难以言喻的尴尬之中，甚至还有点儿似曾相识。

孟婴宁觉得林静年和陈安一定是上辈子就结下过什么梁子，可能还是血海深仇，直接延续到这辈子来了。

但为什么倒霉的是她？

她叹了口气，从地上爬起来，走到床头扯过数据线给手机充上电，然后慢吞吞地挪到浴室洗了把澡，洗掉了满身烟酒混合着的味道。

她出来看了一眼墙上的挂钟，八点整。

她今天还要上班，要去影棚盯着拍摄，一大早就得准时过去，如果人没在，估计郁和安真的会让她去扫厕所。

拖不下去了。

而且很饿，从昨天晚上空到现在的肚子一直在咕咕地叫。

换好衣服，孟婴宁愁眉苦脸地站在卧室门口，然后深吸一口气。

逃避可耻也没用。

真正的勇士敢于直面表白被甩跟闺密告状被抓包还怀疑两人有什么不可告人的肉体关系还被当事人听见了的青梅竹马。

……这也太窒息了。

孟婴宁又想哭了。

她给自己做了一通思想工作，又调整了一下面部表情，尽量让自己看起来像冷漠又无所谓的样子，然后打开了卧室门。

只露出一颗小脑袋鬼鬼祟祟地往外看了一眼，眼珠子滴溜溜地转了一圈儿。

陈妄没站在卧室门口，也没在沙发上。

可能是没耐心等她，然后走了。

孟婴宁长长地松了口气。

她打开卧室门往厨房走，准备拿两片土司随便吃点去上班，还没迈进厨房，就看见流理台前站着个人。

她的春梦对象正背对着她在熬粥。

旁边桌子上面包机砰的一声，弹出来两片土司。

陈妄把粥舀进碗里，又把土司片儿夹出来，最后从冰箱里拿出来一瓶老干妈辣椒酱，放在餐桌上，看了她一眼："舍得出来了？"

孟婴宁有点儿僵硬地站在原地："嗯……"

陈妄神色如常："几点上班？"

"九点半。"孟婴宁老老实实地说。

"嗯，先吃饭。"

孟婴宁也不知道他这是哪门子的吃法儿，辣椒酱配土司片是什么意思？当果酱抹上吗？

孟婴宁有些呆滞："你还会煮粥？"

"粥，"陈妄教她，"先把米洗干净放进锅里，加清水，开火，米煮烂，出锅。"

陈妄看了她一眼："会了吗？"

孟婴宁有点想翻白眼，没说话，坐在餐桌前拿起汤勺安安静静地喝粥。

陈妄在她对面坐下。

两个人都没说话，各自吃各自的，气氛很微妙。

孟婴宁一边喝粥，一边悄无声息地抬了抬眼，偷偷看他。

前天的事、昨晚的事、刚刚的事，陈妄都没提，一副神情平静的样子。孟婴宁松了口气。

虽然她现在只希望他能一秒钟在眼前消失，但是他没提，事情不摆在明面上说出来，那种尴尬的感觉好像就能自欺欺人地稍微少一点儿。

紧接着她又开始不爽。

什么意思？

这人什么意思！

做了那种事情以后他就打算装傻吗？一个解释都没有的话你至少先道个歉？吃完豆腐占完便宜以后就这么若无其事是不是也太渣了？

亲的还是你刚拒绝的告白对象！！

林静年说得没错，这人果然是个渣男。

孟婴宁心里莫名憋出了好大的火，想发，又硬生生地忍住了。

她心里默默地算着时间等他，直到喝了小半碗粥，陈妄依然一句话都没说。

孟婴宁吐出口气来，然后慢吞吞地把汤勺放下，站起身来："我吃好了。"

陈妄看了一眼时间："上班？"

孟婴宁没搭理他，径直进屋拿了手机和充电宝，又出来，手臂上挂着件外套，走到玄关，垂头穿上鞋子。

陈妄跟着走到玄关门口，靠着鞋柜看着她。

孟婴宁像没看见似的，把高跟鞋踩上，在原地轻轻跺了下脚，又从旁边拿起包来。

陈妄忽然开口："我送你。"

孟婴宁顿了顿，侧头问："你的车修好了？"

陈妄顿了顿："借了一辆。"

"哦，"孟婴宁把视线移开，开门，语气平淡，"不要你送。"

她抓起鞋柜上的钥匙要抬腿出门，手腕被人从后面拉住。

孟婴宁脚步一顿，回过头来，面无表情。

孟婴宁猜测自己现在的表情一定很帅。

心里甚至还有点儿爽，她没想到有一天自己终于也能在陈妄面前装一次 ×。

她没挣，抿唇："松手。"

陈妄安静地看着她，背着客厅窗，逆光，眉眼轮廓看起来深邃，声音低沉，有些无奈："有话跟你说。"

孟婴宁一顿，而后笑了："你有话跟我说，我就要听？"

陈妄没说话。

孟婴宁压着嗓子继续说："我以前有话跟你说的时候我看你也不怎

么想听，我现在没话了，也不关心你想说什么，更不想一直像个宠物似的被主人招来喝去的。"

实在憋太久了。

真的太气太委屈了。

孟婴宁觉得自己就像一个由着他拿捏摆布的人偶，他对她不好她就伤心，他对她好一点儿她又高兴，那种所有的情绪和感情都完全被人牵着的感觉让人觉得浑身上下都无力，让人觉得自己的感情卑微到尘埃里。

孟婴宁眼睛发酸，心里一股酸水又开始不受控制地往外冒。

她把那种感觉硬生生地压下去，深吸一口气，略微侧了下头看着他，表情平静："陈妄，你当我是什么？

"你今天想甩就甩了，明天想亲再亲亲，心情好了第二天还能若无其事地给做个早餐当施舍是吧？

"你让我走我就得走，你让我回来聊聊我就得听着。你真当我喜欢你喜欢到能任由你这么搓扁揉圆的是吧？"

她说完以后，空气特别静。

陈妄嗓音喑哑："对不起。"

孟婴宁愣了一瞬，然后眼睛一下子就红了。

她飞快地垂下头，没让他看见，她今天是很酷的人设，是失恋以后洒脱告别曾经，才刚把人骂了一顿的人设，现在就因为他的一句对不起，怎么能随随便便崩塌。

"没什么好对不起的，"她低垂着眼说，"不喜欢我又不是你的错。"

"不是这个。"陈妄说。

孟婴宁怔怔地抬起头来。

陈妄的声音有些艰涩："跟你说了那些话，对不起。"

那时候没想着她对他有多深的感情。

两人十年没见，他又以为她以前喜欢的人是陆之州，而他回来也没多久。就算她对他的感情是从那时候开始，到现在也不过几个月。

陈妄继续说："但有些事情得跟你说。"

孟婴宁背靠着防盗门门板，没说话。

陈妄给她讲了个故事。

其实是很俗套的一件事儿，无非就是他还没退伍的时候抓了个坏人，那坏人死了，但坏人有个感情很好的弟弟，跑掉了。

弟弟消失了几年，打怪升级换装备，然后回来找他报仇。

他说得简单，只说了个大概，语气听起来没太大起伏，确实就是跟讲故事似的，大多数地方也是省略过去的。

孟婴宁全程没说话，也没追问他。

她知道他没有全部告诉她。

比如说如果只是这样而已，他为什么日子过得浑浑噩噩，对自己的身体健康什么的看起来都完全不在乎？

比如说如果只是这样而已，他根本没有理由就这么退伍。

他说完，好一会儿，孟婴宁才开口："所以，你现在选择把这个告诉我，是因为我被盯上了。"

陈妄静了几秒，"嗯"了一声。

她向来聪明。

他只需要稍微跟她说一些，剩下的她自己就能猜到。

孟婴宁努力地消化了一下他说的话，又问："那，他为什么会盯上我？"她觉得自己被盯得有点无辜，"他是以为你喜欢我吗？以为我是你的女朋友？"

陈妄深深地看了她半晌，才缓声开口："不是以为。"

孟婴宁还没反应过来他这句话是什么意思。

陈妄有些好笑地看着她，觉得她的关注点很有意思："不怕吗？"

孟婴宁摇了摇头。

其实说不怕是假的。

她从小长到大在现实中这种事儿听都没听说过，除了在电影和书里见过，根本想都没想过有一天会发生在自己的生活里。

她甚至觉得没什么真实感，就真的好像听了个故事似的。

但是看着陈妄，她感觉自己一下子被人从那种不真实的感觉里拉回了现实。

孟婴宁结合了一下这个人之前种种危险的行为，做的那些让人胆战心惊的事，以及说起这件事时风轻云淡的态度，突然觉得心里有点慌。

她指尖发麻，寒意顺着脚底往上蹿。

孟婴宁咬了一下嘴唇，叫了他一声："陈妄。"

陈妄摸出烟盒，取了根烟出来，应声："嗯？"

孟婴宁的声音有些抖，她很艰难地问："你是不是，根本没想活着？"

陈妄点火的动作一顿，咬着烟抬眼，看着她。

孟婴宁也看着他，重复问道："那人，那个回来找你的人，你是不是本来打算就这么……"

她说不下去了，左手拇指指甲掐进了食指指腹里，很尖锐的疼痛感稍微遣淡了一点儿慌乱。

陈妄沉默了一下，随即承认了："本来有点儿。"

即使心里已经有了猜测，但在听到他亲口说出来的时候她还是颤了颤。

孟婴宁狠狠地咬住嘴唇，一点点血的铁锈味道在口腔里蔓延。她有些慌，直起身来往前走了两步："陈妄……"

她叫了他一声，却不知道该说些什么好。

陈妄叹了口气，将嘴里的烟摘了放到一边，也跟着直起身往前走了两步，走到她面前，抬手，用拇指指腹轻轻地蹭了蹭她死死咬着的下唇："别咬，不疼吗？"

他的指腹有一点粗糙的触感。

孟婴宁没答，拉着他的手扯下去，深吸了一口气，努力让自己冷静下来，重复他的话："本来有，那就是现在没这样。"

"嗯，现在没。"陈妄顺从地垂手，低头笑了一下，背光阴影中眼窝很深，声音低沉懒散，有些不正经，"现在这不是知道你特别喜欢我了嘛。"

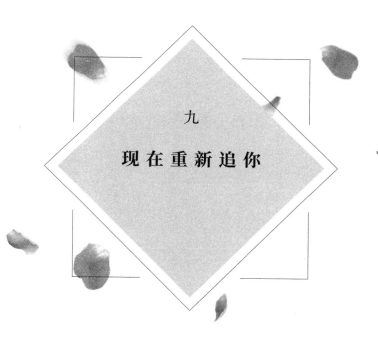

九

现在重新追你

[42]

陈妄是个特别不会说话的人，基本上从小毒到大那种，让他说一句好听的不如杀了他，不然也不会一句苹果派用了十年。

又冷又硬的吊儿郎当垃圾性格。

偏偏这人从小人缘就挺好的，一堆小孩儿就愿意跟着他，孟婴宁把这归结于小朋友们在中二病时期都会有的受虐倾向——可能就喜欢认这样的人当老大。

所以当他这句话说出来的时候，孟婴宁觉得这人说话还挺气人的。

谁特别喜欢你了？

下一秒，她尝试着把这句话代入了前后文，翻译了一下。

现在知道你其实很喜欢我，所以我想好好活着，以及那句她没来得及反应的"不是以为"。

这个想法蹿进脑子里的瞬间，孟婴宁直接把自己吓了一跳，身体往后靠了靠，紧紧地贴着门板，呆滞地看着他，像是只受到了什么惊吓的小动物。

陈妄看着她的反应，人一顿。

唇线平直，嘴唇抿起，然后他很浅地笑了笑。

一般人在听到这些事情的时候会怎么想？好像远离是理所当然的事情，谁会傻到自己往枪口上撞，会愿意跟这样的一个人牵扯上关系？

更何况她胆子那么小，小时候看个动画片儿都能被里面的坏人吓得哭哭唧唧的。

"反应过来了？"他轻声问。

孟婴宁现在脑子里还全是他刚刚那两句话，人有点恍惚，磕磕巴巴地随口应了一声："什……什么？"

陈妄靠回鞋柜边，眸光晦涩，声音里有一点点不易察觉的紧绷："你可以自己选。"

啊？

选什么？

孟婴宁依然呆滞地看着他，忽然叫了他一声："陈妄。"

"嗯？"

"你喜欢我吗？"孟婴宁直接问。

陈妄看着她。

孟婴宁的指尖掐进指腹，紧张得手指发麻。

她都不知道自己为什么会这么直接地问出这种话来。

孟婴宁一直知道她其实不是那么勇敢的人，她觉得自己之前已经拿出了全部的勇气，也没有更多孤胆再承受一次那种感觉。

可是不可能会甘心的。因为本来就是她喜欢他的，本来就知道他不喜欢自己，这么一想就感觉一次两次的拒绝似乎应该在情理之中，谁追人能一次就成功啊！

孟婴宁闭着眼睛，豁出去了又问了一遍："你对我有没有……"

"有。"陈妄说。

孟婴宁睁开眼睛，手指松了松，包差点掉在地上。

她这会儿思维都有点飘了，仰着脑袋看着他，睁大了眼，然后耳根完全无意识地红了。

陈妄安静地和她对视，眸色很深，目光却清清淡淡的，静而沉。

孟婴宁张了张嘴，又合上。

手机插在充电宝上自动开了机，刚一开，嗡嗡的信息振动声音就响起来，打破了沉默。

孟婴宁猛然回神，仓皇地别开眼，掩饰似的急急忙忙打开防盗门，声音特别小："我上班要迟到了。"

她看起来像是落荒而逃。

陈妄安静地站在原地，看着门被她砰的一声关上。

坐地铁过去时间来不及了，孟婴宁出了小区以后就拦了辆出租车去公司了。

到的时候孟婴宁飞奔进写字楼，用最后一秒打了卡，上电梯，推开办公室门。

她梦游似的走到座位前，机械地和几个同事打了招呼，挂上工作牌，开了电脑，然后飘下楼，往摄影棚走。

这一大早接触到的信息量太大，让她整个人有点儿混乱。

太突然了，她当时都没反应过来，完全不知道该说些什么。

冷静下来，她把脑子里乱成糨糊的玩意儿全都梳理了一遍。

刨除那些陈妄隐瞒下来没告诉她的，就已知的信息来看，最开始他是因为不想牵扯到她，所以拒绝。可是没来得及，她还是掺和进来了。

而且他好像本来觉得自己随时都会没命的。

所以才会有今天早上的谈话。

孟婴宁飞快地梳理过滤了这些，最后就只剩下了一件事。

陈妄其实是喜欢她的。

摄影棚里正在做着准备工作，工作人员陆陆续续地往里进，孟婴宁坐在角落的塑料椅子上，忽然垂下头，双手捂住脸。

她喜欢的人，也是喜欢她的。

总觉得有点不真实，但是他亲自承……承认了的。

孟婴宁捂住脸，唇角不受控制地一点一点扬起，心里有小人手拉手跳起了舞。

"不是以为。"

"现在这不是知道你特别喜欢我了嘛。"

"有。"

啊啊啊啊啊……

孟婴宁身子往后一靠，塑料椅子跟着往后蹭了一点儿，发出刺啦一声，她跟没听见似的，整个人瘫在椅子上蹬腿儿。

眼睛顺着指缝往外看，亮晶晶的，里面有抑制不住的开心。

她一个人坐在角落里，傻笑出声来。

摄影师和模特都还没来，其他工作人员忙前忙后地满棚走，孟婴宁抽出手机来，点出陈妄的微信，还是忍不住想确认一下："你真的也喜欢我吗？"

她特别怕自己是会错了意。

打完，看了两秒，她又删了。

她咬了下食指指尖，最后小心翼翼地问："晚上你要来接我吗？"

这样会不会看起来发展得太快了？

孟婴宁不知道是不是自己给自己心理暗示太多了，总觉得这就像男女朋友之间的日常对话一样，自然又亲密。

有点羞耻。

孟婴宁红着脸，伸出一根食指来，然后死死地闭上眼睛，对着手机屏幕发送的那个大致的地方啪啪啪啪啪连着杵了好几下，然后睁开眼。

发出去了。

几分钟后，陈妄回："嗯。"

SINGO 这次杂志封面请的是个外包摄影师，据说是郁和安找来的，私下和他有些交情，在某个知名平台上有独立专栏，小有名气，走小众

"高大上"路线，微博有几百万粉丝，内容也多是些乱七八糟不知所云的东西。

比如说——若能表达，爱也好，恨也罢，都是一件值得欣喜的快乐事。

还有比较接地气励志的——我输不起，所以要把自己伪装成不会输的样子。

但照片拍得没话说，业务能力确实是很硬。

总之就是这么一个集土味与格调于一体的神奇男子。

所以孟婴宁在看见他脚踩奥利奥、头戴 MLB 却穿着一套 SAINT LAURENT 闪着亮片的七万人民币西装出现在摄影棚里时，并没有因为他这一套时髦的洋气搭配有多惊讶。

这位时髦的"洋七万"走路带风，抬手往身后一伸，小助理乖乖巧巧地递了瓶矿泉水上来。

"洋七万"抿了两口，站定，然后环视了一圈儿。

孟婴宁很有眼力价儿地站起来，颠颠地跑过去："莫老师是吗？您好，我是……"

"洋七万"手一抬，打断了她的话，侧头看着她："你是不是那个什么？"

孟婴宁笑着歪了歪头："嗯？"

"就是那个，粉丝是我零头一半还不到的网红模特吗？叫婴宁？""洋七万"说。

孟婴宁："……"

为什么要强调粉丝是你零头一半还不到？

"这次封面模特是你啊？""洋七万"用挑剔的眼光上上下下打量了她一圈儿，最后勉为其难地说，"还行吧，也能用用。"

孟婴宁："……"

孟婴宁脸上的笑容快挂不住了："莫老师，我不是模特，我是这期

310

主题策划编辑，负责今天的内页拍摄。"

男人有点诧异地挑起眉："兼职啊？"

"啊，"孟婴宁没什么表情地应了一声，"老师您要不要进去看看？模特已经到了。"

"洋七万""啊"了一声，目光还停在她身上。

孟婴宁不知道该怎么形容那种感觉，就像是厨师看见了一块猪肉，在绞尽脑汁地研究这块猪肉要怎么做能烧得更好吃。

下一秒，"厨师"的目光终于依依不舍地从"猪肉"身上移开，然后掏出了手机，对"猪肉"说："加个微信？有机会找你拍个片儿什么的。"

孟婴宁："……"

为什么如此正常的话被这人说出来有点怪怪的？

孟婴宁一言难尽地看了他一眼，抽出手机，两人扫码加了个好友。

"行。""厨师"扫完心满意足，拍了拍"猪肉"的肩膀，一边往里走一边摆摆手，"有时间联系你，价格方面我不会亏待你的。"

孟婴宁："……"

您要再这么说话我报警了啊！

"厨师"不愧和郁和安认识，龟毛程度与之不相上下，一整天四个模特被他骂哭六次，上午三次、下午三次，特别平均。

等大爷终于满意，下班时间都已经过了半个小时，孟婴宁本来想抽空给陈妄发条微信告诉他一声，结果手机刚掏出来，又被一嗓子叫过去，忙起来就这么给忘了。

出了摄影棚，孟婴宁一路飞奔到电梯间上楼，进办公室拽起外套和包就往外跑，跑到一楼大厅，她做贼似的鬼鬼祟祟地看了一圈儿。

没在。

孟婴宁莫名有些紧张，又有点儿慌，一边往外走一边给陈妄打了通电话。

那边很快接起来，孟婴宁没等他出声，忙问："我刚才在加班，你到了吗？"

"嗯，"他声音有点儿哑，"在外面。"

孟婴宁长长地松了口气，把手机塞进包里，然后往外跑。

越靠近，唇边的笑容就忍不住扩大，她紧张到整个人都开始发抖，耳膜鼓着心跳声，怦怦怦的，一下一下，清晰又存在感十足。

孟婴宁跑出写字楼，找了一圈儿，在路边看见了一辆白色的轿车。车门边倚靠着一个男人，身形高大，侧脸的线条冷硬。

她看过来的时候，他恰好转过头来，两个人隔着一段距离远远对视。

他沉黑的眸底有什么东西亮了起来。

孟婴宁红着脸咬了咬唇，朝他跑过去，快跑到他面前时，她张开手臂往高一跳，整个人蹦到他身上。

陈妄有些错愕，迅速反应过来接住她，抱着她往上托了托。

孟婴宁手臂勾着他，整个人挂在他身上，从脸红到耳根，乌溜溜的眼睛亮亮的，声音软软地问："再问你一遍，喜不喜欢我？"

羞涩又大胆。

陈妄看着她说："喜欢。"

孟婴宁睫毛颤了颤，指尖揪着他的衬衫领子，有点紧张，却依然执着地盯着他："再说一遍。"

"喜欢。"陈妄轻声说。

孟婴宁手指松了松。

她垂下头去，抿着唇偷偷地笑，唇边笑容扩大，然后消失了。

孟婴宁板着脸抬起头来，挺严肃地叫了他一声："陈妄。"

她被他抱着，这会儿比他高，居高临下地垂眼看着他："我知道你在想什么，你觉得我胆子小，你是不是觉得你这么说我就会被你吓跑了？"

孟婴宁不指望陈妄会主动对她说些什么甜言蜜语，不过没关系，孟婴宁现在想得很开。

他不会说的话就由她来说，他只要听着，然后回答就可以了，反正他从小到大都是这副样子，她喜欢他的时候他就这样。

她愿意为了他，努力地变得勇敢一点儿。

"你想都别想，我早上没马上回应是因为没反应过来，谁知道你原来也是喜欢我的，你明明之前那么欺负我，你看起来讨厌死我了。"孟婴宁不开心地说。

陈妄抬手，揉了揉她的脑袋："不讨厌你。"

孟婴宁满意了一些，还是板着脸，两只手抬起来，捏住他的下颌骨："还有你那些乱七八糟的事儿，你现在不想说，不想全告诉我我就不问，我不管你之前是为什么不想好好的，但是现在不行，你现在有我了。"

"你是我的，你全身上下整个人都是我的了，你不能自作主张，"孟婴宁抿着唇看着他，漆黑的眼望进他沉静如潭的眼底，认真地说，"要活着就一起好好地活着，要死就一起死。"

陈妄沉默着看了她半晌。

孟婴宁催他，声音很娇："听见了没有呀？你亲了我，不能不负责。"

陈妄抱着她的手臂滑了滑，然后抬手，扶着她的后脑往下摁，唇瓣贴合。

他的声音跟着气息一起进入她嘴里，有点儿烫，指尖在抖，声音沙哑："好。"

他咬着她的唇："要死一起死。"

[43]

男人大手扣在她脑后咬着她的嘴唇，孟婴宁被迫低垂着头，吃痛呜咽了声，手抵住他的肩头往后挣了挣，小声："疼……"

陈妄放轻了些，舌尖缓慢地蹭过唇瓣上被他咬过的地方。孟婴宁整个人一颤，感觉浑身上下所有的神经末梢都集中在了那一点上。他动作没再深入，只是轻轻地咬着她的唇瓣，温柔又细致地舔舐。缠绵又暧昧的慢动作，反而让人浑身发软，挠痒痒似的难受。

孟婴宁红着脸，睁开眼，对上他的眼睛，她看见他眼底有很压抑的挣扎。

孟婴宁愣了愣，人往后挣了挣，下一秒，那些情绪陡然消失不见，像是错觉。

陈妄的手微微松了松，她抬手摁着他的脑门儿一把推开，刚刚张扬跋扈的气势全都没有了，唇瓣湿润，黑眼珠湿漉漉地瞪了他几秒，然后害羞地别开眼。

孟婴宁像只小鸡崽子似的一脑袋扎进他的颈窝，小声嚷嚷："干吗呀？在大街上呢！"

下班的时间，白领小精英们陆陆续续地从写字楼里出来，路上车喇叭嘀嘀地响。

陈妄哼笑了一声："刚刚是谁一出来就往我身上蹿？"

"那不一样，那我不是怕你跑了嘛，我今天之前都觉得你不喜欢我呢，我不是得先把你绑住了吗？"孟婴宁理直气壮地说，说完又叹了口气，叫他，"陈妄。"

陈妄："怎么了？"

孟婴宁抬起头来，一本正经地告诉他："你真的走了狗屎运，你这辈子找不到比我更漂亮、脾气好还善解人意的女朋友了。"

孟婴宁指着他："你，脾气差又凶我的大魔王。"指尖一转，指指自己，"不计前嫌的仙女。"

"……"陈妄舔了下唇角，垂头笑，"嗯，是。"

他突然这么听话这么乖，孟婴宁还挺不适应的。

她又要说话，陈妄单手抱着她，略俯身，另一只手打开车门。

孟婴宁有点儿不自在，蹬了蹬腿儿："你放我下来，我又不是自己没腿。"

陈妄像没听见似的把她塞进副驾驶座上，关门，人绕回来，上车，启动。

孟婴宁坐在副驾驶座上，偷偷看他，想了想又觉得现在没什么好偷偷的了，干脆侧过脑袋来，光明正大地看着他。

从深邃的眼窝到鼻梁，侧脸的线条看起来冷硬瘦削，比电视和电影里的男明星都好看。

孟婴宁忽然觉得自己刚刚那句话说得过于自信了。

就凭这张脸，喜欢他的漂亮姑娘估计要多少有多少，而且这人是有前科的，被女明星惦记过呢。

现在估计还在惦记着，还坐过他的副驾驶座。

想到这儿，孟婴宁不是太爽。

孟婴宁清了清嗓子，陈妄没搭理她。

孟婴宁看着他，特别刻意地咳了两声。

陈妄终于微微朝她这边偏了偏头："嗯？"

这会儿是晚高峰，陈妄抄了条近道，车子拐进小道，车流和人流都渐稀。

孟婴宁拖腔拖调地问："你的车什么时候修好啊？"

"不知道，"陈妄说，"应该要过几天。"

这也都挺久了吧？

"撞得严重吗？"孟婴宁皱了皱眉，"保险公司是怎么说的？"

陈妄漫不经心说："还行，也没多严重。"

孟婴宁回想起他肩胛骨上的那道口子，估计应该没有他说得那么轻飘飘的。

她忽然把身子往那边倾了倾，手臂伸出来，手指捏着他的衣领，稍微往下拉了一点点。

陈妄侧头，略一扬眉："干什么？"

"我看看你那个，"孟婴宁松了手，指指他肩膀的地方，"你最近每天换药了吗？"

"换了。"陈妄说。

孟婴宁狐疑地看了他一眼："你是不是骗我？你自己怎么换？你都够不着。"

陈妄："蒋格帮忙换的。"

"噢，"孟婴宁重新倚靠回副驾驶座椅背，嘱咐道，"洗澡不要沾水。"

陈妄："嗯。"

"也不要吃辣的和海鲜。

"知道你喜欢吃辣，但是刺激性食物不好，至少等这段时间过去，过几天就好了。"

她像只小鹦鹉一样喋喋不休地说。

陈妄略弯了弯唇角，应声："好。"

孟婴宁实在没忍住，又看了他两眼。

太好说话了。

他之前那种对她特别凶的破烂脾气去哪儿了？难道是因为说开了，表白了，因为和她这样的仙女两情相悦而性情大变了？

认识他这么多年始终是处于被高压统治状态，突然一下她说什么就是什么，孟婴宁真的不太适应。

而且，与其说是好说话，不如说有点……小心又克制的感觉。

她想起刚刚他亲她时声音里的压抑和颤抖的手。

孟婴宁移开视线，没再说什么，甚至一时间都忘了自己本来在因为什么事情不爽了。

她不说话，他也没说话。

气氛一时间有些微妙。

孟婴宁不明白是为什么，明明刚刚她该说的、想说的都已经跟他说了，但还是觉得有哪里不对。

好像少了些什么，大概是关系的转变太突然，两个人都不太适应。

孟婴宁抿了抿唇，也不再考虑这个问题，抽出手机来给林静年回了消息。

早上暴躁的林小姐在给孟婴宁发了十几条微信没回、打了好几通电话都显示关机以后，陷入了暴走模式，孟婴宁给她回电话过去时她都快咆哮了。

孟婴宁好一顿解释，林静年才接受。

这会儿孟婴宁看了眼微信，白天忙，没来得及回。

林静年："倒不是说不可以，大家都是成年男女，两情相悦发生点儿什么是挺正常的，但是按照你的这个说法，你这心上人真的是相当地不靠谱。"

林静年："你还没告诉我他叫什么，我真的去揍他一顿好吧？我不提你，就他这打一巴掌给个甜枣的套路这么熟练肯定是个惯犯，不知道有多少姑娘惨遭毒手了。"

孟婴宁："……"

孟婴宁瞥了一眼身边正开着车的这位惯犯，不知道为什么莫名有点心虚。

她默默地打字："那个，年年。"

林静年："？"

林静年："你这种小心翼翼的语气听起来不像是有什么好事。"

孟婴宁斟酌了一下："其实，我跟他在一起了。"

林静年："？"

她直接发了条语音消息过来。

孟婴宁确认了一下确实是听筒模式以后，把手机举到耳边："你这个在一起了是我理解的那个意思？"

孟婴宁："就，好像是谈恋爱了？"

安静了差不多有两三分钟。

林静年才又发了一条语音消息过来，语气很严肃："你喜欢他吗？是很认真地真的喜欢他吗？"

孟婴宁抿了抿唇。

喜欢的。是真的很认真地喜欢了很久的人。

她低垂下眼睫，认认真真地打了一个字："嗯。"

林静年叹了口气："那行，你喜欢，我就支持你，就算你是找了个狗谈恋爱。"

孟婴宁："……"

林静年继续说："他要是敢对不起你，欺负你，让你哭，你跟我说，我饶不了他。"

晚高峰车流量很大，路上有点儿堵，到家的时候天已经暗下去了，陈妄把车停在小区门口的公共停车位，两人一路从门口走到楼下。

孟婴宁刷卡打开一楼防盗门，陈妄跟着她进去。

等电梯的工夫，孟婴宁清了清嗓子，小声开口问："你晚上要跟我一起吃个晚饭吗？"

"嗯？"陈妄垂头，"不了。"

孟婴宁眨巴了两下眼，没再说什么，很安静地"哦"了一声。

电梯叮咚一声，两人上了电梯，孟婴宁抬起头来，看着红色的数字一点一点地往上蹦，心里慢吞吞地钻出了一点点很细微的、小小的委屈。

她没谈过恋爱，也不知道刚确定关系的情侣应该是什么样的相处模式，可现在看来，跟她以为的不太一样。

就算不是有点儿黏糊的，想一直跟对方待在一起，陈妄的反应也过于克制了。

他像是在压抑着什么别的情绪，导致注意力并没有多少放在她身上。电梯门应声缓缓打开，两人出了电梯，孟婴宁垂头翻出钥匙开门，进去。

陈妄站在门口，看着她进屋，眸光沉沉的："进去吧。"

他转身要走。

孟婴宁抬起手来，忽而拽住了他的衣角。

陈妄步子一顿，转过头来："怎么了？"

孟婴宁低垂着头，长长的睫毛刷子一样覆盖下来，声音轻轻的，藏着一点点细小的委屈："你真的喜欢我吗？"

陈妄怔了怔。

她嘴唇不自觉地抿了抿，小心又不安，抓着他衬衫布料的手指不自觉地一点一点收紧。

陈妄说不出来心里是什么滋味儿。他指尖蜷了蜷，整个人转过来，进屋，回手关上门。咔嗒一声响起，是防盗门被锁上的声音。

孟婴宁闻声抬起头来。

陈妄倾身靠过来，他特别高，玄关鞋柜和防盗门这一块儿的空间又有点窄，两个人并排站在这儿，靠得又近，孟婴宁只觉得视线被挡了个严严实实。

她下意识地抬起手来挡了他一下，稍微后退了一点儿，想要看见他的脸。

男人看都没看一眼，单手抓着她那只手腕往上一压，另一只手撑着她身后的鞋柜柜门，砰的一声轻响，人往前抵过来，弯腰俯身，突如其来地靠近。

孟婴宁被吓了一跳，眼都不眨地看着他。

两人就维持着这个有点暧昧的姿势沉默了片刻，陈妄开口："我想了一路，怕你真的跑了，但有些话还是得跟你说清楚。"

他深黑的眼紧紧盯着她，晦暗的眸光里有无数情绪在翻涌着，语速很慢："我不适合你，我这个人脾气不怎么样，也不温柔，而且身后乱七八糟一堆屁事没解决，不一定哪天就出什么事儿了。

"之前拒绝你也不仅是因为怕把你牵扯进来，还因为我要真出事儿了我根本不知道让你怎么办。"

陆之州之前话里的意思说孟婴宁小时候喜欢的是他，陈妄其实听听也就过了，没有真的信。

亲眼看到的停留在脑海里十年的印象不会被旁人一句话打破，而且孟婴宁那会儿见着他就跑，陈妄也不觉得这是喜欢。

比起以前，他只知道她现在是喜欢他的。

足够了。

他本想让她及时止损。

"我不会让你出事，但，"陈妄闭了闭眼，再开口时声音染上了一点哑，"孟婴宁，死没什么大不了，难熬的都是留给活人的，你明不明白？"

孟婴宁因为他的话有些愣，一时间什么反应都没有，也给不出回应，就这么被他抓着摁在鞋柜柜门上。

他像只压制了很久的野兽露出尖锐的牙齿，终于忍不住咆哮着撕裂禁锢，不顾一切地冲出牢笼。

陈妄咬了咬牙，侧脸咬肌微动，压着嗓音缓声说："所以我最后跟你说一遍，你考虑清楚，跟我在一起就是这么回事儿。你要是想反悔，现在是唯一的机会，你要是决定了，那这只脚踏进来就别想着能再出去，别的男人你想都不要想，我不会放你。"

陈妄直直地盯着她，一字一句说："我要是哪天真死了，你就给我守一辈子寡。"

[44]

如果不是因为陈妄平时看起来跟正常人没什么区别，孟婴宁一定会觉得这人有神经病，或者精神分裂什么的。

风一阵雨一阵的。

有时候凶巴巴的，很冷，对她不好；有时候又很小心，深黑的眸里情绪复杂，让人总觉得仿佛看出了几分温柔，克制着把她推开，又忍不住诱惑似的靠近。

理智和欲望可能在自由搏击。

这会儿，他大概精神分裂症病发到了最高潮，终于憋不住了，捏着她的手腕扣在鞋柜柜门上，力气大得像是要折了她一样。

语气特别凶。

孟婴宁倒是没被他说的这话吓着，但手腕实在疼得发麻，痛感比其他的情绪更早地传到大脑。

孟婴宁眼睛红了。

她看着他，吸了吸鼻子，眼里瞬间就含了一汪泪。

从体内咆哮而出的野兽爪子摁着她，露出尖锐獠牙，冷锐的牙尖眼看着下一秒就要刺破她娇嫩的皮肤似的，却因为这点儿泪被拉了闸。

陈妄沉默地看着她，手上的力道松了松，还是把她抵在柜门上，眼神压抑而危险："说话。"

他看着真的挺可怕的，表情，泄露出来的略有些失控的情绪，刚刚那些话。

但孟婴宁向来不按套路出牌，她眼睛一眨巴，眼泪就跟水龙头似的，唰地从眼眶里飙下来了。

陈妄："……"

孟婴宁特别委屈，哭着黏黏糊糊地说："你干什么凶我？我不是你女朋友吗？我到底是不是你女朋友？你就这么跟你女朋友说话？你是什么禽兽？你出去看看有哪个男的会这么凶自己女朋友！除了你，还有没有！"

"你都不追我，你还凶我，你不主动就算了，我跟你告白，结果你还让我疼。"

陈妄："……"

"你还掐我！还摁着我！"

陈妄："……"

孟婴宁像只小鸡崽子似的整个人被他摁在柜门上，抽抽搭搭地边哭边骂他："你这是家暴，家暴！我才刚跟你谈恋爱你就打我，你还是不是人，我要告你，然后让你上《新老娘舅》。分手！你这个王八！"

陈妄："……"

她哭得特别伤心，骂得真情实感。

陈妄被她整愣了，满腔难以言喻的不安、焦躁、压抑和暴戾像是被放了气儿似的，跟着她开了闸的眼泪一股脑地飞了个干净。

陈妄沉默地抿着唇，松开了手，缓慢地直起身来，垂眸。

"……我哪儿打你了？"他有些无奈，声音低低的，"这么疼？"

孟婴宁靠着鞋柜哭，不搭理他，陈妄捏着她的指尖拽过她的手，白嫩嫩的纤细手腕一圈儿又全红了，看得他眉心一拧。

陈妄叹了口气，用大拇指指腹小心地揉了揉："我真没使劲儿。"

孟婴宁可怜巴巴地抽了抽鼻子，也垂下眼睫看了一眼，看完更委屈了："都红了！"她瘪着嘴，"上次你给我捏得，青了好几天。"

陈妄"啧"了一声："怎么这么娇气，碰一下就这样？"

孟婴宁唰地抽回手来，难以置信地看着他："你把这叫碰一下？那你要用点劲儿捏捏我是不是得粉碎性骨折？"

她哭得鼻尖红红，睫毛上还挂着泪珠，睁大眼睛一脸匪夷所思瞪着他的样子特别可爱。

陈妄的唇角略弯了弯，放开她的手，抬指蹭了一下她下巴尖儿挂着的泪："那可能是的，我以后尽量不用劲儿。"

他说着先进了屋。

孟婴宁抬手，用手背蹭了蹭眼睛，在他后面脱掉鞋子跟着进去。

不是真的难过的时候，她眼泪来得快，收得也快，这会儿除了眼睛有点红已经看不出来啥了，手腕其实也没那么疼，她就是在他面前忍不住想要矫情一下，撒撒娇。

这会儿，孟婴宁反应过来，想起他刚刚说的话。

陈妄进厨房，倒了杯水出来，递给她，坐到沙发上。

小姑娘刚刚嚷嚷得嗓子有点儿哑，接过来小声嘟哝着道了声谢，喝了几口，抬起头来，歪着脑袋看着他："陈妄。"

陈妄侧过头来。

孟婴宁手里捧着杯子，想着他刚刚那句守一辈子寡，眨巴了两下眼："你刚刚是在跟我求婚吗？"

陈妄："……"

陈妄："？"

孟婴宁小声说："我觉得是不是……太快了？"

陈妄："……"

陈妄的心情有些复杂。

"我知道你想说什么，我也直接跟你说，我不答应。"孟婴宁把喝了一半的水放在茶几上，玻璃杯底碰到茶几桌面，发出很清脆的一点声响，"你们男人那些特别高瞻远瞩的心思我不明白，我目光短浅得很，我就知道现在你喜欢我、我喜欢你，那为什么不能在一起？才刚说好了要死一起死的，没两个小时你就又后悔了，你这人怎么这样？"

"还想让我给你守寡，你想得还挺美，"孟婴宁走到他面前，单膝跪在他旁边的沙发上，一只手撑着沙发靠垫，垂头，居高临下地抿着唇，哀怨地看着他，"你要是真敢就这么扔下我，我也不跟你一起死了，我就把你的照片在床头摆一排，然后一个礼拜找八个男人，一天换一个，礼拜天两个人一起伺候我，让你在下面绿帽子天天换着戴。"

客厅里一片死寂。

孟婴宁说完，陈妄好半天都没说话。

他定定地看了她小半分钟，然后垂下头，终于没忍住笑了。

"小姑娘，"他笑着靠在沙发背上，叹息似的，"你可真是……"

他抬手，拉着她的手臂拽下来，孟婴宁膝盖一弯，整个人扎进他怀里。

陈妄抱着她，手臂收得很紧，低声说："真想清楚了啊？"

孟婴宁任由他抱着，点了点头。

陈妄用手指梳着她的头发："我这么凶，还打你，还对你不好，也没事儿吗？"

孟婴宁没说话，过了好几秒，才慢吞吞地说："那你不能对我好一点儿？"

"嗯，有点难，"陈妄老老实实地说，"没对人好过，不知道怎么好。"

孟婴宁："……"

听听这说的是人话吗？这是什么宇宙级别气死人不偿命的钢铁直男？

孟婴宁有点儿想打他，抬手撑着他的肩膀支起身来，刚坐起来，又被他按着背一下摁回去了："扑腾什么？"

孟婴宁又重新跌回到他怀里，男人身上硬邦邦的，这么一下子扎进去实在算不上舒服。

她挣了挣，环着她的手臂却收得很紧，一动都动不了。

"我后悔了，"孟婴宁没好气地说，"我现在就要去找八个男人，找

324

能对我好的，分手，分手！"

"行，分手。"陈妄干脆地说。

孟婴宁瞬间就消停了，安静了一瞬，眼看着下一秒就要耍毛。

"我现在重新追你，"陈妄略微侧头，在她耳边轻声问，"要不要跟我在一起？"

他声音低沉，贴在她耳畔吐息间有灼热的温度，孟婴宁耳根发麻，耳郭很迅速地红了，她无意识地缩着肩膀躲了躲，声音带上了点儿颤，弱弱地说："那你对不对我好？"

"对你好，"陈妄垂眸，看着她透着绯红的耳朵，"怎么好，你教教我？"

孟婴宁想了想，还是特别在意："以后你的副驾驶座不能坐别人，那个是女朋友御座。"

陈妄笑了一声："嗯，行。"

"你以后不能表情那么吓人地跟我说话，语气还特别凶，我不喜欢，"孟婴宁拿腔拿调地说，"我喜欢温柔的。"

陈妄顿了顿，声音有点儿冷："喜欢陆之州那么温柔的？"

孟婴宁丝毫未觉，脑补了一下陈妄像陆之州那么说话，没忍住打了个哆嗦，觉得还挺吓人的。

"他那样的也行吧。"她皱着眉，勉为其难地说。

陈妄冷笑了一声："还也行吧。"

他抬手，捏着她的后颈警告似的按了按。

"你行一个试试？"陈妄侧头，贴着她的耳畔压着嗓子轻声说，"腿给你打断。"

孟婴宁："……"

陈妄第二天一早接到林贺然的电话，手机系统铃声不厌其烦地一遍一遍地响，陈妄烦躁得骂了声脏话，闭着眼睛摸过来，接了，声音沙哑："说。"

"还睡呢，哥？"林贺然大着嗓门儿说，"这都几点了，无业游民就是好啊，过来一趟，我有点事儿。"

陈妄睁开眼睛，看了一眼表，愣了愣。他已经不记得自己有多久没有这么踏踏实实一个梦没做地一觉睡到天亮了："你有事儿关我屁事。"

"我他妈车不是给你开了吗！你别让我骂你啊。"林贺然说。

陈妄有点儿不耐烦地应了一声，挂了电话，看见有几条微信消息。

你的婴宁："[图片]"

你的婴宁："你看今天天气晴朗，万里无云，好适合约会。"

你的婴宁："我却要去上班 qwq。"

陈妄勾唇，点开了那张图片。

小姑娘站在地铁站口随手拍了张自拍照，笑得眼角弯弯，唇边有个浅浅的小酒窝。

陈妄随手保存了，翻身下床，俯身捡起旁边沙发上搭着的裤子套上。

40 分钟后，白色小轿车停在公安局门口。

林贺然急得已经快要长毛了，一看见熟悉的车开过来，三步并作两步走过去，一把拉开副驾驶座车门，坐进去："你怎么不明天再来？你来之前是不是还得化个妆？赶紧把车买了行吗妄哥？你是没钱？"

陈妄侧过头，面无表情地看着他："下车，坐后面。"

林贺然被他这表情弄得一愣，也严肃了："怎么了？"

陈妄就等着他这句话。

陈妄指尖懒懒地敲了敲方向盘，拖着声散漫道："我对象不让人往我副驾驶座上坐。"

"这他妈是我的副驾驶，这是我的车，"林贺然提醒他，说到一半又反应过来，"你对象？"

林贺然一脸"你快别他妈扯淡了"的表情看着他："就你这性格还能有对象？"

陈妄抽出手机来，点了下屏幕。

屏保是个小姑娘的自拍照，在阳光下笑得很明朗，唇红齿白，大眼睛内勾外挑，又甜又媚。

林贺然看了一会儿，说："这是你对象？这姑娘是不是有点儿眼熟来着？我肯定在哪儿见过。"

陈妄把手机往下一扣，问道："好看吗？"

"好看。"林贺然真心实意地说，根本没信是他对象，以为他保存的是什么网红美少女。

林贺然心道这个看着一脸清心寡欲、不近女色的陈妄，还挺闷骚，偷偷保存美少女图片当屏保。

他奔着好东西给兄弟分享的原则凑过去问道："这妹子还有别的照片儿吗？再给我看看。"

"我给你看个屁，"陈妄冷笑，"好不好看跟你有个屁关系。"

林贺然："……"

[45]

林贺然觉得陈妄这人很奇怪，一脸纳闷："不是，兄弟，你就再给我看两张怎么了？"

他其实也不是真的有多惦记着、多喜欢，或者多想看，就是觉得小姑娘还挺好看，就单纯地随口多说了那么一句，但是陈妄这个过激的反应让他觉得有些迷茫："这个不能看吗？"

陈妄咬了根烟，含糊道："嫂子的照片是你想看就能看的？"

林贺然："……"

这难道不是你主动拿出来非得要给我嘚瑟一下？

林贺然一言难尽地看了他一会儿："真是你对象啊？"

陈妄："嗯。"

林贺然笑了笑，重新靠回副驾驶座椅背上，腿往前伸了伸："所以是因为这姑娘？"

陈妄略抬眼瞥过去。

"身上终于有点人气儿了，"林贺然看着他说，"前几天刚见着你的时候我以为我在跟块木头说话呢。"

陈妄嗤笑了声："回头看一眼。"

林贺然回头看了一眼公安局："怎么？"

陈妄漫不经心说："天天吊儿郎当的，对不对得起你的职业？"

林贺然："……"

林贺然一噎，啧了一声："你赶紧分手吧，半死不活的至少能让你闭上嘴不说话，也不知道那姑娘是不是瞎了。"

林贺然说着，抬手一指："开车。"

陈妄下巴一扬，很坚持："坐后边。"

林贺然："……"

"我坐个屁！这是我的车！"林贺然深吸口气，"陈妄我揍你了啊，你别以为你现在是伤号我就不敢动手。"

陈妄笑笑，点火踩离合。

20分钟后，车停在开发区湖口水库上游河道。

河堤拉了警戒线，林贺然下车径直走过去，走到一半有个穿警服的迎上去叫了一声"林副支队"，神情凝重地低声说着些什么，两人一起往前走，钻进人群。

陈妄坐在车里没下去，降下车窗点了根烟，刚咬着点燃，手机微信提示音响起。

陈妄抽出手机打开，孟婴宁给他发了一张午饭的照片，应该是公司食堂的饭，还挺丰盛。

你的婴宁："吃饭！"

陈妄咬着烟勾唇，刚要回复，扫见照片角落里坐在孟婴宁对面那人露出来半截瘦削的手，是个男人的手。

陈妄眼一眯，打字："和谁吃的？"

你的婴宁："和同事，还有领导。"

孟婴宁毫无所察。

你的婴宁："我们这个新换的主编太吓人了，经常不知道从哪里忽然就无声无息地冒出来了，还要跟我们一起在食堂吃饭，说是为了跟大家拉近距离，互相了解了解。"

你的婴宁："他这么想亲民，不如每周晨会上少叨几个人。"

陈妄很快就把这个亲民的主编和之前在温泉酒店门口，以及写字楼大堂跟孟婴宁一起出去那号男人联系起来。

他往车座椅背上靠了靠："晚上接你。"

孟婴宁给他发了个开心地转圈圈的表情包过来，又想起来似的提醒他："按时吃饭，少抽点烟！烟抽太多你以后会变臭的。"

陈妄叼着烟，抬手摘下来，默默地看了几秒，掐了。

他收回手机，刚好看见林贺然朝这边走过来，走到车前撑着车窗框俯身："你先回吧，车你开着，我一会儿跟着他们回去就行。"

林贺然神色凝重，那副调侃他有女朋友时的吊儿郎当的样子不见了，这会儿看起来还有几分可靠。

陈妄"嗯"了一声，随口问："什么情况？"

"死人了，应该有几天了，"林贺然说，"具体死亡时间不知道，反正泡得跟个胖大海似的，只能先等法医过来看看。"

他说着，前面一堆人走动着散出了一点空隙，陈妄扫见了地上那个"胖大海"露在袋子外面的半个肩膀和衣服，一件很普通的蓝色Polo衫，袖口边缘有一圈儿白条。

只一瞬，很快就有人走过去，视线重新被挡住。

陈妄的目光越过车窗前的林贺然，还停在那儿，忽然说："六天。"

林贺然往前靠了靠："嗯？"

陈妄的视线从警戒线另一头收回来："六天前，地上那个'胖大海'炸了我的车跑了，穿的就是这套衣服。"

林贺然愣了愣："你是说……"

"不知道，猜的，也就衣服一样。"陈妄抬手，拍了拍林贺然的肩膀，"加油，林队，我去接我对象下班。"

林贺然还沉浸在陈妄刚刚说的那个事儿里，等反应过来的时候白色轿车已经甩了他一脸尾气。

林贺然抬手看了一眼表，中午12点。

林贺然："……"

你对象就上半天班儿。

孟婴宁今天一整天心情都挺好，昨天晚上陈妄八点多吃了顿晚饭走了以后，没多久她就睡了，这一觉睡到自然醒，醒来的时候天才蒙蒙亮，精神抖擞得甚至想下楼去晨跑。

内页一共要拍两天，莫大厨下午人才到，进影棚的时候第一时间发现孟婴宁这块猪肉好像比昨天更新鲜了一些。

莫大厨微博上的名字叫莫北，应该不是真名，大概是一个无论是看起来还是听起来都充满了漫天黄沙尘土气的，充满了大老爷们儿糙汉味的艺名，非常不符合他MLB配亮片西装悬浮人设。

"心情还挺好，遇见开心事儿了？"莫北站在三脚架前，瞥了她一眼。

"没有啊，"孟婴宁笑眯眯地说，"看见老师您今天依然这么英俊潇洒帅到我找不着北我就觉得心情特别好。"

男人显然还挺吃这种一听就是拍马屁的马屁的，哼哼唧唧地笑了两声，孟婴宁跟他接触了一天多的时间，明白他这牙疼一般的笑声是表示愉悦。

果然，愉悦完，他说："对了，昨天就想问你，结果忙忘了，你有没有兴趣拍古风写真？"

孟婴宁想了一下："汉服吗？"

"差不多，"莫北一边调着设备一边说，"你这张脸其实拍什么主题都不违和，但刚好我朋友最近搞了个什么古风美人的比赛，我给他镇个场子，模特还没找。"

莫北说着抬起头来，用他那张精致到看起来甚至有点儿浪荡的脸一本正经并且挺严肃地说："你考虑考虑，价钱不会亏待你，我对我看上的人向来大方。"

孟婴宁："……"

老师您就非得这么说话吗？

孟婴宁这段时间本来不打算接约拍了，想用周末休息的时间和陈妄待在一块儿，约约会什么的。本来平时工作日就忙，休息日再被填满，那这个恋爱谈得有什么意思？

而且她也好久没回家了，前几天孟母还打来了电话。

她本来有点儿犹豫的，转念又想到陈妄现在没工作。

是啊，她男朋友是个无业游民来着。

孟婴宁想起这茬儿来，小的时候她还真没怎么关注过陈妄家里条件怎么样什么的，她只见过陈妄爸爸，是个不苟言笑看起来很冷漠的叔叔，也很少在家。

不过这跟陈妄家境怎么样也没什么关系，关键是陈妄他自己现在好像没什么钱。

他住的那个小区房子老到楼道里感应灯坏了都没人修，上楼得开手机手电筒，据蒋格说楼上大妈天天找根本不存在的物业反映天花板又漏水了。

也不知道退伍给不给钱……

孟婴宁猛然意识到，这个家，好像短时间内都得靠她来维持生活。

她顿时觉得肩膀上的担子还挺重，叹了口气，转过头来看向莫北，一脸敬业地严肃问道："什么时候干活儿？"

莫北："……"

陈妄到杂志社写字楼门口的时候，离孟婴宁下班还有半个小时。

写字楼门口的路上不让长时间停车，他把车子开进地下停车场，座椅靠背放下闭着眼等了一会儿，微信响了一声。

陈妄打开看了一眼，孟婴宁说今天要晚个十分钟。

她的头像还是那张穿着浴衣在烟火大会的照片，五官拍得并没很清晰，灯光昏黄，给她的侧脸糊上了一层朦胧的光影。

陈妄想起林贺然今天白天跟他说的"你就再给我看两张怎么了"，心里还挺不爽。

还再看两张，他倒是也得有啊。

陈妄点开了孟婴宁那张微信头照片，觉得其实挺神奇的，脑子里那根筋没转过来的时候怎么都不行，但是听到孟婴宁直截了当地说"我不答应"的时候，他觉得身体里某处沉了很久的地方被什么东西轻柔地拉了一把。

然后重新鲜活地跳动了起来。

还好是孟婴宁。

她太坚定了，明明语气稍微凶一点儿眼泪就一串串地往下掉，人娇气得不行，认定了的事情却无论如何都不会放手。

还好，也只能是她。

陈妄盯着那张照片看了好一会儿，没忍住垂头笑了一下，才慢吞吞地动了动手指，也给保存了。

正好林贺然给他打了个电话过来。

"死亡时间对上了，你猜得还挺准，这'胖大海'是丰城人，我现在准备过去一趟，你去不去？毕竟这也算是牵扯上了你的事儿。"

"不，"陈妄说，"我得接我对象下班。"

"……差不多得了啊，陈妄，你对象这班下了一下午还没完？合着别人下班都是个时间点，就你对象是时间段，得下好几个小时？万一汤城就在丰城呢？你命重要还是接你对象下班重要？"

"接我对象下班重要。"陈妄平静地说。

林贺然："……"

沉默几秒。

林贺然甘拜下风："行，单了快30年的老男人，好不容易骗着个小姑娘可得捧好了。"

林贺然无话可说，把电话挂了。

陈妄挂了电话，点开林贺然的微信，随手把刚刚保存的那张孟婴宁的微信头像给他发过去了。

林贺然："？"

陈妄："你嫂子。"

林贺然："……滚！"

陈妄："？"

陈妄："不是你强烈要求看的？"

林贺然不回了。

孟婴宁还要好一会儿才下班，陈妄等了一会儿，没见林贺然回，便退出和林贺然的聊天对话框，因为无聊，他破天荒地时隔三百年看了一眼朋友圈。

林贺然一分钟前发了一条朋友圈，一张图片，是和他的聊天记录截图。

上面配字很真诚地发问——"请问 30 岁老男人第一次谈恋爱是不是会变成傻子？"

图书在版编目（CIP）数据

玫瑰挞 / 栖见著 . —— 成都：四川文艺出版社，
2020.8（2021.1 重印）

ISBN 978-7-5411-5709-7

Ⅰ . ①玫… Ⅱ . ①栖… Ⅲ . ①言情小说—中国—当代
Ⅳ . ① I247.5

中国版本图书馆 CIP 数据核字 (2020) 第 124055 号

MEIGUI TA

玫瑰挞

栖见　著

出 品 人　张庆宁
责任编辑　邓　敏
责任校对　汪　平

出版发行　四川文艺出版社（成都市槐树街 2 号）
网　　址　www.scwys.com
电　　话　028-86259287（发行部）　　028-86259303（编辑部）
传　　真　028-86259306

邮购地址　成都市槐树街 2 号四川文艺出版社邮购部　　610031
印　　刷　天津旭丰源印刷有限公司
成品尺寸　146mm × 210mm　　　　开　本　32 开
印　　张　10.75　　　　　　　　　字　数　280 千
版　　次　2020 年 8 月第一版　　印　次　2021 年 1 月第四次印刷
书　　号　ISBN 978-7-5411-5709-7
定　　价　48.00 元